知而行书坊

名家雅谈

文化名家谈史录

历史不仅仅是教科书上的那些内容，历史是在深厚的文化与思想里成体统。
历史是一首用时间写在人类记忆上的回旋诗歌。

京华出版社

图书在版编目（CIP）数据

用破一生心：文化名家谈史录/杨耀文选编．—北京：京华出版社，2005

ISBN 7 - 80724 - 150 - 0

Ⅰ．用…　Ⅱ．杨…　Ⅲ．①散文 - 作品集 - 中国 - 现代②散文 - 作品集 - 中国 - 当代　Ⅳ．I266

中国版本图书馆 CIP 数据核字（2005）第 115550 号

文化名家谈史录——用破一生心

编　　著□杨耀文选编

出版发行□京华出版社

　　　　　（北京市朝阳区安华西里一区 13 楼 2 层 100011）

　　　　　（010）64258473　64255036　64243832　（发行部）

　　　　　（010）64251790　64258472　64245606　（编辑部）

　　　　　E - mail：80600pub@ bookmail. gapp. gov. cn

印　　刷□三河市华晨印务有限公司

开　　本□787mm×960mm　1/16

字　　数□180 千字

印　　张□16 印张

印　　数□1 - 3000

出版日期□2007 年 1 月第 2 版　第 2 次印刷

书　　号□ISBN 7 - 80724 - 150 - 0

定　　价□26.80 元

前 言

　　谈到历史，人们往往说它"厚重"，尤其是中国的历史，太过源远流长。历史中有皇帝、有名士、有诗人、词人，还有一部部名著……哪怕只谈其中一点，都要洋洋洒洒数十万、数百万字。

　　本书收录了近30位现当代知名作家的谈史散文，共计34篇。每一篇都堪称经典之作。通过这些名家对历史的评判，使人们透过时间的重重迷雾，一步一步地看到了历史的真相。

　　本书中收录的史论散文，不仅能够打开人们尘封多年的记忆，而且将一些偏离事实真相的历史事件和历史人物，还原回了本来的面目。一些散文名家是用现代人的眼光去重新审视历史的，使这些散文具有很强的时代感，也很有代表性。读了这些文章，不仅能开阔人们的阅读视野，而且能够陶冶人们的思想情操，在提高文学素养的同时，还能激发人们的审美情趣。

　　人们常说历史不能重演，其实文章又何尝不是呢？文化名家在写作这些散文的时候，有可能是触景生情，有可能是灵感的瞬间爆发，一挥而就。无论怎样，这些出自不同作家之手的经典之作，都不会再有第二篇。这本书从谈史的视角出发，精挑细选，把这些大作收录一册，使得这本书有很强的阅读价值和收藏价值。

目　录

目录 CONTENTS

文化名家谈

史录

2

季羡林

漫谈皇帝

经典雅谈

他们之所以能成功,靠的是厚、黑、大也。

在历史上,中国有很多朝代,每一个朝代都有一些皇帝。对于这些"天子"们,写史者和读史者都不能不写不读。其中有一些被称为"圣君"、"英主",他们的文治武功彪炳史册。有一些则被称为"昏君"、"暴君",他们的暴虐糜烂的行为则遗臭万年。这都是我们所熟悉的。

但是,对"皇帝"这玩意儿的本质,却没有人敢说出来的。我颇认为这是一件憾事。我虽不敏,窃愿为之补苴罅漏。

首先必须标明我的"理论基础"。若干年前我读过一本辛亥革命前后出版的书,叫做《厚黑学》。我颇同意他的意见。我只觉得"厚"、"黑"二字还不够,我加上了一个"大"字,总起来就是"脸皮厚,心黑,胆子大"也。

现在就拿我这个"理论"来分析历代的皇帝们。我觉得,皇帝可以分三类：开国之君、守业之君、亡国之君。

开国之君可以中国历史上仅有的两个马上皇帝为代表：一个是刘邦，一个是朱元璋。两人都是地痞、流氓出身，起义时身边有一批同样是地痞、流氓的哥儿们。最初当然都是平起平坐，在战争过程中，逐渐有一个人凸现出来，成了头子，哥儿们当然就服从他的调遣、指挥。一旦起义胜利，这个头子登上了宝座，被尊为皇帝。最初，在金銮殿上，流氓习气还不能全改掉。必须有孙叔通一类的"帮忙"或"帮闲"者（鲁迅语）出来制订礼仪。原来的哥儿们现在经过"整风"必须规规矩矩，三拜九叩，三呼万岁，不许乱说乱动。这个流氓头子屁股坐稳了以后，一定要用种种莫须有的借口，杀戮其他流氓，给子孙除掉障碍；再大兴文字狱，杀害一批知识分子，以达到同样的目的，然后才能安夷"龙御宾天"，成为什么"祖"。

他们之所以能成功，靠的是厚、黑、大也。

他们的子孙继承王位，往往也必须经过一场异常残酷激烈的宫廷斗争，才能坐稳宝座。这些人同他们的流氓先人不一样，往往是生长于高墙宫院之内，养于宫女宦官之手，对外面的社会和老百姓的情况，有的根本不知道，或者知之甚少。因此才能产生司马衷"何不食肉糜"的笑话。有些守成的皇帝简直接近白痴。统治人民，统治国家，则委请一批"帮忙"或"帮闲"的大臣。到了后来，经过了或短或长的时间，这样的朝廷必然崩溃，此不易之理。中国历史上之改朝换代，其根本原因就在这里。

这些守成之主中，也有厚、黑、大的问题。争夺王位，往往就离不开这三个标准。

至于末代皇帝，承前辈祖先多少年来留下之积弊，不管他本人如何，整个朝廷统治机构已病入膏肓，即使想厚、想黑、想大，事实上已无回旋的余地，只有青衣小帽请降或吊死煤山了。

一部中国史应当作如是观。

穆 涛

黄帝不死

经典雅谈

> 我们的传统似乎并不鼓励个人在心灵深处树立信仰，孟姜女哭倒长城的故事就是很好的例证。道德的力量高于一切，甚而允许摧垮民族的脊梁。

生在中国，不能信仰中国的东西实在是份遗憾。我想，和尚剃光头发绝不在于头发的沉重，而在于剔去人生的追求。求什么样的人生便有什么样的意义：老庄逍遥隐忍，恬淡消极；墨子工于心智，失之计较；韩非子宏图伟业，手段残辣；儒学功名荣耀，又违性伤真。自从砸塌孔家店后，我不知道再该信仰我们的什么。我们的传统似乎并不鼓励个人在心灵深处树立信仰，孟姜女哭倒长城的故事就是很好的例证。道德的力量高于一切，甚而允许摧垮民族的脊梁。

至此，我成了一个毫无信仰的人，心的深处苍茫一片好个辽阔。夜凉的时候，面对这片荒原，竟有了下面这些文字。

轩辕庙是我们众多宗祠中最特殊的一所，它朴素之至，既不雕栏，也不镂金。一色的青砖素瓦，在阳光下闪着悠悠的光泽，一株七人合抱

3

不严的古柏便是唯一的风景了。那巨物距今已沐浴了近五千年的风雨,据说还是轩辕黄帝当年亲手栽下的,后人奉名:黄帝手植柏。

大殿内不供奉黄帝的真身,仅设一幅石刻的轩辕黄帝像。更没有缭绕的香火。发了横财但求夜里能睡着觉的,或太想做官的人,进得殿内自然就免开俗嘴了,黄帝是不助长人的隐私的。

黄帝是很有胸襟的,他一身青衣素袍地站在石壁上,恐怕是被供奉者中唯一站着的至尊了。在石刻内,黄帝的头微微向内侧着,双手上下分扬,一副解说员的模样,指向隐于他身后的一群智慧创造发明者:造字的仓颉,建屋造船的共鼓、货狄,制陶的宁封,酿酒的杜康,以及火镰的发明者祝融,一代神医俞跗。在累世的供奉者面前,不端坐着承受后人的朝觐,而是把人们的注意力引向那些为人类的进步而脚踏实地工作着的劳务者的身上,这是唯黄帝仅有的美德。黄帝陵是一座衣冠冢。黄帝在百姓的心里是没有死的。任何怀念都是有源头的,只要这源头是一份具体的、实在的、可以随时触摸的东西。这就像滚雪球,只要有一个坚固的内核,外表的积累会越来越巨大。相传黄帝活到一百一十岁的时候,玉皇大帝命九天玄女托梦给黄帝,说:"你战蚩尤,降神农,一统三大部落,建立了部落联盟,创立了世上第一个中央共主的国家;你做衣冠、造舟车、教蚕桑、定算数;制音律、创医学、发明指南车,百民安居乐业。因你功大无边,玉帝决定召你乘龙回天宫。""这功名怎么全部落在自己头上了呢?"黄帝恍惚醒来,一连数日为此事苦忖。最后决定到首山采铜,搬到荆山铸鼎。黄帝命工匠把凡是对国家有贡献的人的名字全部刻在鼎上,对贡献特别大的几位大臣,连肖像也一并铭刻下来,以资后人悼念。五百天之后,身高一丈三的巨鼎终于铸造成功了。黄帝命人把它搬到荆山脚下,同时召开宝鼎铸成的庆功仪典。这一天,人们从四面八方赶来,人如潮涌。正值仪典的高潮,一巨龙从天而降,龙头一直触到宝鼎上。在场的人们个个目瞪口呆,张皇失措,不知发生了什么事。这时,黄帝缓步跨上龙背,仪态万方地向人们点头作别,巨龙升

上天空。至桥山（即黄陵县）上空，黄帝对巨龙说："我在荆山铸鼎，已一年多时间没回桥国，这里的臣民在等我回来，你能否停一下，我要与他们辞别，再看一看我亲手栽的柏树。"巨龙便在桥山降落下来。桥国的臣民听说黄帝乘龙升天，便奔走相告，一起涌至桥山，将巨龙团团围住。黄帝不能下龙背，只好在龙背上与大家作别。人们依依不舍，不忍黄帝离开人间，有的拽住黄帝的衣襟和鞋子，有的牵着巨龙的胡须。围拢的人越聚越多，正在难分难解之际，时辰已到，巨龙抖动庞大的身躯，腾空而起，臣民们有的扯下黄帝的衣襟，有的拽掉黄帝的一只鞋子，连黄帝悬在腰间的宝剑也被扯了下来。人们再也见不到黄帝了，伤痛之后，为了便于永久的怀念，便将黄帝的衣襟、鞋子和宝剑埋在桥山之巅。这便是黄帝陵的源头。

之后，每年的春天，冰冻的土地苏醒的时候，百姓们便自发地到桥山之巅祭奠黄帝，这以后就成了定例。人们拿着自酿的家酒和蒸制的各种吉祥物形状的面点，贫穷的人家便以野花编织的花束、花篮及水果，向黄帝诚表一片敬意。祭奠黄帝是不用牛羊牲畜的，不是因为黄帝是一个素食家，而是因为黄帝是第一个倡导饲六畜以兴旺人类的君王，这便是"民祭"。汉代以后，又有了"公祭"。每年清明节这一天，或帝王躬身亲行，或派遣要臣祈愿黄帝的在天之灵，保佑权业的安泰。但"公祭"始终没有取代"民祭"，二者是并行的，且"民祭"更隆重，往往持续几日。

1937 年的清明节在黄帝陵的历史上是特殊的。这一天黄帝被"公祭"了两次。先是蒋介石的国民政府派遣的陕西省党部要员组成的公祭团。之后是中国共产党的领袖毛泽东、朱德的使者林祖涵等一行，其洋洋洒洒的祭文是出自毛泽东指点江山的巨手。当年，那段祈告黄帝的文字，博得了国人极大的敬意。

黄帝陵有一棵柏树是相当奇妙的。

西汉元封元年秋天，汉武帝刘彻召集十二位将军，调集十八万人民，北巡边疆，大军驰道北上，出长城，登单于台，直抵边关，威震匈奴未敢出兵交战。汉武帝等了数日,恐延了封禅时间,决定收兵回京城。为了节省时间,大军没有从原道返回,而改从延安以南直插庐州、坊州,行至阳周郡(今黄陵县)桥山,看到山顶上高大雄伟的黄帝陵冢,即下令停止行军,备礼致祭,不论将士,不论尊卑,数十万人仅一天一夜时间便在黄帝陵的对面筑起一座高大的祈仙台。第二天旭日东升的时候,汉武帝命令十八万大军列仗桥山,俯首默祭。武帝卸下身上盔甲,挂在一棵柏树上,然后独自登台,祈愿黄帝保佑大汉江山永远太平。这便是史载的"十八万大军祭黄陵"。

汉武帝挂过盔甲的这棵柏树,自此以后,周身上下斑痕连连,纵横成行,树枝树干皆如此。这便是桥山柏中独一无二的"挂甲柏"。每年清明节前,这棵古柏枝干上流出的柏液凝结为球状,阳光下宝石般晶莹闪闪。清明节一过,柏液中断,古柏从枝到干,又恢复了密密麻麻的甲痕。

黄帝陵从山巅到山脚,是不挂"保护树木违者罚款"的木牌的。在民间有这样的传说:桥山古柏,棵棵都是神树,谁乱砍全家都要遭殃的。有一个好吃懒做的人,以行窃为生。一年冬天,天降大雪,这个人冻得实在忍不住了,便上桥山砍了一担柏树枝回家升火取暖,谁知只冒浓烟,不起火焰,越吹浓烟越大,最后把他呛倒在地,口吐鲜血气绝身死。自此以后,再没有人随便砍桥山的古柏了。现在,即使孩子捡回了枯树枝,家中的老人也会严厉责骂,责令把树枝送回原处。桥山古柏就是这样一代一代保护下来的。康熙年间,一位县令想普查桥山到底有多少柏树,命人查了数日也没结果,只好作罢。1939年,中部县(即黄陵县)县长郎山调集一个民团,将桥山划地为段,编列序号,命士兵在树上依次张贴,错者罚大洋五块,打四十军棍。经过十九天普查,得知桥山共有古柏六万一千二百八十六棵,并将这一结果载入黄陵志。

1990年4月5日,我清楚地记着那一天的天气、风向甚至气温的变化。在黄帝陵,那天早晨有点凉,但天气晴朗。到了中午又有点阴,却丝毫没有影响清早就聚至桥山之巅的数万朝圣者。头一天晚上我没有睡

好，不仅仅是因为兴奋。颇具规模的黄陵宾馆那天是爆满的，一直到凌晨两点钟，从许多房间，甚至走廊的通道处都回响着激动的声音：京腔、粤语、土家语及费劲的南方普通话、陕西方言，乃至英语时起时落，一位"公祭"的组织人员告诉我，每年归来寻根祭祖的华侨、台胞都有数千人。正是这位朋友的帮助，到黄帝陵之前，我就得到了一张塑制的"九○年公祭黄帝陵陪祭人"的绿卡。"公祭"开始后，我才知道了这个绿卡的重要。这是一张特别通行证，只少数人才有把它别在胸前，便可以优越地走在队伍的最前面，并且站入祭台中心，在三位主祭人宣读祭文之后，向黄帝有组织的鞠躬。没有这个绿卡的人只能站在外围。鞠躬这份礼仪是不宜单干的，只是在有组织的公共场所才具庄严感。我至今仍感激西安的那位朋友，在 90 年代的第一个清明节，为我提供了一次向我祖轩辕黄帝庄严致礼的机会。

尼采说：上帝死了；上帝说：尼采才死了呢。

黄帝不死。

文化名家谈史录

方　纪

名家雅谈

挥手之间

经典雅谈

主席的这个动作,给全体在场的人,以极其深刻的印象。它像是表达了一种思维的过程,做出了断然的决定;像是集中了所有在场的人,以及不在场的所有革命的干部、战士和群众的心情,而用这个动作表达出来。这是一个特定的、历史性的动作,概括了当那个伟大的历史转折时期到来的时候,领袖,同志,战友,以及广大革命群众之间,无间的亲密,无比的决心,无上的英勇。

一九四五年八月二十八日清早,从清凉山上望下去,见有不少的人,顺山下的大路朝东门外飞机场走去。我们《解放日报》的同志,早得了消息,见博古、定一同志相约下山,便也纷纷跟了下来,加入向东的人群,一同走向飞机场。

人们的心情很不平静。近两个星期来形势的发展,真如天际风云,瞬息万变;表现了一个历史转折时期特有的复杂关系。记得十号夜间,新华社的译电员带着刚刚收到的日本投降的消息,一路喊着从我们的窑洞门前跑过,不到天亮,这个消息便像一阵风传遍了延安。第二天晚上,南门外新市场上便出现了群众自发的庆祝集会。卖水果的农民,把一筐一筐的花红果子抛向空中,喊着要人们吃"胜利果实"。有些学校

的学生，把棉袄里的棉花掏出来，扎在棍子上，蘸着煤油点起火把来，在大路上游行。

当时群众对抗战胜利的热烈心情，是谁也不会觉得过分的。但是过了两天，令人气愤的消息便接连传来：蒋介石下命令不准八路军、新四军受降。阎锡山派兵进攻上党解放区……新的内战危机，忽又迫在眉睫了！毛主席八月十三日做了报告（即《抗日战争胜利后的时局和我们的方针》），指出"内战危险是十分严重的，因为蒋介石的方针已经定了"。

这几天，不要说那些烧棉袄的人不免后悔，许多人心里都憋上了一肚子气；把胜利的欢喜，化做对蒋介石的愤怒，早从精神上百倍地警惕起来。

前天延安飞机场上飞来一架美国飞机，这是美国特使赫尔利和国民党政府的代表张治中来了。来做什么？"还不是缓兵之计！"人们私下这样议论。昨天夜里，支部忽然传达了中央关于和国民党政府进行和平谈判的通知，思想上说什么也转不过弯来；并且是，毛主席要亲自去重庆！当时，心里像压上一块石头，点着一把火，又沉重，又焦急，通夜不能入睡！

也许，那天夜里，延安的许多同志，各个解放区的许多同志，都在一种焦急和不安当中度过的吧？谁不知道蒋介石是个最无信无义的大流氓？谁不知道是美帝国主义在支持蒋介石政府挑动中国的内战？虽说赫尔利假惺惺的跑到延安来，难保不是一伙强盗做的圈套！

回想起当时的情形，真是令人不安！不少同志义愤地说：谈判自然可以，这无非表示了蒋介石和美帝国主义，不能不承认党所领导的人民力量的强大；不能不承认中国人民的强烈的和平愿望；不能不承认苏联战胜法西斯以后，国际形势更有利于和平民主罢了。但是，毛主席不能去！要谈判，请他蒋介石自己到延安来，咱们保证和"西安事变"一样，有来有去；谈不成不要紧，要打仗，战场上去见高低！

更有不少老同志，感情深重地说：自从上了井冈山，毛主席就没有离开过我们一步！五次"围剿"，万里长征，八年抗战，毛主席和我们在一起，没有离开过自己的军队，自己的根据地；如今，却要亲自去重庆，和他蒋介石谈判！

但是，中央决定了；通知也说得清楚：这是斗争！在当时形势下，我党中央提出了和平、民主、团结三大口号，是符合全国人民的要求的。要是蒋介石竟敢冒天下之大不韪，拒绝和谈，发动内战，无非是他自取灭亡，革命胜利来得更快一些，如后来的历史所证明的那样罢了。

这正是我们党在决定国家命运的重要关头，所采取的唯一正确的方针，所表现的大公无私态度。毛主席的亲自去重庆，更是为国家民族，置个人安危于度外的大义大勇的行为！单是这一点，已大可以昭革命之信义于天下了。

送行的人群，陆续朝飞机场走去。出了东关大街，转过一个山嘴，不远就是飞机场。机场上停了一架绿色的军用飞机。记得去年修飞机场时，延安的许多同志都参加了劳动，把凿得平平整整的大石头，一块块从山上拖来，一块块按直线铺平，放稳，砸结实，几十个人拉着大石磙子碾来碾去。朱总司令和许多其他领导同志都参加了劳动，和大家一起唱着歌，喊着号子。当时人们都很兴奋，劳动得特别卖力气，心思想着，在延安修飞机场了，这就是说，咱们也要有飞机了，抗战形势要发生重大变化，胜利快来了。

是的，胜利来了。人们所盼望的，所流血争取的独立自由和平的生活，又要被蒋介石和美帝国主义破坏！为了制止这种灾难，保卫人民的权利，实现人民的愿望，毛主席现在要从这里，从延安的同志们亲手修造的飞机场上，动身到斗争的最前线去！

飞机场上人越来越多，一会儿就聚集了上千人。但是，谁也不讲话，沉默着：整个机场上空气十分严肃，就像是在前线，战斗将要打响前的一刹那。

　　汽车的马达声清晰地传来，人们一齐转过头，望着大路。一辆吉普车驶出山嘴，驶入机场。车上跳下周恩来同志、王若飞同志，后面跟了穿着整齐、身佩短剑的张治中将军。按照当时的情形，张治中将军在延安人眼睛里只能是一位尴尬的角色；何况他那一套标准的国民党将官制服，在飞机场上出现，就显得十分不自然了。这种不自然，大约他自己也感觉到了，站在汽车跟前犹豫了一下。这时，博古同志迎上前去，和他握手寒暄，似乎还开了一句什么玩笑，引得他突然高声地大笑起来。

　　接着又是一辆吉普车使来。车上跳下一个美国人，戴黑眼镜，叼着纸烟，衣服特别瘦，特别短，这使他显得脸比胸膛宽，腿有上身的两倍长，这就是美国的所谓"特使"赫尔利了。

　　人们转过身去，鼓起眼睛望着他——当然不是表示欢迎的意思。这一点，赫尔利是分明地感觉到了。他犹疑地站在吉普车前，一手扶着车门，一手叉在腰间，像是在估量当前的形势。等了一会，看到人群只是静静的，望着他，于是挥一挥手，纸烟也不拿下来，朝人们喊了一声"哈啰"，便急匆匆的朝飞机走去。

　　谁也不再注意他，人们又听到了汽车的马达声：一辆延安人都熟悉的带篷子的中型汽车正转过山嘴，朝飞机场驶来。立刻，人群像平静的水面上卷过一阵风，成一个整体地朝前涌去。接着，又停下来；正当汽车站住，车门打开的时候，机场上响起了一阵雷鸣般的掌声。

　　毛主席走下车来。和平日不同，穿一套半新的蓝布制服，皮鞋，头戴深灰色的盔式帽。整个装束，完全是像出门做客一样。这立刻引起人们一种深切的不安，和离别的情绪，眼泪不由得涌了出来。

　　在延安人的记忆里，主席永远穿一套总是洗得很干净的旧灰布制服，布鞋，灰布八角帽。他的伟岸的身形，明净的额，温和的目光，热情的声音，时时出现在会场上，课堂上，杨家岭山下散步时的大道边。主席生活在群众中间，生活在同志们中间。主席的音容笑貌，举手投足，人们是熟悉的，理解的，怀着无限信任和爱戴，团聚在他的周围，一步不能离开，一步不曾离开！如今，主席穿起了做客的衣服，要离我们远去了！

一霎时，人们心里，像海上波涛般起伏汹涌。千百双眼睛，热切地投向主席身边。主席在汽车边站定，目光平视，望着全体送行的人，经过每一个人的脸；好像所有在场的人，他都看到了。这时，他眼里露出一种亲切的、坚定的微笑，向人们点了点头。

站在前面的中央负责同志们，迎上前去。主席伸出他那宽大的手掌，和大家一一握手道别。主席的脸色是严肃的、从容的，眼睛里充满了无限的关切和鼓舞之情。然后，又停下来，望着所有送行的人，举起右手，用力一挥，便朝停在前面的飞机走去。

机场上人群静静地立着，千百双眼睛跟随着主席高大的身影在人群里移动，望着主席一步一步走近了飞机，一步一步踏上了飞机的梯子。

这一会儿时间好长啊！人们屏住了呼吸，一动不动地望着主席的一举手，一投足，直到他在飞机舱口停住，回转身来，又向着送行的人群。

人群又一次像疾风卷过水面，向着飞机涌了过去。主席站在飞机舱口，取下头上的帽子，注视着送行的人们，像是安慰，像是鼓励。人们不知道怎样表达自己的心情，只是拼命地一齐挥手，像是机场上蓦地刮来一阵狂风，千百条手臂挥舞着，从下面，从远处，伸向主席。

主席也举起手来，举起他那顶深灰色的盔式帽，但是举得很慢很慢，像是在举起一件十分沉重的东西。一点一点的，一点一点的，举起来，举起来，等到举过了头顶，忽然用力一挥，便停止在空中，一动不动了。

主席的这个动作，给全体在场的人，以极其深刻的印象。它像是表达了一种思维的过程，做出了断然的决定；像是集中了所有在场的人，以及不在场的所有革命的干部、战士和群众的心情，而用这个动作表达出来。这是一个特定的、历史性的动作，概括了当那个伟大的历史转折

时期到来的时候，领袖，同志，战友，以及广大革命群众之间，无间的亲密，无比的决心，无上的英勇。

请感谢我们的摄影师吧，为人们留下了这刹那间的、永久的形象；这无比鲜明的、历史的记录！正是在这挥手之间，表明了一种深刻的历史过程，表现了主席的伟大性格。愿所有的人，通过这张照片，能够理解和体会，那当抗日战争胜利，我们的国家处在十字路口，处在两种命运、两个前途决定胜败的斗争的严重时刻，我们的党和毛主席，为国家和人民做出了怎样的贡献！

飞机的发动机响了，螺旋桨转动起来。随着这声音，人们的心猛烈的跳动，人们的眼睛一刻也不离开这架就要起飞的飞机；任凭螺旋桨卷起了盖地的尘砂，遮住了人们的眼睛。这架飞机该有多大的重量啊！它载负着解放区人民的心，载负着全中国人民的希望，载负着我们国家的命运！

主席的面容出现在飞机窗口，人们又一次涌上前去，拚命地挥手。主席把手抚在机窗的玻璃上，手指无声地弯动。直到飞机转了弯，奔上跑道，起在空中，在头顶上盘旋，然后向南飞去，人们还是仰着头，目光越过宝塔山上的塔顶，望着南方的天空，久久地不肯离去。

以后的事，大家都知道了。毛主席在重庆住了四十三天，最后才签订了"双十协定"。从《毛泽东选集》四卷《关于重庆谈判》一文的注释里，我们可以看到，当时为了顾全大局，为了实现全国人民要求的和平、民主的生活，我们党是做了怎样的有原则的让步，进行了怎样的针锋相对的斗争。如果不是九月间的上党战役消灭了阎锡山的三万五千人，恐怕连这样的"双十协定"也不会有的！

现在，重读《抗日战争胜利后的时局和我们的方针》，《中共中央关于同国民党进行和平谈判的通知》，以及《关于重庆谈判》等伟大的历史文献，想起了当时在延安机场上为毛主席送行的情景，真如同是一面历史的镜子，照亮了过去，也照亮了今天和未来。……

以后，是在战争中了。蒋介石撕毁了他亲手签订的"双十协定"，在美帝国主义支持下,向解放区大举进攻。解放战争全面打响了。一个夜晚,在承德前线,读到一位从北平"军调部"来的同志抄在一个小本子上的毛主席的《沁园春·雪》——这首词第一次在重庆发表出来,震动了整个所谓"大后方"的人士,他们从这里看到了决定历史命运的真正力量,听到了革命进程的脚步声音!而我们,在前线,在炮火声中,在闪耀的火光里望着战士们持枪跃进的身形,这词里的思想,情绪,完全变成伸手可触的形象,身置其中的境界了。于是,词的每一个字,如同火炬一般,燃烧起来。刹那间,整个前沿阵地,仿佛一片通明!解放战争的炮火,正在摧毁旧中国的一切黑暗势力。当时的敌人,看来是强大的;但是,正如词里所写,决定历史命运的不是秦皇汉武,唐宗宋祖,而是人民自己,是当代的"风流人物"!

记得初到前方时,部队的同志告诉我:八月二十八日清早,部队上传达了毛主席亲自去重庆谈判的通知,当天十点钟,所有的战士都翘首西望,在天空中寻找那架从延安起飞的飞机,谛听着飞机的声音;并且当真,他们像是听到了这架飞机的沉重的隆隆声响!那时,我们的战士怀着怎样的心情啊!他们握紧手里的武器,等待事情的结局。如今,战士手中的武器,正在发挥自己的威力了。于是,在震耳的炮火声中,我们不禁高声朗诵起来——

俱往矣,

数风流人物,

还看今朝!

延安机场上送行的情景,又出现在眼前了:主席伟岸的身形,站在飞机舱口;坚定的目光,望着送行的人群;宽大的手掌,握住那顶深灰色的盔式帽;慢慢的举起,举起,然后有力地一挥,停止在空中……

在他面前,是无数的战士,正朝着他所指引的方向,奋勇前进。

来新夏

张謇：能受天磨真英雄

经典雅谈

19 世纪末 20 世纪初是中国这个古老国家近代历史上的过渡。这是一个新旧交替、异彩纷呈、风云诡谲、人才辈出的社会。曾被我们的伟人赞誉为中国近代轻工业之祖的张謇（1853 – 1926 年）就是生长、活动、建功、立业于这个社会环境之中，经受了一次次磨难、种种困扰，也抓住过一些机遇，终于成为他所从事的事业的英雄。

19 世纪末 20 世纪初是中国这个古老国家近代历史上的过渡。这是一个新旧交替、异彩纷呈、风云诡谲、人才辈出的社会。曾被我们的伟人赞誉为中国近代轻工业之祖的张謇（1853 – 1926 年）就是生长、活动、建功、立业于这个社会环境之中，经受了一次次磨难、种种困扰，也抓住过一些机遇，终于成为他所从事的事业的英雄。

科举道路是封建知识分子求出路的"正途"，如果不入封建统治者的"彀中"，则难以出人头地，张謇先前也必不可免地要去钻这个时代的圈套。张謇家世寒素，祖辈又无显赫的功名，为了避免遭受歧视，曾冒称如皋张氏后人去应试。这在科举制度中称为"冒籍"，本是一种民不举官不究的"违制"行为，但却遭到刁吏恶棍的不时敲诈勒索，使家庭生活不得安宁。这种痛苦折磨了他五年，才得到地方上正直士绅的帮助，获得"改籍归宗"的结局，摆脱掉无奈的困境。但当他继续奋进时，却又遭到了屡困场屋的磨难。

科场不利，就仕途难遂。他只好走士人不太情愿走的另一条道路，去为人作幕。他进入庆军统领吴长庆的幕府，由一般幕僚成为参与机要的决策成员，得到了一次良好的机遇。他还在吴幕中结识了同乡名士朱铭盘，彼此相得甚欢，但他没有料到人际关系的新磨难已在等待着他。一位与吴长庆有世谊的纨绔子弟袁世凯来到吴幕。开始，袁世凯钦佩张謇的学识声望，以师礼事之。但是，随着袁世凯地位的日增，对张謇的礼貌就日减，甚至称呼也由老师、先生、某翁、仁兄依次降格变换，使素以礼教自律的张謇非常气愤。他看不惯直至难以容忍袁世凯那种趾高气扬的虚骄作态，愤而公开宣布与袁绝交，并辞职还乡。这是他遇到的一次人际关系的磨难。

时间很快地前移，张謇经过长达二十五年的科场蹭蹬后，万万没有想到就在国难当头的甲午年（光绪二十年，1894年）科场中会爆出如此震惊士林的冷门：屡试不第的他竟然中了状元！这是士人追逐的顶峰，是平头百姓望若天人的地位。张謇面对这一突然奇来的荣耀是缺乏心理准备的，心理上的超重使他不敢相信这是现实；但这确是现实。他按捺住这颗久已枯寂而在超常跳动的心，提起笔写出一段文字来抒发自己惶惶而激动难已的心情："栖门海鸟，本无钟鼓之心；伏枥辕驹，久倦风尘之想。一旦予以非分，事类无端矣！"

状元照例授翰林院修撰，这是玉堂清要之职，容易按近极峰，是平步青云的捷径。不料他又因父亲病故，遵制丁忧回籍守孝。这是家事给他的一次磨难。虽然一时中断了仕途的腾达，却给他带来了从事新式实业的良好机遇。张謇丁忧家居正值甲午战后。那时，外国资本加速输入，中国社会开始觉醒，实业救国、教育救国似乎是社会上在寻求着的救世良方。令传统观念惊诧莫名的是：作为耻于言利的儒家代表人物、状元张謇竟然去

言利求利，创办了大生纱厂。这是张謇在洞察社会后抓住的一个不可多得的历史机遇。经过五年的努力，大生纱厂的辐射力终于促进了它周围经济文化的进步，使通海地区逐渐呈现出一派繁荣的景象。

张謇办实业是想在封建地基上奠定一块民族资本主义的基石。他在改变客观事物的同时，也在改变自己——由一个封建士大夫转向一位实业家。实践活动在推动他的思想更深层的转变。他自然地接近谭嗣同等变法人物，并在变法思想的影响下，正式提出《农工商标本急策》和《代拟请留各省股款振兴农工商务折》等建议。这位实业家的呼声虽不够激烈，但却代表了新兴资产阶级的合法权益。这是当时沉闷空气中的一丝新鲜气息，尤其是其中涉及的兴办新式学堂、培养技术人才的要求，更标志着这个脱胎于旧时代的新人物已经理解到教育——技术——发展实业间的必然联系。戊戌变法的失败无异给他以当头棒喝，虽然他托庇于"东南互保"而幸免于难；但好友谭嗣同的殉难不能不使他内心阵阵的隐痛。

张謇为了完成亡友的志愿，不惜降低调子，于1901年在江南督抚、士绅的支持下，写出了中国资产阶级20世纪初要求改革的方案——《变法平议》。他以折中的方式提出了建立议会政治，改革财政、教育等以顺应历史发展的要求，但主持朝政的慈禧太后对改革变法等字眼早已谈虎色变，即使再温和也不会接受，而地方实力派如刘坤一之流也是有条件的支持。张謇遭受到封建体制的抑制、痛苦和失望，促使他产生了朦胧的君主立宪思想，希冀以此来改变封建专制体制。1903年的日本考察之行，使他的君主立宪思想更为明确；但他终究是在中国这块具有长期的封建社会历史的土壤上成长起来的，又经历过尘世间的浮沉。他认识到要想成事必须要有权贵支持的国情。这一认识把张謇拖到另一更为痛苦的磨难之中，使他的人生历程出现了一次封建士大夫最难以做到的"奇迹"：他竟然为了实现理想要去与二十年前深恶痛绝而现居高位的袁世凯正式复交——其内心所经受的折磨，那些曾经历过世事沧桑的人们是想象得到的。

寻求到支持使张謇像服了有痛苦含量的兴奋剂。他激动地去联合士绅,积极筹议有关国会和立宪的问题,提出召开国会的建议,推行地方自治,收回路权等,但都遭到了挫折与拒绝。不久,他所依靠的袁世凯也被罢黜。似乎相同的失意命运又更紧地把这两个人联结起来了。张謇真情实意地把对清廷的"希望"转托到城府莫测的袁世凯身上,竟一时充当了为袁所用的悲剧角色。

辛亥革命以后,按张謇的身份与经历无疑是会排在前朝遗老之列的。他面临着新的抉择。他没有为旧朝殉葬,也不愿做不食周粟的遗民。他做了适应共和的新人,积极投身于光复独立运动,发展实业与教育事业。他参加民国政权、政党活动,似乎朦胧地看到资产阶级发展前景的幻影。他没有像复辟派那样频频回顾失去的"天堂",而是努力为新兴实业创造条件。在 1913 – 1915 年任农商总长期间,他制订了为发展民族农工商业的各种法令、条例和计划;采取了"合资"、"借款"、"代办"三种方式引进外资,对当时民族企业的发展起了推动作用。与此同时,袁世凯却在日益抛弃共和,实行独裁,走向帝制自为。张謇按照不能为人谋而不忠的行为准则,希望作袁世凯的诤友,共同维护新的共和政权。但是,他再一次地失望了,于是在 1915 年 11 月辞去了所有职务,与袁世凯再次脱辐。这一次绝交使他比第一次更为痛苦,不仅是彻底的决裂,而且他自己还要承担为人讥评为反复无常的心理压力的折磨。他只好告别政治舞台,全身心地投入到兴办实业中。

张謇退归林下的 1916 年,欧战方酣,中国民族资本得到发展的空隙,给张謇发展实业走向顶峰以极好的机遇。可惜从 1920 年的直皖战争开始,连年的军阀混战和外国资本的卷土重来,雪上加霜般地迫使张謇所办的实业债台高筑,跌落到低谷。似乎命运总在无情地戏弄着这位年过花甲的老人。但是,张謇不屈服于自己历经磨难的命运,转而投身于文化艺术和公益事业,结交了一批艺术家。这在当时是一种冒着非议的行为,因为一位封建社会的士绅名流大抵是不肯降低身份去结交为士大夫所耻与之为伍的"优伶"的。

　　1926 年，张謇已年逾古稀，但并未就此止步。他饱经人为设置的种种磨难，依然壮心未已地继续从事兴办教育、视察江堤等活动，关心国计民生。这一年的八月，张謇怀着中国知识分子传统的忧患意识，离开了驻留七十三年的扰攘尘世。他背着时代给予他的种种磨难，拖着沉重的脚步艰难地走完了"生已愁到死，既死愁不休"的人生道路。胡适曾评价张謇是失败的英雄。这句话应该写作张謇在现实生活中虽经一时一事的失败，而在历史上终于成为他所从事的事业的永恒英雄。有些似乎显赫一时，或许得到几声廉价喝彩的欺世盗名者，只不过是舞台上幕间的插科小丑而已！当帷幕正式拉开的时候，他们便昙花一现似的被历史的激流冲刷得了无踪影，而只有历经磨砺、冲击的砥柱，才能屹立于中流。"能受天磨真英雄"这句名言，永远激励着中国知识分子奋进、拼搏，挺立起民族和国家的脊梁！

来新夏

天津香港的相通命运

经典雅谈

时经150余年,这颗失落的明珠终于又物归原主,回归到祖国怀抱。而天津正在腾飞,两地命运将更加紧密连结在一起。在此时刻,回忆历史的往事,祝两地的前途命运将会更加辉煌灿烂,光彩耀目!

香港即将回归母体,这是中国人民湔洗耻辱的重大史事。在举国欢腾欣喜的时候,不能不引起人们回忆150多年前中华民族屈辱蒙羞的历史。只有回忆这段被割离母体的痛楚历程,才能更加珍惜回归的可贵。

割让香港是中国进入近代,在鸦片战争失败后沉痛的耻辱标志。这次战争也把天津和香港的历史命运连接在一起。当英国侵略军在广东遭到林则徐领导军民的抗击遭到失败后,就转而扰害东南沿海城邑而径奔天津,于道光二十年七月十八日(1840年8月15日)在白河投书。它们在其《致清宰相书》中公然提出"割让一岛或数岛"的无理要求。为其日后侵占香港做准备。清廷在惊恐之中,答应惩办林则徐和邓廷桢而派琦善到粤。十二月二十五日,英方向已在广东的琦善要求在香港

"泊船寄居",作为侵占香港的前奏;琦善不但未识破诡计,反而代向清廷乞恩"允许"。道光二十一年正月初四(1841年1月26日),英军更悍然占领香港。初五日,琦善在狮子洋边的莲花城宴请义律,琦善告知义律香港问题正待批准,义律则威胁说:"恐难久等。"初七日,义律又发出"公告",规定香港政府的组织,并宣称进入该地的中国人,"将按照中国法律与习惯治理,"表示其伪善的态度,而英国臣民和外国人则享受英国法律的保护,成为事实上享有的治外法权。初十日,义律又发公告,宣布对香港统治的开始,规定凡在港英人及外国人均受英国保护,在港华人即作为英国国民,制造殖民地的既成事实。这一侵略行动激起了香港居民的异常愤怒,他们立即撕下布告送交粤抚怡良,转奏清廷。二月二十日,琦善便以擅割香港罪被"革职捉拿"。六月二十四日,璞鼎查率舰队到澳门,代替义律,大肆叫嚣要扩大侵华战争。七月初四日,璞鼎查在巩固了香港的防务之后,率舰队兵士北侵。六月初九日,清廷准备以割香港乞和。七月初四日,英国舰船八十余只齐集江宁(南京)胁降,初七日,提出胁降条件,将割让香港列入正式条款。七月二十四日(1842年8月29日),耆英、伊里布在英国军舰康华丽号(Cornwollis)上签订了我国第一个不平等条约—《江宁条约》(后又称《南京条约》)十二款,割让香港是重要条款之一。从此,已被蛮横强占的香港终于被列入屈辱的条约之中。

清政府的这些辱国行为在天津社会上引起了反响。著名爱国诗人华长卿的诗作代表了天津的民气。华长卿生活在鸦片战争前后,曾写过近两千首史诗性的作品,因财力有限,只能把道光十八年到二十三年六间所写"不能已于言者"的五十首刊印。这五十首诗几乎都是针对鸦片战争前后的时事而写。这些诗很快于道光二十五年在《江宁条约》签订地南京刊行,这恐怕也包含着对奇耻大辱永志不忘的深意。

他的诗主要记鸦片的毒害、战事的荣辱成败。开卷第一首是道光十八年所写《禁烟行》。诗中描写吸毒之害是"珍馐果腹色如菜,鲜衣被体神似丐"。诗人力主严禁,热情地赞誉鸿胪寺卿黄爵滋的严禁论。第二年,诗人又写《后禁烟行》谴责禁烟运动中的腐败现象,他祈求禁烟的成功,能有"海门烽火望全扫,永禁千秋万古烟"的效果。另一首《南风行》长诗深刻地描写了英军骚扰东南沿海,直抵大沽的过程。他揭露英军北侵的诡诈行动说:"烟焰熏天贼计谲,粤东战转趋闽渐。……扬帆万里逐秋涛,乘风直到津沽口,"他斥责琦善听从鲍鹏的建议,在大沽口取媚外人的行为:"幸有奇谋出微弁,海滨亦学鸿门宴。对席何劳犬豕争,犒军不惮牛羊献。开门揖盗礼僬侥,两纸蛮书万手钞。"道光二十一年,诗人写《诸将五首》非常气愤地斥责弈山、弈经、杨芳等人的腐败怯懦道:"海氛今复炽,痛哭五羊城。不战亡香港,忠魂赴上游。"这首诗作中首先提出的"不战亡香港",不仅是实录,亦具鲜见的胆识。二十二年,局势日益严重,英军长驱直入,到处烧杀抢夺,诗人在《负尸行》一诗中指斥由于"将军畏敌如畏虎"所造成百姓"死尸堆累山邱积"的恶果。特别值得注意的是《七月二十一日纪事》一诗,更是动人肺腑之作。这时已是兵临南京城下的危急时刻,他叙述战况是:"沽上何人撤水师,粤东从此开边衅。劫灰定海与宁波,厦门香港烽烟过,乍浦宝山及上海,可怜京口哭声多。"他看到英人的狂傲与清朝官员的卑躬屈膝:"老夷盘踞居中坐,我朝将相左右个。"这些诗作为鸦片战争保存实录的贡献已在同类诗作之上,而能一再涉及香港,更足见诗人将香港与天津连接起来的卓识。

英国在侵占香港后,野心更为膨胀,1854 年,英国港督包令串联美法两国公使用不是理由的理由,要求修约,未能得逞,遂于 1858 年至 1860 年间,连续三次进攻大沽口,先后胁迫签订《天津条约》和《北京条约》,并在《北京条约》中规定了开天津为商埠,割九龙司给英国的不平等条款,当时另有一位爱国诗人杨光仪写了《河楼题壁》七言诗八首,记述第二次鸦片战争前后的史实,对于清廷的懦弱和屈辱,表示不满和嘲讽说:"络绎艨艟频入寇,仓皇将帅又登场。……却

喜有人能缓敌，军前几度馈牛羊。"诗人还热情地歌颂了三次大沽抗击战中英勇奋战的爱国将士说："战苦神弥旺，刀头带血扪。垒边飞劫火，天上返忠魂。"诗人对人民所遭受的苦难发出了"万户流离感不尽，愁云如织昼荫荫"的呼号。这是英国侵占香港获得东方军事基地便利后所进行的侵略活动，加给天津人民的灾难。接着英国等又在天津划定租界，实行殖民统治，天津、香港的土地和人民遭到同样被凌辱的厄运。

1898 年，英国又乘列强妄图瓜分中国之际，蛮横无理地拓展新界附近岛屿。从此，英国侵略者就在这大片掠夺的土地上实行殖民统治，吮吸和积累巨额的财富。时经 150 余年，这颗失落的明珠终于又物归原主，回归到祖国怀抱。而天津正在腾飞，两地命运将更加紧密连结在一起。在此时刻，回忆历史的往事，祝两地的前途命运将会更加辉煌灿烂，光彩耀目！

峻 青

雄关赋

经典雅谈

由此,我又悟出了一个道理:雄关,这早已变成了历史陈迹的雄关,虽然已经失去了它往日的军事作用,但是这雄关的伟大体魄,忠贞的灵魂,却永远刻在人们的心中。

哦,好一座威武的雄关!

——山海关,这号称"天下第一关"的山海关!

提起山海关来,这铮铮响的名字,我是很早很早就听到了。记得刚刚记事的童年,从我的第一位四爷爷那里,就听到了山海关的名字,刻下了这座雄关的影子。

我的四爷,是一个关东客。还在他才十几岁的时候,就像我故乡中许许多多为贫困所迫无路可走的农民一样,孑然一身,肩上背着一张当做行李的狗皮,下关东谋生去了,及至重返故里,已经是七十多岁的人了。和他几十年前离乡时一样,依然是孑然一身,两手空空。而他带回来的惟一财物,就是他那漂泊异乡浪迹天涯的悲惨往事和种种见闻。

这当中，就有着山海关。

到现在，我还清晰地记得：冬景天，我们爷儿俩，偎坐在草垛根下，晒着暖烘烘的三九阳光，他对我讲述山海关的一些传说、故事的情景。那雄伟的城楼，那险要的形势，那悲壮的历史，那屈辱的陈迹，那塞上的风雪，那关外的离愁……

善感的心灵，也曾为背井离乡的远徙异地的行人在跨过关门时四顾苍茫的悲凄情景而落下过伤感的眼泪，也曾为那孟姜女的忠贞和不幸而郁郁寡欢；然而更多却是为那雄关的雄伟气势和它那抵御外侮捍卫疆土英雄历史所感动，所鼓舞。幼稚的心灵上，每每萌发起一种庄严肃慷慨激昂的情怀。

也曾做过一些童年的梦：梦中，常常是身着戎装飞越那绵延万里的重重关山，或是手执金戈高高地站立在雄伟的高大的城门之上……

啊，梦虽荒唐，然而那仰慕雄关热爱国土的心却是真挚的，深沉的。

遗憾的是：这与京都近在咫尺的雄关，我却一直没有到过，它留给了我的依然还是童年时代从四爷爷那里得来的模糊的影子。

机会不是没有的：有一次，大概是一九五六年的春天吧，我出访东欧，乘的是横越东北大地和西伯利亚荒原的国际列车。列车从北京开出后，就从列车播音员的广播中，听到了沿途将要经过的一些城市，这当中，就有着山海关。当时的心情是十分兴奋的。列车过了秦皇岛以后，我就眼盼盼地渴望着能尽快地看到山海关。哪知列车驶近的山海关车站的时候，我才发现：原来这车站和铁路线离山海关还有相当远的一段距离，我从车窗里探出头去，用力向北张望，心想能远远地眺望一下那雄关的影子也好。可是非常遗憾，因为这时已是黄昏时分，苍茫的暮色，笼罩着大地，任是瞪大的眼睛，竭力张望，也望不见山海关，只能隐隐约约地望见一抹如烟似雾的淡影，和从四野里升腾起来的炊烟暮霭融合在一起，像三春烟雨中的景色似的，迷离难辨。

我失望地转回头去,脑幕上留下的依然是童年时代从四爷爷那儿得来的模糊的影子。

现在,我终于亲眼看到这思慕已久的雄关了。

啊,好一座威武的雄关!

果然是名不虚传:

——天下第一关!

那气势的雄伟,那地形的险要,在我所看到的重关要塞中,是没有能与它伦比的了。

先说那城楼吧:它是那么雄伟,那么坚固,高高的箭楼,巍然耸立于蓝天白云之间,那"天下第一关"的巨大匾额,高悬于箭楼之上,特别引人注目,从老远的地方,就看得清清楚楚。这五个大字,笔力雄厚苍劲,与那高耸云天气势磅礴的雄关,浑为一体,煞是雄伟、壮观。但是,最壮观的还是它形势的险要。不信,你顺着那城门左侧的阶台往上走吧,你走到城墙之上,箭楼底下,手扶着雉墙的垛口,昂首远眺,你会情不自禁地发出一声又惊又喜的赞叹:

"嗬,好雄伟的关塞,好险要的去处!"

你往北看吧,北面,是重重叠叠的燕山山脉,万里长城,像一条活蹦乱跳的长龙,顺着那连绵不断、起伏不已的山势,由西北面蜿蜒南来,向着南面伸展开去。南而,则是苍茫无垠的渤海,这万里长城,从燕山支脉的角山上直冲下来,一头扎进了渤海岸边,这个所在,就是那有名的老龙头,也就是那里长城的尖端。这山海关,就耸立在这万里长城的脖颈之上,高峰沧海的山水之间,进去锦西走廊的咽喉之地,这形势的险要,正如古人所说:

　　两京锁钥无双地

　　万里长城第一关

　　站在这雄关之上，人的精神，顿时感到异常振奋，心胸也倍加开阔。真想顺着那连绵不断的山势，大踏步地向着西北走去。一路上，去登临那一座座屏藩要塞，烽台烟墩。从山海关、喜峰口、古北口、居庸关、雁门关。一直走到那长城的尽处，嘉峪关口。也想返回身来，纵缰驰马，奔腾于广袤无垠的塞外草原之上，逶迤翻腾的幽燕群山之间，然后，随着那蜿蜒南去的老龙头，纵身跳进那碧波万顷的渤海老洋里，去一洗那炎夏溽暑的汗水，关山万里的风尘……

　　甚至，更想身披盔甲，手执金戈，站立在这威武的雄关之上，做一名捍卫疆土的武士……

　　哦，童年的梦，又从长久尘封的记忆中复活了。

　　复活在这"天下第一关"的城楼之上，山海之间。

　　复活在这二十世纪的八十年代。

　　复活在这十年内乱后的一个励精图治的夏天。

　　这，能说是荒唐的吗？

　　不，你瞧，那是什么？

　　正当我凭栏四眺遐思迩想的时候，猛听得一阵喧哗，回头一看，啊，一个身披盔甲手执青龙大刀的武士，从那古老而高大的箭楼大门里面走了出来，我不禁吃了一惊，心里好生诧异，上前仔细一看，却原来是一个到这儿来游览的青年小伙子，故意穿着这一身戎装拍照留影做纪念的。这戎装，是从那设在箭楼大门里面的一家照相馆里租来的。这家照相馆在这儿陈列了一些盔甲和兵器，专门租给游人拍照留念。

　　这件新鲜事儿，使我非常高兴。开始我想到是这家照相馆真是"生财有道"，会想点子赚钱；可是转又一想：这不单纯是个赚钱营利的问题，而更重要的是他们体会到那些从祖国的四面八方汇集到这儿来的游人们在登临上这座古老而著名的雄关时的心情。我由此也就懂得了：这身着戎装拍照留念的青年小伙子，也绝不止是为了好玩和逗趣，这当中，也蕴藏着一种可贵的感情。

瞧,这小伙子手执大刀昂首挺胸的威武严肃的神情,不就是很好的证明吗?

看着这,有谁会感到滑稽可笑呢?

不,相反的,人们会情不自禁地从心里涌出一种肃穆庄严的感觉,怀古爱国的激情。

也许受到了这种情绪的感染,与我一起来的一位青年女作家,也仿效那个小伙子的榜样,走进箭楼大门里面,花了五角钱租了一套盔甲、兵器,披挂起来。当她披挂停当从箭楼里走出来时,我简直不认得她了。那个一身天蓝色的西装衫裙的时髦姑娘,一刹那间却变成了一位威风凛凛的古代武士。她头戴朱缨金盔,身穿粉底银甲战袍,手抚绿色鲨鱼鞘青锋宝剑,昂首挺胸地站在城楼之上,俨然是一位身扼重关力敌千军的守关武士,叱咤风云的巾帼英雄。

我们的这位青年女作家,过去曾当过演员,还拍过一部电影,在那部电影里,她演的是一个穷山沟里出来的农村姑娘,当上了飞行员,驾驶着银鹰,翱翔在蓝色的天空,保卫着祖国的神圣疆土。现在,她又身披戎装,手执金戈,在扼守这重关重塞了。八月的骄阳,映照着金盔银甲,闪烁出耀眼的光芒。她高高地站在那里,两眼凝视着远方,脸上的神情,是那样的庄严,真个不啻是花木兰再世,穆桂英重生。

看着这,一刹那间,我竟然仿佛置身于中世纪的古战场上。一股慷慨悲歌的火辣辣的情感,涌遍了我的全身。

啊,雄关!

这固若金汤的雄关!

这"一夫当关,万夫莫开"的雄关!

在我们那古老的中华民族的伟大历史上,在那些干戈扰攘征战频繁的岁月里,这雄关,巍然屹立于华夏的大地之上,山海之间,咽喉要地,一次又一次地抵御着异族的入侵,捍卫着神圣的祖国疆土。这高耸云天的坚固的城墙上的一块块砖石,哪一处没洒上我们英雄祖先的殷红热血？这雄关外面的乱石纵横野草丛生的一片片土地上，哪一处没埋葬过入侵者的累累白骨？

啊，雄关，它就是我们伟大民族的英雄历史的见证人，它本身就是一个热血沸腾顶天立地的英雄好汉！

如今，这雄关虽已成为历史陈迹，但是它却仍以这那雄伟庄严的岁貌，可歌可泣的历史，来鼓舞着人们坚强意志，激励着人们的爱国情感。

我相信：假若一日我们神圣的国土再一次遭受到异族入侵的话，那位手执大刀的青年小伙子，还有我们现代花木兰，以及所有登临这雄关的公民，全都会毫不犹豫地拿起武器，奔赴杀乱救国的战场！

由此，我又悟出了一个道理：雄关，这早已变成了历史陈迹的雄关，虽然已经失去了它往日的军事作用，但是这雄关的伟大体魄，忠贞的灵魂，却永远刻在人们的心中。

哦，更确切一点说，这雄关，不在地壳之上，山海之间，而是在人们的心中。

是的，在人们的心中。这才是真正的雄关，比什么金城汤池还要坚固的雄关！

不是吗？山海关纵然是坚固险要，可也有被攻破的记载：而吴三桂的开门揖盗引清入关，更是不攻自破，多尔衮的铁骑，不就是从这洞开的大门下边蜂拥而来席卷中原的吗？

　　悲哭六军皆缟素
　　冲冠一怒为红颜

吴梅村的《园园曲》，道出了所有爱国人士对民族败类的愤慨和痛恨。尽管历史学家对吴三桂叛国的动机究竟是不是为了"红颜"这一史实，还有争议，但是雄关被出卖而不攻自破却是事实，也是教训。

29

这遭到过玷污的雄关,至今还蒙受着耻辱的灰尘,并在无声地向人们诉说着这一段痛苦的历史,也仿佛在向人们告诫:

谁道雄关似铁?

任是这似铁的雄关,也有那被攻破的时候。

说什么"一夫当关,万夫莫开?"

在我们那辽阔的疆土之上的许许多多重关要塞,从来就没有哪一座关塞真正起到过这样的作用。它们或者被强敌攻陷,或者为内奸出卖。而尤其是后者,堡垒易从内部攻破,历史上是不乏这种沉痛记载的。

吴三桂的丑剧,只不是是其中的一件而已。

由此看来,古往今来的大量史实证明:那所谓"固若金汤"的雄关,是从来就不存在的;而真正的坚固的雄关,只存在于人们的心中。

——这,就是信念!

对社会主义,对革命事业,对我们伟大的祖国的坚贞不渝的信念,就是最坚固最强大的雄关,是任凭什么现代化的武器都不能攻破的雄关!

千百万吨级热核武器攻不破它,重型轰炸机和洲际导弹攻不破它,资本主义腐朽思想攻不破它,灯红酒绿金钱美女也攻不破它。它,永远巍然屹立于我们伟大辽阔的国土之上,亿万英雄儿女的丹心之中。

这才是真正的雄关!

"固若金汤"的雄关!

啊,雄关!

无比坚固的雄关!

李若冰

阳关梦

经典雅谈

我凝神观看，阳关的景象的确黯淡得很。在一片灰濛濛的沙漠洼地里，只有一些关墙残垣，一堆堆破砖碎瓦。一切的一切，都被自然界不断地运动所颠覆，被漫漫的黄色沉沙淹没了，虽说如此，我面对这历经人世沧桑的边塞险关，这自古闻名的中外商旅使者来往的友好门户，仍然感到一种莫大的诱惑力。透过沙尘弥漫的古关废墟，我脑际闪出白居易两句对酒诗来。我掉头望着野外地质朋友，笑道："相逢且莫推辞醉，听唱阳关第一声。"

一曲仿佛凌空飞来的古乐声，把我带入了云霞飘渺的敦煌盆地。

当我们从金山雪峰飞驰而下的时候，这种不期而来的古乐声，就已随着气温骤然变热，悠悠忽忽地在耳边鸣转起来。听来，音韵古老浑厚，低回婉转，似虚似实，似有似无，依着奇妙莫测旋律，叩击着人的心灵。我感到一阵疑惑：莫不是我又来到这蜚声古今的丝绸之路，是那一串串驼队的叮咚声，唤起了一种错觉？莫不是我又置身于举世瞩目的莫高窟艺术宝库之旁，是那怀抱琵琶的伎乐天，在大漠上空飞旋摆舞，引起了一种幻觉？这些，连我自己也感到懵懂。啊，此时，难道我竟在梦中……

文化名家谈史录

名家雅谈

　　和我同行的野外地质朋友,忽然板着我的肩膀,探头问道:"古阳关,你还没去过吧?"

　　"噢呀,阳关,在啥地方?"

　　"离敦煌不远,五十来公里。"

　　这位野外地质学家的兴致,也勾起了我一览胜地的宿愿。于是,我们直向南湖驰去了。

　　我一点也没有想到,走了约半个来小时,穿过一段平坦开阔的沙路,前面一片黄澄澄的海中,蓦地闪出了一片绿葱葱、黑压压的林带。起初,我把它当作沙漠里常见的海市蜃楼,心里并未介意。可是,再走了一阵,一股含有蜜果味道的香风,扑鼻而来。转念间,我们已不知不觉地被裹进绿杨红柳的怀抱里了。呵,那一排排高高的白杨树,在沙尘的翻卷中飒飒做响,那一溜溜婀娜多姿的细柳,在沙浪中悄声密语。红色的玫瑰和放香的野白刺花,在林间交映争辉。百灵鸟和展开翡翠色翅翼的花雀,在空中、枝头竞相对歌,蜜蜂和蝴蝶在花丛中来往扑闪。呵,我几乎不相信自己的眼睛,沙漠的奇迹,绮丽的绿洲!

　　我们这些从干涸的柴达木盆地走来的人,被卷入这种绿荫飘香的景色中,心里简直爽快极了。可是,我从南湖最早的创业者那里,得到的却是热烈而又朴素的印象。热烈,那是因为南湖主人的盛情款待,我和旅伴们正贪馋地吞食着肉汁甜美的西瓜和哈密瓜。朴素,这是因为农场主人叙说创建南湖的历史时,仿佛在沙漠中开辟这水灵灵的绿洲,竟像一桩唾手可得的事儿似的。其实,我早听到传闻,那长期苦战的柴达木的万千野外勘探者,过去往往是靠吃罐头过日子,一年到头很难吃到一口青菜。而现在,他们却赞不绝口:"南湖,是我们叶绿素的补给站!"他们不止吃到了各种鲜菜,还补助有小麦、瓜果之类。嗨,南湖出产的哈密瓜,已是敦煌市场上抢购的佳品了。我已晓得,南湖是在高原生活最困苦年代筹建的。来到这儿的垦荒者,多是工人,干部和家属,尔后还有冠以"反动权威"、"右派"的野外科学工作者。在我身边大口啃

瓜的这位柴达木的地质学家，就是其中一个。这些带着精神镣铐的人，本来就是沙漠的征服者，把他们赶到这儿垦荒，岂能被吓倒？他们和农场职工一道，亲手从百十里以外拉土造田，同时还在沙海底部探索到了水源。沙漠的水呵，比金子贵重，只要有了水，就有了绿，有了生机。人们开始在这儿播种小麦、蔬菜、栽树、种瓜。他们年复一年，舍身恋战，于是一汪水灵灵的大湖涌现了，一片片绿洲崛起了。于是，沙漠返青了，树儿成林了，雁儿飞来了，沙鸡叫了，花儿笑了。呵，南湖的水碧绿清澈，甘甜美口，它不停息地奔流，浇灌着饥饿的沙原，滋润着人们的心田。我眼望着绿洲，不由地寻思，这喷涌在沙窝里的南湖水，不也是垦荒者的血儿汗儿汇成的吗？

第二天早晨我们起程去古阳关，沿着南湖宽宽的渠道，穿过几个小小的树落，走了不到一个时辰，绿油油的南湖落在了身后，眼前又展现出望不到头的黄沙滩。噢，一座座茫茫的沙丘，被呼啸的黄风飞卷着，形成起伏荡漾的纹波，飘向遥远的天宇。我们周围空旷寂寥，没有树，没有鸟，没有花。阳关在哪里呢？

过了一阵，我们拐过了几座沙丘，隐约可见一座孤孤零零的烽火台，凸起在高大的沙岭之上，我们飞快地驰近烽火台，跳下了车，搭眼一看，在一条长长的沙梁上端，竖着一块长方形水泥碑，上面刻有醒目的"阳关遗址"几个大字，并标有国家重点保护文物的字样。噢，这就是阳关吗？而向导说，遗址还在沙梁的下面。这是一条修长的大斜坡沙梁，像大海波涛劈开的浪屿，一点也找不见路的影子，尽是漠漠流沙。我们顺着流沙往下走，跑了不一阵，已经气喘吁吁，两条腿也深深陷进沙窝里了。

我凝神观看，阳关的景象的确黯淡得很。在一片灰濛濛的沙漠洼地里，只有一些关墙残垣，一堆堆破砖碎瓦。一切的一切，都被自然界不断地运动所颠覆，被漫漫的黄色沉沙淹没了，虽说如此，我面对这历经人世沧桑的边塞险关，这自古闻名的中外商旅使者来往的友好门户，仍然感到一种莫大的诱惑力。透过沙尘弥漫的古关废墟,我脑际闪出白居易两句对酒诗来。我掉头望着野外地质朋友,笑道:"相逢且莫推辞醉,听唱阳关第一声。"

野外朋友抿嘴一笑,随即大声吟唱起来:

渭城朝雨浥轻尘,

客舍青青柳色新。

劝君更尽一杯酒,

西出阳关无故人。

王维这首古今脍炙人口的绝句,小时候老师就教我背诵过。但仅仅是背诵而已,却怎么也尝不出其神韵来。后来长大了,才知此诗曾为唐人所歌,入乐府而广为传诵,作为送别曲唱之,曲至阳关句反复歌之,号称《阳关三叠》。此时此景,我回望阳关,不知怎的,耳边又喧响起这凄凉的送别曲了。我仿佛看见,随着旋荡的乐声,一队队身着戎装的古代士兵,正在黑烟滚滚的夜路上颠簸疾行,真有一番"半夜军行戈相拨,风头如刀面如割"(岑参)的景象,也真有一种"秦时明月汉时关,万里长征人未还"(王昌龄)的苦味儿。阳关,古时候有过刀光剑影,有过民族仇杀,这儿埋葬过多少无辜者的尸骨,洒下了多少孤儿寡妇的血泪啊!难怪宋代女词人李清照登上凤凰台,也不由得哀伤起来,凄婉地沉吟:"休休,这回去也。千万遍阳关,也则难留。"……

我们转身爬上沙梁,向烽火台走去。从敦煌、南湖到阳关的路上,有不少这样的烽火台,约相隔二十里就有一座,是古代专为传递警报修筑的,所谓烽烟燧燔之台。烽,见敌则举,燧,有难则焚。烽火点的是狼粪,因其烟直上,远远瞭望得见。噢,古时这儿的狼一定很多吧?靠阳关跟前的这座烽火台,早已是残垣断壁,但也不失为一景。

我们你拉我搀地攀登而上。一踏上仍然高陡险峻的烽火台,我们和一些海外游客相逢了。这些漂洋过海的来客,一个个风尘仆仆,寻东问

西，兴致颇高。虽说阳关已是风蚀残关，断台废墟，但它曾经是古代物质和精神文明交流的摇篮。中外旅游者仍愿迢迢千里来此饱览胜景，那不也是人生的一大快事吗！

在这里登高瞭望，前面是阳关，后面是敦煌，天地辽阔广大。阳关距玉门关不远。据称"以居玉门关以南，故曰阳关，本汉置，后魏置阳关县"（《元和郡县志》）。那么，古来驰名的阳关大道在哪里呢？原来，汉唐时期，从嘉峪关经敦煌，出阳关至新疆，被称为阳关大道。而两汉时期，通西域的有南北两条大道，其南道自敦煌出阳关，过楼兰，沿昆仑山北坡，向西再逾葱岭，可达中亚细亚和伊朗诸国。可是，我这次来到这儿，怎么也搜寻不到阳关大道的踪迹，漫天的黄沙成为这儿的主宰了。而我和旅伴们却想，不管地壳运动如何颠覆了这条阳光大道，而使驰名的雄关荒疏如野，但怎么能阻挡得住人类友好交往的意愿呢！

我和旅伴们在归途中，兴致勃勃地谈论着古阳关命运的话题。而野外朋友却十分感慨地说："我看，无论怎么说，《阳关三叠》乃是一支古典名曲，传说它的曲调最高，倚歌者笛为之裂，想来是十分悲壮激昂、凄苦感人。可今天，我们已很难听到音乐家们演奏了。呵呵，我这会真想听听这支送别曲哪！"

我的野外朋友的话很令人同情。可是同行者没有操笛者，也没有善歌者。我虽然听到过这支曲儿，但也哼不出几句了。

奇怪的是，我这天在南湖憩息的夜晚，做了一个梦。一个绿色的梦，美妙的梦。那《阳关三叠》凄凉哀怨的乐声，竟一再在梦中缭绕。倏忽之间，我仿佛看见阳关拔地而起，蔚为壮观。朦胧之时，它依然是废关残台，在漠风中沉沦。蓦然，伴随着一阵高亢的古乐声，我却惊喜地发现，清朗朗的南湖水犹如万马奔腾似的，穿过大大小小的村庄，横越茫茫无边的荒漠，沿着阳关方向喷涌而去。呵，阳关绿了，烽火台绿了，比南湖还绿得凝重，绿得绮丽。而《阳关三叠》的音韵也变幻了，不再那么哀伤凄苦，已带着激越而又柔美的音色……

艾 煊

嘶马悲风

经典雅谈

现代的艺术家们，在荒凉的广武山上，在鸿沟的出口处，在黄河岸边陡峭的悬崖上，在当年项羽的营垒上，用生铁塑铸了一匹有生命有灵性的战马。铁马引颈昂首，对着灰暗的缈缈长空，对着汹涌的滔滔黄河，悲声长啸。

郑州西北郊，古荥阳附近，靠近黄河边的广武山，是一片黄土高原的荒凉景象。

高原山岭，被风神和雨伯，切割成无数沟壑和峭壁。

完整的大地，被割裂成两大片。当中形成一道裂罅深谷。站在广武山上，低头俯视，垂直的悬崖，从高原顶部到谷底，深达两百多米。这条大地的裂罅深谷，两边崖岸的距离，狭窄处不足三百米，宽处也仅只有八百米左右。裂罅深谷的出口处，便是浊浪奔流的黄河。

这里是古战场。这条裂罅深谷，便是楚汉分界的广武涧，又名叫鸿沟。古代的鸿沟，是战国时代开凿的一条纵贯豫东的运河，秦亡后，成了项刘斗争中的楚汉界河。更衍化成象棋盘上的楚河汉界。

灭秦以后，反秦联军统帅项羽，对各地举义参战有功的十八位将领，分封为十八路诸侯王。此时，传国玉玺已由秦始皇手中，转到了项羽手中。但这位盖世英雄项羽，并无意箕踞皇帝的龙椅。他只和大家一样，给自己封了一名诸侯王，西楚王。因为他是自然形成的诸侯霸主，人们便称他为西楚霸王。

秦王朝推翻了，反秦战争胜利结束了，有功的将军们也各有了封地，百姓也需要安居乐业。天下应该从此太平了。

刘邦被项羽封为汉王，都城在汉中。但刘邦不甘于仅仅做个诸侯王，他的贪欲和野心无止境。他极想当个掌握绝对权力，又可无限度享乐的极权皇帝。刘邦去汉中上任后不久，便撕毁诸侯王们的盟约，出兵制造新的战乱。他明修栈道，暗渡陈仓，偷袭和消灭其他几位诸侯王。得手后，又偷袭项羽的楚都徐州。项羽反击，刘邦惨败，连父亲和老婆孩子都做了项羽的俘虏。

一场新的刘项大战展开了，一时难分最后胜负。双方隔广武涧对峙，各自修筑了营垒。后人把这隔峡谷对峙的营垒，叫做汉王城和楚王城。至此，形成了势均力敌，两雄并峙的局面。刘邦偷袭各路诸侯所取得的不义成果，项羽也不得不承认这一既成的事实了。项羽只好和刘邦再一次分割势力范围。双方明确约定，划鸿沟为界，鸿沟以西归刘邦所有，鸿沟以东归项羽统治。约成，各自撤兵。

不久，刘邦再一次毁约，率大军越过鸿沟，东向袭楚。刘邦是个极残忍，极狡诈，极善欺骗，极善流氓术的政客。项羽的性格又太过直率，太过单纯，只有军事智慧，缺少政治权术。刘邦对反秦的诸侯联盟，实行利诱拉拢，分化瓦解。项羽不懂得刘邦的阴谋诡计，屡屡上当，终至败亡。项羽不是败于正义，不是败于战场。他是败于阴谋，败于不义。也就是他在兵败自刎时说的那句话："非战之罪也。"在人吃人的斗争中，项羽也只觉悟到了这极有限的一点。

历史在荥阳广武，遗留下一条悲剧鸿沟。引申开来，鸿沟成了隔阂的代词,成了人们相互间难以交流,难以沟通,难以融和,难以化解的代词。

那场战争的年轻参加者们是何心态?那是献身的事业。或献身于对暴秦统治的推翻,或献身于皇冠的争夺,或献身于功名爵禄的荣辱。

阮籍,李白都曾来此凭吊过。后来的旁观者,对那场战争,或热情赞叹,或严峻讥诮。或看成英雄角逐,或是使"竖子成名"的庸夫得失。或是嗜血屠夫们,对无辜者无情无义的残酷屠杀。

现代的艺术家们,在荒凉的广武山上,在鸿沟的出口处,在黄河岸边陡峭的悬崖上,在当年项羽的营垒上,用生铁塑铸了一匹有生命有灵性的战马。铁马引颈昂首,对着灰暗的缈缈长空,对着汹涌的滔滔黄河,悲声长啸。

牧　惠

歪批《水浒》

经典雅谈

　　之所以如此，除了休坏了山寨弟兄们的义气之外，还有一点我以为更加重要，那就是，事实证明李逵错了，正确伟大的仍然是宋江。如果反过来，李逵没错，抢夺刘小姐的就是那位杀阎婆惜、养李师师的黑宋江，李逵的小命恐怕难保。

　　有李鬼假冒黑旋风的名目去剪径，又有王江假冒及时雨的名目去抢夺刘太公女儿。李逵听刘太公诉说宋江如何如何之后，痛恨宋江口是心非，一怒之下，不问情由，直到忠义堂上，并不答理宋江，睁圆怪眼，拔出大斧，先砍倒了杏黄旗，把"替天行道"四个字，扯做粉碎。众人都吃一惊。李逵又拿了双斧，抢上堂来；径奔宋江，要不是被众人慌忙拦住，很可能就一斧砍过去了。这时，李逵已气作一团，根本说不出话来。李逵此举，鲁莽闯撞有余，调查研究不足；但是，他全心全意维护忠义堂前"替天行道"杏黄旗的纯洁性这一用心，却一直被人尊敬。李卓吾评说："李大哥真是忠义汉子。他听得宋公明做出这件事来，就要杀他，哪里再问仔细。此时若参进些拟义进退，便不是李大哥了。所

39

称畏友，非耶？交籍中何可少此人！"此诚知李大哥之言。李逵就是如此这般的"这一个"。

事后证明，李逵错了，抢刘太公女儿的是王江而不是宋江。李逵羞愧难当，本想割下脑袋去认错，后来勉强接受了燕青的"负荆请罪"法。这一来，使得舞台上仍不时地演出《李逵负荆》，有一次还让薛宝钗当话把儿去敲打宝玉、黛玉。仍然是喜剧。

设想一下，如果宋江不肯饶他，既然立了军令状在前，李逵难免一死。何况，他在盛怒之下，又暴露出内心里有着不少抗上的"反动思想"。一是从根本上怀疑乃至否定坐第一把交椅的领袖个人品质："你原正是酒色之徒。杀了阎婆惜便是小样。去东京养李师师便是大样。"一是攻击宋江搞任人唯亲，招降纳叛："山寨里都是你手下的人，护你的多。"既有言论，又有行动，上纲上线在忠义堂上批判一番，李逵即使不杀头，也得从天罡星第廿二位撤下来，排到后面去；至少也得降到地煞星的位置，步军头领也休想再当。现在这种结局，李逵委实占了老大的便宜。

之所以如此，除了休坏了山寨弟兄们的义气之外，还有一点我以为更加重要，那就是，事实证明李逵错了，正确伟大的仍然是宋江。如果反过来，李逵没错，抢夺刘小姐的就是那位杀阎婆惜、养李师师的黑宋江，李逵的小命恐怕难保。

《三国演义》田丰的故事是众所周知的：袁绍听说曹操封孙权为将军以互相呼应后，气急败坏地兴兵七十余万，进攻许昌。因为曾经谏阻袁绍别冒冒失失进攻曹操而被囚在狱中的田丰又上书劝袁绍"宜静守以待天时，不可妄兴大兵。恐有不利"。袁绍不听，果然大败，"尽弃图书车杖金帛，止引随行八百余骑而去"。消息传来，狱吏给田丰贺喜说："袁将军大败而回，君必见重矣。"丰笑曰："吾今死矣！袁将军……若胜而喜，犹能赦我；今战败则羞，吾不望生矣。"没多久，果然传来要田丰首级的命令。

　　切莫以为，只有袁绍一人才那么蠢。还有比袁绍更袁绍的：即使不曾有田丰闻袁绍兵败而抚掌大笑的谮言，即使田丰仍上书说胜败乃兵家常事，错在我而不在袁绍，田丰的性命仍然难保。李逵之被宽恕，首先在于他可以证明宋江正确、英明。

李国文

匹夫董卓

经典雅谈

《献帝记》有这样一段记载:"卓所爱胡,恃宠放纵,为司隶校尉赵谦所杀。卓大怒曰:'我爱狗,尚不欲令人呵之,而况人乎?'乃令司隶都官挝杀之。"所以,对于这些和狗差不多的人,和人差不多的狗,能做出些什么好事来呢,还不了然吗?

在一般人心目中,董卓是和吕布、貂婵连在一起的。舞台形象是大花脸,将军肚,粗声浊气,酒色之徒。一见貂婵,马上表现出一种性的高度亢奋状,哇呀呀地冲动起来。那急不可耐的下三滥的样子,充分刻画出一个绝粗俗,绝低档,但有权有势的头面人物形象。明人王济写过一出戏,叫《连环计》,是昆曲,也改编成为京剧过,不知是否为拥有性特权的大人物所不喜欢,这出戏后来很少上演。

董卓,"豺狼也,"这是他同时代人对他的评语,充分说明他的恶本质。好色,只是他的一个侧面。一个人,混到了拥有极大权势的地步,弄个把女人玩玩,那就是无伤大雅的小节了。史书通常都不记载,只有小说家差劲,总抓住大人物这些小地方做文章。罗贯中的《三国演义》

是一部讲权谋的书，全书的第一个计，就是"连环计"，就是用女人来诱好色之徒上钩的计。中计的恰恰是董卓，于是编成小说，编成戏文，他和吕布都成了爱情至上主义者，为貂蝉差点要像西洋人那样决斗。

其实，董卓一开始，并不是个完全充满兽性的杀人狂。

史书称他"少好侠"，"有才武"，但是权欲和贪婪，复仇与疯狂，加上他长期在西北地区，与羌、狄少数民族周旋的影响，他本是粗鄙少文的一介武夫，在不停的厮杀格斗的局面下，残忍不仁的性格益发变本加厉。所以，他成为长期独霸一方的西北王，谁也不卖账。

灵帝中平五年，中央政权觉得他挟权自重，有异志，要他将兵权交给皇甫嵩，调京城任少府，他推托不就。第二年，又调他为并州牧，仍要他把兵权交出去，他再一次抗命。就在他任河东太守期间，恰逢黄巾事起，他不得不奉命征剿。可是，他这支部队，屠杀手无寸铁的老百姓和边民，是既残暴、又凶恶的虎狼之师；可真刀真枪上阵，他和他的队伍，几乎不堪一击，被黄巾打得一败涂地。

他因此获罪，很倒霉了一阵。

所以，何进听了袁绍的馊主意，调他进京清除十常侍的命令一到，正中下怀，他带着队伍由河东直奔洛阳，这下子他的大报复、大泄愤的机会可来了。谁也挡不住他，他一张嘴，就杀气腾腾："昼夜三百里来，何云避？我不能断卿头邪？"

这也是我们常常见到的，那些一朝得意，睚眦必报的小人嘴脸了。

老实说，这类小人是无论如何不能靠自己的真本事、真功夫、真能耐去获得自己想要的一切的，可是他们又非常想得到这一切，只能靠非正当手段或凭借外力去攫取。谁教何进、袁绍给他这个机遇呢？可在此以前，这些吃不着天鹅肉的癞蛤蟆，心痒难禁，手急眼馋，日子难过，痛不欲生。所以在失意的时候，在冷落的时候，在什么也捞不着的时候，在谁也不把他当回事的时候，那灵魂中的恶，便抑制不住地养成了对于这个正常世界的全部仇恨。若是一旦得逞，必定是以百倍的疯狂，进行报复。

若是小姐身子丫鬟命,顶多有些自怨自艾,红颜薄命,无可奈何而已。但怕的是奴婢身子奴婢命,偏又有许多非分之想,于是,为达到目的,从卖身到卖人,什么都能干得出来的。

董卓终于虎视眈眈地来到洛阳,开始报仇雪恨。

他进到都城,第一件事,便是采取措施,先把少帝废了,把领导权夺在手中。废帝,在封建社会里是大逆不道的行为,虽然想出了那些摆在桌面上的理由,其实是哄人的。包括这个可怜的小皇帝,兵荒马乱,吓坏了,回答他的话不如陈留王利落,促使他要立陈留王为帝的说法,也是一种借口。主要的是董卓对拥戴少帝的领导班子早就心怀不满,那些京官根本没有把他放在眼里,整过他,因此他一得手,把皇帝换了。自然权倾朝野,为所欲为了。

第二件事,他封自己为司空,为太尉,为相国,为眉侯,为太师,凡是能当上的官,他都要当,绝不嫌多。这在心理学上叫做平衡补偿,而且文化层次愈低的人,愈追求感官上的满足。当官,要当大的,当一把手,谁也不在他眼里,赞拜不名,剑履上殿,膨胀到了极点。"我相,贵无上也!"他给自己这个"相"作了规定,是顶尖的,是最大的,谁也超不过去。他还要当尚父,当皇帝的干老子,比皇帝还要高一格。这当然也是无所谓的,有了想干什么就干什么的权力,还不赶快过瘾?所以这些人迫不及待地抢官做,是在另一种危机心理支配下的行为。因为他们知道不定什么时候就要倒台,不趁热把一顶顶乌纱帽戴上,一凉,怕连戴帽子的脑袋都保不住。这样,自然是叫花子拾金,先热乎两天再说,到第三天,居然还在手里,还属于他,便高兴得手舞足蹈。小人得志,通常都是这样的。

第三件事,便是一人得道,鸡犬升天,徒子徒孙,沐猴而冠的升官了。本来,物以类聚是正常的事,所以小人成伙,恶狗成群。人们说的拉帮结派,结党营私,都是不正派的人最乐于采用的手段,给家人封官，给亲信、部曲、随从，乃至狗腿子们封官。除去论功行赏的意义外，更重要的是要把他的党羽，塞到每个关键岗位上去。

所以董卓靠他的喽啰们作恶，他的喽啰们也倚仗他的保护，上下交为恶，倒霉的便是百姓了。

《献帝记》有这样一段记载："卓所爱胡，恃宠放纵，为司隶校尉赵谦所杀。卓大怒曰：'我爱狗，尚不欲令人呵之，而况人乎？'乃令司隶都官挝杀之。"所以，对于这些和狗差不多的人，和人差不多的狗，能做出些什么好事来呢，还不了然吗？

他对自己家人，就更不用说了，到了无所不用极其的地步。封他的老娘为池阳君，"置家令、丞。"他的家宅俨然是一个小朝廷。"卓弟旻为左将军，封鄠侯；兄子璜为侍中中军校尉典兵；宗室内外并列朝廷。"都一下子抖了起来。

很可惜，董卓的老婆究竟封了个什么娘娘，史无记载，查不出来。不过，失传的《英雄记》里有一段描写，似乎能隐隐绰绰地看到她在幕后操纵一切的影子。

卓侍妾怀抱中子，皆列侯，弄以金紫。孙女名白，时尚未笄，封为渭阳君。于眉城东起坛，从广二丈余，高五六尺，使白乘轩金华青盖车，都尉、中郎将、刺史两千石在眉者，各令乘轩簪笔，为白导从，之坛上，使兄子璜为使者授印绶。

弄出这样一个不伦不类，不合章法的场面，显然有女人争一份风光的动力在内。古礼女子十五曰笄，未笄，也就是说不到十五岁的女孩，再早熟，未必懂得要这种残荣的。显然，这个场面是为了满足这个女孩的什么人的欲望，才安排的。除了董卓的老婆能指使他外，想不出别人有这大面子了。当然也有可能，董卓另有所爱，被貂婵迷得神魂颠倒，不得不对他太太做出的姿态吧？

以上三件事,虽是恶迹累累,终究还是有范围的祸国残民。但他所作的第四件事,大开杀戒,弄得无国无民,一片焦土,就成了千古唾骂、万劫不复的败类了。

好像所有这类报复狂人,无论他得手以后,是一国之主也好,是一邦之长、一方之首也好,不扫荡干净敌手对头,天底下只剩下他孤家寡人一个,他那心头之恨总也解不了似的。希特勒杀犹太人,十字军杀异教徒,就是这种杀红了眼的典型。

董卓的恶行真是罄竹难书。

他曾"遣军到阳城,时值二月社,民各在其社下,悉就断其男子头,驾其车牛,载其妇女财物,以所断头系车辕轴,连轸而还洛,云攻贼大获,称万岁。入开阳城门,焚烧其头,以妇女与甲兵为婢妾。"

"尝至眉行坞,公卿已下祖道于横门外。卓豫施帐幔饮,诱降北地反者数百人,于坐中先断其舌,或斩手足,或凿眼,或镬煮之,未死,偃转杯案间,会者皆战栗亡失匕筯,而卓饮食自苦。"

"卓获山东兵,以猪豪涂布十余匹,用缠其身,然后烧之,先从足起。获袁绍豫州从事李延,煮杀之。"

最大的罪行,莫过于董卓执意从洛阳迁都到长安的大屠杀了,那是骇人听闻的焦土政策,三光政策,这种报复的疯狂性,令人发指。"卓即差铁骑五千,遍行捉拿洛阳富户,共数千家,插旗头上,大书'反臣逆党',尽斩于城外,取其金赀。尽驱洛阳之民数百万口,前赴长安。每百姓一队,间军一队,互相拖押;死于沟壑者,不可胜数。又纵军士淫人妻女,夺人粮食;啼哭之声,震动天地。如有行得迟者,背后三千军催督,军手执白刃,于路杀人。卓临行,教诸门放火,焚烧居民房屋,并放火烧宗庙宫府。南北两宫,火焰相接;长乐宫廷,尽为焦土……"

等到孙坚逼进洛阳时,"遥望火争冲天,黑烟铺地,二三百里,并无鸡犬人烟。"连曹操后来说起此事,还感伤不已:"旧土人民,死丧

略尽，国中终日行，不见所识，使吾凄怆伤怀。"

一座数百万人口的国都，最后只剩下数百户人家，董卓作恶之极，惨绝人寰。

所以，这个报复狂董卓，终于恶贯满盈，被他的亲信吕布干掉了。死后，"暴卓尸于市。卓素肥，膏流浸地，草为之丹。守尸吏暝以为大炷，置卓脐中以为灯，光明达旦，如是积日。"匹夫董卓，他是想不到会有这样一个作恶必自毙的结果。

因此，凡走极端到伤天害理程度者，最好摸摸自己的肚脐，是不是将来会有点灯的可能？

李国文

谢宣城之死

经典雅谈

　　谢朓的故事,就这样结束了,但像谢朓这样有才华的文人,遭遇到一比一百或一比一百五十的"特别关注"者的可能性,还是存在的。所以,以史为鉴,经常提醒自己,实有必要。

　　"解道澄江静如练,令人长忆谢玄晖。"

　　这是唐人李白的诗,诗中提到的谢玄晖,即谢朓,又称谢宣城,因为他在那里当过一阵子相当于行署专员的太守而得名。旧中国有这种或以其家乡,或以其为地方官而名之的惯称。

　　在中国文学史上,谢朓又称小谢,以区别于谢灵运的大谢。二谢俱为南北朝时山水诗人,大谢(385~433)在宋,小谢(464~499)在齐,俱为一代诗宗。很可惜,这两位,前者被宋文帝"弃市"于广州,后者被东昏侯"枭首"于建康,皆未获善终,中国诗人之不得好结果,在文学史上,他俩几乎可以拔得头筹。

　　有什么法子呢?或许只好归咎于命也运也的不幸了。

其实，我一直觉得，上帝，如果有的话，一定是他老人家有这种恶作剧的偏好。当一个有才华的文人，出生在这个世界上的时候，他总是要安排一百个嫉妒有才华的小人在其周围。他这样做，显然不是怕诗人或者作家，孤单寂寞，为其做伴，而要他们来挤兑，来修理，来收拾，来让诗人或作家一辈子不得安生的。

因此，文人的一切不幸，根源可能就在于这一与一百的比例上。

这非正常死亡的一对叔侄，均出身于南北朝顶尖贵族家庭之中。谢氏原为中朝衣冠，祖籍河南陈郡阳夏，南渡后，经晋、宋、齐、梁数朝的繁衍生息，以深厚的中原底蕴，悠久的华族背景，在秀山丽水的钟灵毓秀下，在景色风光的陶冶熏染中，成为才士迭出，秀俊相接，文章华韵，名士风流的大家族。刘禹锡的诗句："旧时王谢堂前燕，飞入寻常百姓家"，就是南北朝两大豪门终结的一阕挽歌，但六朝古都的昨日辉煌，仍会从这首绝句中勾起许多想象。

谢氏门庭中走出来的这两位诗人，谢灵运结束了玄言诗，开创了山水诗的先河，谢朓的诗风，更为后来盛唐诗歌的勃兴，起到了奠基性的作用。两谢死后，后继乏人，谢氏门庭也就结束了麈尾玄谈，雅道相继的文化传统。此后，石头城里，蒋山脚下，剩下的只有朱雀桥畔的绮丽往事，乌衣巷口的凄美回忆。

解放前夕，我还是个青年学生，在南京读书时，曾经专程去探访过乌衣巷。那条窄陋的旧巷，已经难觅当日的衮冕巍峨，圭璋特达的盛况，但是那不变的山色，长流的江水，古老的城墙，既非吴语，也非北音的蓝青官话，似乎还透出丝丝缕缕的古色古香。尤其当春意阑珊，微风细雨，时近黄昏，翩翩燕飞之际，那一刻的满目苍凉。萧条市面，沧桑尘世，思古幽情，最是令人惆怅伤感的。

谢朓年，恰逢中国诗歌的盛唐季节，一位来自西域碎叶，带有胡人血统的诗人，一位且狂又傲，绝对浪漫主义的诗人，以心仪之情，以追思之怀，站在谢朓徘徊过的三山之畔，望着那一江碧练，在晚霞余绮中静静流去的情景,诗意不禁涌上心头,便有了"解道澄江静如练,令人长忆谢玄晖"的《金陵城西楼月下吟》这首诗。

李白在这首诗中,将谢朓的原句,"余霞散成绮,澄江静如练",化入自己的作品,这是中国旧体诗常见的手法,既是一种认同,一种共鸣,也是时空转换中艺术生命力的延续、张扬和创新,非高手莫能为。谢朓为大手笔,李白也为大手笔,李白将相隔三个世纪前同行的诗句和名姓,慷慨地书写在自己的作品中,我认为是大师对大师心灵上的折服。

他很少敬服谁,独对谢朓,脑袋肯低下来。

读李白作品,我有种感受,他是把谢玄晖看做艺术上的守护神,一生谨守着谢朓写诗的原则,追求"圆美流转如弹丸"至善境界。而且还身体力行,始终追踪着谢朓的足迹,走他走过的路。天宝十三载(741),买舟西上,来到谢朓任太守的安徽宣城。在那里一待就是三年,看过许多风景名胜,写过很多绝妙好诗。二十年后,李白六十岁了,远放夜郎,遇赦回归,饱受颠沛流离之苦,已是意兴阑珊之人,上元二年(761),仍旧不辞辛劳,又一次来到宣城,向他精神上的师友,做最后的告别。

李白是狂傲的,对于谢朓,对于谢朓的诗,对于谢朓的一切一切,却永远抱有那一份强烈的势衷,和绝不掩饰的关爱,这是文学史上一个值得研究的现象。

在李白的作品中,触目皆是谢朓的名字:

"三山怀谢朓,水澹望长安。"

"诺谓楚人重,诗传谢朓情。"

"曾标横浮云,下抚谢朓肩。"

"谁念北楼上,临风怀谢公。"

"谢亭离别处,风景每生愁。"

"青山日将暝，寂寞谢公宅。"

"高人屡解陈蕃榻，过客难登谢朓楼。"

"我吟谢朓诗上语，逆风飒飒吹飞雨。"

"宅近青山同谢朓，门垂碧柳似陶潜。"

"蓬莱文章建安骨，中间小谢又清发。"

……

李白对谢朓的这段不渝之情，实在让我们感动。

于是，我就不禁质疑曹丕的"文人相轻"说。中国文人，是不是如鲁迅先生一论，二论，直到七论"文人相轻"那样，已是无法治愈的痼疾？

其实，或许不应该完全如此。

譬如我们在杜甫《春日忆李白》读到："白也诗无敌，飘然不思群"，不感觉到那是一片真心的赞许吗？同样，在李白诗《戏赠杜甫》读到："借问别来太瘦生，总为从前作诗苦"，不体会到那是多么深厚关注的友情吗？

也许今人失去了古人的宽容，敦厚，大度，包涵，如今在文学界同行中，几乎很少能感受到类似的温馨。难道，一定效法狼群的生存法则，才是文坛的相处之道吗？后来，我渐渐地悟到，真正的文学大师，是一个绝对充实的文学个体，唯其充实，就自然稳固，唯其稳固，所以坦然。我们当今这些文人，之所以小肚鸡肠，针尖麦芒，互不相让，势不两立，很大程度在于浅薄，在于虚弱，在于浮躁，在于空乏，在于不知天高地厚，在于实实在在没有什么斤两上。唯其没有分量，就轻；唯其轻，也就觉得别人比他还轻。老百姓爱说的"一瓶子不满，半瓶子晃荡"，确实是当下这类文人的真实写照。

回过头来看这些年，那些喋喋不休的口舌，那些鸡毛蒜皮的分歧，那些剪不断理还乱的陈年旧账，那些狗咬狗一嘴毛的无名官司……说到底,所谓文人相轻,究竟有多少文学之争,那真是天晓得的。

李白对于谢朓,既有梁武帝萧衍"三日不读谢(朓)诗,便觉口臭"的艺术上的认同,也有感悟上的相通,身世上的类似,抱负上的一致,人生命运上的惺惺相惜。尤其爱恶作剧的上帝,在他们周围,安排下的王八蛋之多,不是一比一百,而是一比一百五十,所遭遇到的不幸和倒霉,也是如出一辙,所以,这位大师,对于谢朓才有始终如一的崇敬。

清人王士禛论李白,有句名言,说他"一生低首谢宣城",是一点也不错的。

根据李白的人生哲学,"人生得意须尽欢,莫使金樽空对月,天生我材必有用,千金散尽还复来。"有大才,应毫不客气地大狂。不大狂,对不起大才,不大狂,也出不来大才,不大狂,你可能一下子就被嫉妒你的那一百五十枚王八蛋掐死在摇篮里。在他看来,才和狂,如火药之与引信,狂因才,敢离经叛道,破旧立新,才因狂,能神驰八极,灵感升腾,只有这样,才能爆发出惊天地泣鬼神之诗歌,之文章。

谢灵运很狂,这一点,与李白相似,但谢朓却并不狂,这一点,与李白不同。谢灵运在刘裕篡晋,改朝换代以后,余荫尚存,袭祖职为康乐公,有本钱狂,有资格狂。谢朓的母亲,为宋文帝之女长城公主,就冲这点家族背景,也不是无可狂,狂不了,如果想狂的话,足可以狂过谢康乐。李白最为谢朓扼腕痛惜者,就是他不能狂,更不敢狂。

我想,具有胡人豪放性格的李白,如果能与这位贵族公子促膝谈心,肯定会鼓动他,前辈,你是用不着如此谨小慎微讨生活的。但谢朓也有理由,不足百年,谢氏家族中太多的刀下之鬼,那一颗颗砍落下来的头颅,那一腔腔喷射出来的血腥,他能不胆小畏事吗?他能不谨慎行为吗?这可能是作为诗人的李白,特别同情谢朓的一点。做人做得如此之累,那么作诗,能不自设藩篱,自立屏障,自行规范,自我作践,将灵动鲜活的诗形象,约束成罐头里的沙丁鱼吗?

　　若谢朓索性狂放如其叔，其成就要超过其叔更多，他应该有更多的好诗，留在这个世界上的，李白这样看，斗胆的我，也是这样想的。一个谨小慎微的人，当会计，绝对是好材料，当作家，绝对不会有出息。建国以来，有许多本应当会计的同志派去当作家，而可以当作家的人员却拿来当会计，阴差阳错，遂造成相当一段时期内的文学不景气。想到这里，不禁呜呼，人尽其才，物尽其用，选贤与能，囊锥出刺，是一个多么久远而又多么难以实现的理想啊！

　　然而，天不假以年，大谢四十八岁，小谢三十五岁，就死于非命。

　　虽然戏码一样，剧情却稍有差别。谢灵运主动往枪口上碰，咎由自取，谢朓尽量躲着枪口，却怎么也摆脱不掉，算是在劫难逃。别说古人李白，对其寄予无限同情，即使今人，尤其曾经沧海，祸从天降过的知识分子，怕也不禁感叹系之的。

　　谢灵运与谢朓，贵族后裔，文坛大腕，刘宋诸王与齐萧诸王，皇室贵胄，斯文风流，两谢的殷勤巴结，求得进身之阶，王孙的附庸风雅，显出文治丰采，既是互相需要，也是互相利用，遂一拍即合，相见恨晚。

　　另外也应看到，南北朝时期的门阀观念甚重，高门寒族，泾渭分明，早先卑微家世，后来做得大官，也进不了贵族圈子。魏晋九品中正制，等级森严，门户有别，都不能同坐在一张凳子上。所以，想方设法跟王谢豪门攀亲，以求改换门庭，成为一时风尚。以谢朓为例，父亲娶了宋文帝的长城公主，他娶了开国元勋王敬则的千金，儿子也差点成为梁武帝萧衍的女婿。北朝那边也不例外，那些放牛的，牧马的，一朝坐稳江山，都迫不及待地要跟清河崔氏，范阳卢氏，荥阳郑氏，太原王氏联姻，希望通过生殖器官的努力，获得贵族身份。

　　这也是大小谢得在踏进宫廷大门的资格证书。

　　庐陵王刘义真与"江左第一"的山水诗人，"情好款密"（《资治通鉴》），与贵族子弟"周旋异常，昵狎过甚"（《南史》），也有借谢灵运为之自炫的因素，和弥补家世出身低下的心理弱势。而谢灵运，是诗人，更是政客,而且还是一个政治投机分子,把宝就押在这位才十五六岁的年轻人身上,成为他享乐、消费、优游、过尊贵生活的精神导师。庐陵王如鱼得水般的快乐,许下了愿,一旦登基,答应诗人必是他的宰相。

然而,上帝所安排的众多嫉妒之辈,哪能让诗人得逞,早就密奏执政当局,于是,一道敕令,谢灵运就灰头灰脸地离开都城,到永嘉上任,这是永初三年(422)夏天的事,六十年后,永明十一年(483)秋天,谢朓因与随王萧子隆关系莫逆,同样,为长史王秀之所嫉,打碴将他由荆州遣返京都,竟是一点也不走样地重蹈其叔覆辙。马克思说过,历史总是不厌其烦的重复,如果第一次是悲剧,第二次则应该是喜剧。但实际上,由于有才华的人,周围有太多的嫉妒之辈,都是些不咬人就牙痒的鸱枭,没事还找你的病呢,何况你被他一口逮住,结局便注定是不幸的。

谢朓比谢灵运更受王室抬爱,先是豫章王萧嶷的参军,后在随王萧子隆的东中郎府为吏,还与竟陵王萧子良谈诗论文,过往甚密,是号称"竟陵八友"的文学沙龙中的特约嘉宾。沈约评价他:"二百年内无此诗也",可以想见他被这些王子们的倚重程度,甚至,萧子隆带着他一齐赴任,该是何等宠信。"子隆在荆州,好辞赋,朓尤被赏,不舍日夜"(《南史》),邀他为自己的秘书长,参与政府事务。那位长史王先生,上帝的爪牙,怎能容得下谢玄晖呢?

小人的舌头,永远是有才华的人头顶上悬着的那把达摩克利斯之剑。进谗言,说坏话,造舆论,放空气,是投入最少,产出最多的害人手段。谢朓那时太年轻,乖顺,懂事,识相,离开荆州,写了一首《暂使下都夜发新林至京邑赠西府同僚》的告别诗,最后四句,"常恐鹰隼击,时菊委严霜,寄信蔚罗者,寥廓已高翔。"其中鹰隼、严霜、蔚罗者,就是以小人舌头功能的形象化描写。

这说明小谢比大谢有头脑,从这首归途中写的感遇诗看,虽然他也世俗,也功名心重,但明白处境的险恶。谢灵运则不然,没有杀头之

前，他尽管不得意，不开心，但想不到别人在算计他，所以，他从不收敛，继续保持着他的狂。甚至刘义真的宫廷政变中死于非命，也未使他警醒。谢灵运满肚子不快，到永嘉去当太守，上任后吊儿郎当，游山玩水，对谁也不买账。最后，被免职、被发配，在广州，被小人诬告兵变，诏下，弃市。

谢朓与之相反，能够逃脱厨罗者所结的小人之网，额手称庆。齐明帝建武二年（495），被派到宣城任太守，他高高兴兴地赴任去了。对一个山水诗人来讲，还有比这更好的选择么？这年他三十二岁，来到美不胜收的风光佳境，又是意气风发的锦绣年华。那得到解脱的形体，那摆脱羁绊的心灵，有如鸟飞森林，鱼游大海的自由舒展。这也是三百年后，一位唐代诗人能在宣城的碧山秀水之中，一待数年，也是求得与前代诗人的精神共鸣吧！

但是，小人如蛆，这是旧时中国文人永远的噩梦，无论你走到哪里，危机总是像阴影笼罩着你。而且作为一个知识分子，待价而沽的求售心态，鱼跃龙门的腾达理想，不甘寂寞的躁动情绪，不肯安生的难耐冷落，诗人有一点不安于位了。

谢朓从宣城太守转往徐州任行事，离政治漩涡较远，安全系数也就较高，内心应当是窃喜的。但是，他也不能不看出来，离权力中心较远，获益效率自然也就较低，因此，他多少感到失落。中国文人，最后从命运途程的悬崖摔下去，都是从这最初的一点点不平衡开始的。

永泰元年（498），南齐政坛发生了一些变化，尾大不掉的王敬则，开国元勋，谢朓的泰山大人，使得最高统治者不放心了。尤其，"明帝疾，屡经危殆，以张瓌为平东将军，吴郡太守，置兵佐，密防王敬则，内外传言当有异处分。敬则闻之，窃曰：'东今有谁？只是欲平我耳！'诸子怖惧，第五子幼隆遣正员将军徐岳以情告徐州行事谢朓为计，若同者，当往报敬则。"（《南齐书》）

谢朓在密室中会见了小舅子派来的特使，心惊肉跳，差点休克过去。诗人的脑子转得快,马上盘算,第一,他个人写诗可以,并不具备造反的胆量,不可为。第二,老头子造反,纯系意气用事,不可信。第三,保持沉默,没有态度,既得罪老头子和小舅子,也瞒不过当局,是不可以的。

于是,一跺脚,将岳父推上断头台。应该说,谢朓这样做,有其一贯胆小怯懦,畏罪惧祸的成分,但也不可否认,诗人存有相当程度的投机侥幸,冀获重赏的心理。当时从荆州脱身出来,他手里没有什么本钱,现在,押着五花大绑的徐岳,亲赴南京大义灭亲,将王敬则贡献出来,那可是一大笔政治资本。

文人,染指权力的欲望,不亚于别行别业。我就亲眼目睹,一些同行们为失去的位置而失魂落魄,有如宝玉丢玉;为获得的职务的欣喜若狂,有如范进中举。求权之热烈,甚于作文之认真者,大有人在。虽然一个个嘴上挂着清高,脸上挂着不屑,但是进了名利场,君不见排排坐,吃果果,那开胃通气,消食化痰的快活,权力的诱惑,大概任何人都不能例外的。

所以,谢朓的诗写得棒,人却不怎么样,这种出卖岳父的行径,十分卑鄙,不但为当时人所不齿,后来人也觉得他为文和为人,背道而驰到如此程度,不可理解。据《南史》载:"初,朓告王敬则反,敬则女为朓妻,常怀刀欲报朓,朓不敢相见。及当拜吏郎,谦挹尤甚。尚书郎范缜嘲之曰:'卿人才无惭小选,但恨不可刑于寡妻。'朓有愧色。"

我认为,李白能够理解谢朓,他在政治上也因颠三倒四而失败得很惨过的。

《资治通鉴》载:"上赏谢朓之功,迁尚书吏部郎,朓上表三让,上不许。"揭发岳父,卖父求荣,捞一个官做,人皆以为耻,诗人的良心也使他不得安生。所以,以怯懦而搪塞罪责的他,也终于承认:"我虽不杀王公,王公因我而死。"(《南史》)

毛泽东曾经以"皮之不存,毛将焉附"这句成语,来形容知识分

子的依附性，谢朓肯定算过细账，将这位狗屠出身的岳丈出卖，没准荣华富贵也就随之而来。所以，他老婆要杀他，不仅仅为报父仇，而是觉得这种人不值得活在世界上吧？一天到晚躲着老婆的他，哀叹不已："天道其不可昧乎？"他知道快走到他人生的尽头了。

结果，没等王敬则女儿动手，永元元年（499），谢朓又一次卷进宫廷政变之中，故伎重演，又因为"告密"，到底把自己的脑袋，乖乖地送到刽子手的刀下。所以说，上帝不但能在有才华的人周围，还能在这个人的灵魂深处，安排下你的敌人，掘好坟墓，等着你往里跳。

《资治通鉴》对此事的始末由来，交待得比较明晰："东昏帝失德浸彰，江祏议废帝，立江夏王萧宝玄，刘暄尝为宝玄行事，忌宝玄，不同祏议，更欲立建安王萧宝寅，祏密谋于始安王萧遥光，遥光自以年长，欲自取，以微旨动祏。祏弟祀亦以少主难保，劝祏立遥光。"

"祏、祀密谓吏部郎谢朓曰：'江夏年少，脱不堪负荷，岂可复行废立。始安年长，入纂不乖物望。非以此要富贵，政是求安国安耳。'遥光又遣所亲丹阳丞南阳刘沨密致意于朓，欲引以为党，朓不答。顷之。遥光以朓兼知卫尉事，朓惧，即以沨谋告太子右卫军左兴盛，兴盛不敢发。朓又说刘暄曰：'始安一旦南面，则刘沨、刘晏居卿今地，但以卿为反复人耳。'暄阳惊，驰告遥光及沨，朓常轻沨，沨固清除之。遥光乃收朓付廷尉，朓遂死狱中。"

胡三省评注《资治通鉴》，至此，说了一句意味深长的话："谢朓以告王敬则超擢而死遥光之手，行险以侥幸，一之为甚，其可再乎！"一个为自己着想得太多的人，一个以为别人都是傻子而只有他聪明绝顶的人，那上帝可就省事了，用不着别人打倒，自己就能把自己搞死的。

谢朓的故事，就这样结束了，但像谢朓这样有才华的文人，遭遇到一比一百或一比一百五十的"特别关注"者的可能性，还是存在的。所以，以史为鉴，经常提醒自己，实有必要。

自爱吧，朋友！

林　非

浩气长存

经典雅谈

无论是有过什么样的议论,这一幕暗呜叱咤的历史悲剧,都将会浩气长存,永远激励着百代以下的仁人志士们。当然是绝对地不必大家都去扮演刺客的角色,尤其是在像希特勒那样被历史所咒骂和唾弃的专制魔王最终绝迹后,民主的秩序必将替代个人的独裁,刺客是专制魔王的惩罚者,却也是民主秩序的破坏者,因此一般的说来也就不再需要刺客们去建立正义的功勋了。不过像荆轲那种决绝、壮烈和高旷的精神,将会永远鼓舞着大家去抛弃苟且偷安的日子,憎恶醉生梦死和声色犬马的堕落,永远憧憬着圣洁和高尚的人生目标,尽量为人类和世界的迈进做出自己的贡献。

始终记得在多么遥远的少年时代,朗读着《战国策》里荆轲的故事,吟咏着"风萧萧兮易水寒"这悲怆的曲调,心中竟燃烧起一团熊熊的火焰,还立即向浑身蔓延开来,灼热的血液似乎要沸腾起来,无法再安静地坐在方凳上,双手抚摸着滚烫的胸脯,竟霍地站立起来,绕着桌子缓慢地移动脚步,还默默地昂起头颅,愤怒地睁着双眼,就像自己

竟成了这不畏强暴和视死如归的壮士。

当秦国的千军万马正大肆挞伐，践踏着东方多少肥沃的土地，杀戮着无数手无寸铁的民众时，荆轲这壮士竟义无反顾地前往暴君的宫殿，想用自己的意志和力量去制服凶残与暴虐。他虽然是悲惨地失败和死去了，然而这种壮烈和决绝的精神，永远会像卷起阵阵的狂飙，越过漫长的历史，越过浑茫的旷野和嘈杂的城市，叩打着多少人们的胸膛，询问他们能否也像荆轲那样，为了挽救大家生命的安全，为了惩罚暴君残酷的罪行，毫无恐惧地去献身和成仁，这穿越着空间和时间的声音，永远呼唤着人们做出响亮的回答。

对于这急迫和严肃的提问，任何一个多少有点儿血性的男人和女人，似乎都应该责成自己做出像样的回答。自然是不可能人人都佩剑带刀，去拼搏和厮杀的，不过这一种慷慨献身的精神境界，肯定又是人人都应该具备的，只有当人们的心里蕴藏着这样凛然的正气，才能够在面对着暴虐的欺凌、贪婪的掠夺和淫佚的泛滥时，勇敢地去加以谴责和制止。而如果不是这样的去坚持正义，却浑浑噩噩地活着，醉生梦死地活着，那就会成为十足的苟且偷生。回顾我自己几十年来平庸的生涯，虽然也曾经满腔热血地投笔从戎，想与黑暗抗争，想去追求光明，可是在多少回面临着独断专横和强迫命令此种沉重气氛底下的荒谬和不义时，却缄默的低头，胆怯地嗫嚅，违心地附和，这是多么痛苦而又微茫的苟活啊！

我常常想起荆轲死去六百多年之后出世的陶潜，他是多么的想有所作为，渴望着"刑天舞干戚"这样英勇顽强的精神，然而他置身的仕途实在太肮脏和黑暗了，无法再忍耐着混下去，却又不敢像荆轲那样的去抗争和搏斗，只好伤心地选择了一条逃匿和隐遁的路，似乎是在度过一种悠闲和飘逸的生活，唱出了"采菊东篱下"和"飞鸟相与还"这些千古传扬的佳句，然而没有勇气做出一番事业的痛楚，肯定会常常咬啮自己的心灵，他如此动情地讴歌着荆轲，不正是痛悼自己无法献身于人世的极大悲哀吗？他所吟唱的"此人虽已没，千载有余情"恰巧是一种无限的憧憬和向往。他整个的人生历程自然是早已注定好了，不可能像荆轲那样英勇无畏地面向人世，可是荆轲那种决绝、壮烈和高旷的精神，却在他毕生的路途中留下清晰和深邃的痕迹，他毕竟抛弃和超越了卑俗，向着高尚的境界攀援。

我最敬佩的巾帼英雄秋瑾，也曾经歌唱着荆轲的"殿前一击虽不中，已夺专制魔王魄"，充满了多么豪迈的胆魄和磅礴的气概，我想也许正是荆轲那种一往无前的精神，激励着她去投身革命和从容就义。人们常常用妩媚、温柔、娇嫩和弱小这些字眼，去形容世间的女子，可是每当想起了蔑视酷刑和斩首的秋瑾，我常常会感到惭愧得无地自容，为什么自己总是这样胆怯和恐惧呢？我想如果陶潜能够有机会碰见她的话，在内心中肯定会激动得比我更难于自持，因为他是最敢于真诚地审判自己灵魂的诗人。真是可以这样断然地说，如果一个人阅读或听说了荆轲的故事，却依旧无动于衷，还纵容自己沉溺在无聊、卑琐和屈辱的日子里面，却并不痛下决心去改弦易辙的话，那就确实是一种庸俗和可怕的苟活。

荆轲应该说是一个十分幸运的人，因为他曾经接触和交往过的几位朋友，也都是那样的决绝、壮烈和高旷。郑重地将他推荐给燕太子丹的隐士田光，只是因为听到太子丹告诫自己切勿诉诸旁人的一句嘱咐，竟在催促荆轲赶快晋见太子丹的时刻，决绝地拔出宝剑自刎了。太子丹提醒他不要泄露这个消息，当然是表示对他莫大的信任，他却惧怕这种疑虑的念头即或像丝线那么细微，也可能会影响这轰轰烈烈的义举，于是用死亡之后的永远沉默，表示出自己忠贞的承诺。我常常缅怀和思索着此种书生的意气，觉得这似乎执著得近于迂腐，却又那样温暖、鼓舞和感动着人们的心灵。正是这种刚烈和浩瀚的气势，激励着荆轲走上抗击强暴的征途。田光的死似乎显得有些轻率，其实却是囊括了千均的重量，因为在生命中如果缺乏和丧失诚实的允诺，变得油滑和狡诈起来，那就会成为毫无意义的存在。而田光以决绝的自刎表达出承诺的重量，

整个的生命就闪烁出一股逼人的寒光。

英勇而又机智的荆轲，正筹划着一个有条不紊的行动方案，为了吸引秦王嬴政的乐于上钩，就需要砍下他仇人樊于期的头颅，作为晋见奉献的一项礼品。想当初樊于期在行将被嬴政屠戮之际，匆忙逃亡到燕国投奔了太子丹，估计他不会忍心下令去砍杀的，于是执著的荆轲悄悄去谒见樊于期，告诉他一个既可以报仇雪耻，又能够保卫燕国的计划。也是决绝、壮烈和高旷的樊于期，立即撕开胸前的衣襟，紧握着拳头倾诉出切齿腐心和痛彻骨髓的仇恨。在宣泄了这通心灵的悲愤之后，也像田光那样决绝地自刎了。每当回顾着这三位义士的时候，我的心弦总会异常激烈地振荡着，多么希望自己也逐渐生活得像这样勇敢和昂扬起来。

樊于期的猝然死去，自然也激励着荆轲的意志和行动，他和太子丹所完成的最后一个计划，是连剧毒的匕首都已经淬成。这是针对嬴政在自己上朝的宫殿里，为了要杜绝行刺的危险，连警卫的兵甲都得远远地站在殿外，晋见的各色人等更是绝对禁止佩带任何刀枪。荆轲他们怎么能想得如此巧妙，将这把匕首藏在伪称要呈献国王的地图中间？对时刻都贪婪地想要攫取大批土地的暴君来说，实在是一种最好的引诱。这把匕首只要刺出一缕鲜红的血丝来，就会致人于死命。被用来当作尝试的牺牲者已经在刹那间倒下死去，尚未出发就造成了几个无辜者的骤然死亡，复仇雪耻和保卫社稷的代价实在是太沉重了，我常常想着也许历史就是如此悲惨的翻开它的每一页的。

所有的准备工作都宣告完成了，荆轲只等候着一位挚友的来临。在荆轲从来都显得很沉稳的心中，不知道是否在猛烈地翻腾和跳荡？我常常躲在黑夜的小屋里，多么想超越时间和空间的阻塞，跟他推心置腹地交谈，询问他当时何等紧张的心情。此刻的荆轲自然是不会有心思谈天说地的，正焦急地等待着远方的挚友，忙碌地替他准备着行装，觉得只有他与自己同行，才应付得了秦国宫殿里警戒森严的场面。我总是猜想着荆轲正在做一个兴奋和壮烈的梦：两个人紧紧地挟住了嬴政，一把匕首在他头顶挥舞,勒令他赶快答应退还那大片侵占的疆土。

急躁难耐的太子丹,既缺乏智慧猜透荆轲周密的计划,又并未谦虚和诚恳地向他请教与磋商,却莫名其妙地怀疑他动摇和懊悔了,催促他赶紧动身,说是如果他再犹豫不决的话,就将派遣乳臭未干的鲁莽汉子秦舞阳先行上路。这一番毫无头脑和气急败坏的话语,对于豪情满怀和寻觅知音的荆轲来说,实在是一种极端粗暴和无法忍受的侮辱,引起了他愤怒的呵斥。我有多少回读着《战国策》里的这段记载时,禁不住要扼腕长叹起来,深感荆轲后来的失败,正是在这儿栽下了灾祸的种子。这娇生惯养和颐指气使的太子,实在太缺乏远见了,太没有涵养了,太不信任跟自己共襄义举的伙伴了。正是他胡乱的猜疑和慌张的催促,刺伤地激怒了荆轲充满尊严的内心,这样就完全扰乱和毁坏了那个周密的计划。唐代散文家李翱所撰写的《题燕太子丹传后》,指责他把荆轲当成是自己所利用的牺牲品,确乎是洞察了这公子王孙自私的内心,不过他说荆轲未曾看出这一点来,却并不符合明显的事实。如果他看不出来的话,怎么会如此愤慨地呵斥往昔多么尊敬的太子丹?不过他尽管看出来了,却又绝对不会放弃抵抗暴秦的正义行动。

从容沉稳和豁达大度的荆轲,是并不轻易发怒的。司马迁编写的《史记·刺客列传》,在抄录《战国策》里有关的全部记载时,还刻意地补充和渲染过荆轲的这种性格,描摹他在跟不相干的人们论剑或博棋消遣时,每逢那些家伙发怒叫嚣起来,就默默地走开去,再也不打照面了。一个怀着远大志向的人,怎么能斤斤计较那些琐屑的争执?从市井中多少庸人的眼里,也许会认为他胆怯和无能,却哪里懂得他这颗整日整夜都在燃烧的心,只能为着伟大的理想和目标,才会义无反顾地释放和爆发出来。

荆轲对于太子丹燃烧出这种愤懑的怒火,是因为深感他侮辱了自己尊贵的人格,亵渎了曾经引为知音的情谊,所以再也不愿意居住在这座美丽的花园和繁华的台榭里面,连片刻都不能忍耐了,原来想等待着那

位挚友的来临，虽然是涉及这整个壮举成败与否的重大关键，却也无法再等待下去，于是就怒气冲冲地仓促出发了。每当阅读到这儿，我总是深深地感到有一种不祥的预兆笼罩在自己周围。

在易水之滨送别的场面，永远会让多少世纪之后的人们心潮澎湃。在阴霾的长空中，风声不住地呜咽着，好像整个天地都为荆轲的远行低徊和垂泪。高渐离凄厉和悲切的击筑声，引起了荆轲哀伤的歌咏，平常在一起聚会的志士们，都静静地淌着眼泪，有的还动情的啜泣着，他们也会估计到荆轲的失败和英勇牺牲吗？我在默默地背诵《战国策》时，总是鄙夷着太子丹的狭隘和浅陋的心胸，如果不是他扰乱了荆轲这圆满的计划，那么两个充满谋略和勇气的壮士，也许就能够大功告成，让多少后人惆怅叹惜的悲惨结局或者就不会发生？我早已发觉荆轲预感到了前途的凶多吉少，否则怎么会高唱"壮士一去兮不复还"这悲怆的歌呢？然而他既然已经不屑再在这儿敷衍地生活下去，当然只有冒着生命的危险踏上征途，曾经允诺过的誓言就必须去进行，哪怕抛弃生命也要完成这庄严的承诺。我猜测着荆轲在放声豪歌时，心里一定会思念自刎的田光和樊于期，悲悼和崇敬着他们高贵的英灵，才从忧伤的情绪中飞升着自己的绝唱，唱得激昂慷慨和淋漓尽致，像飓风似地敲击着众人的胸膛，叩打得他们都睁大着滚圆的眼珠，头发在茎茎地竖立，还悄悄地耸起了雪白的冠冕。

《战国策》和《史记·刺客列传》里描摹的这个场面，曾经感动过世世代代的多少华夏子孙。我就听到不少朋以们诉说着，这雄壮而又凄凉的歌声，总在心弦上振荡，鼓舞和召唤着自己奋发有为起来，去从事正义和严肃的工作，却不该在苟且偷生中浪费自己的生命，这样的话不是比死亡更来得令人恐惧吗？

当荆轲和秦舞阳步入咸阳宫的阶陛时，一行威严的武将和肃穆的文官，似乎都在怀疑地瞪住了他们，而端坐在殿上的秦王，轻轻晃动着莫测高深的脸膛，好像已经窥见了他们包藏的祸心。只是在市井中杀人逞凶却从未见过世面的秦舞阳,吓得浑身颤抖,走路摇摇晃晃的,脸色刚变得灰白,却又泛出血红的颜色,那些臣子们都疑惑和紧张地瞧着他昏眩的神态。胸有成竹的荆轲把这一切都瞧在眼里,不慌不忙地走向秦王的案前,恭恭敬敬地作揖着说:"这来自北方蛮夷的傻小子,哪里见过上国的天子?一会儿恐怕还会吓得尿滚屎流,请我王宽大为怀,好让他赶紧完成使命!"于是在跟秦王的对答中,乘势从秦舞阳手里递上卷着匕首的地图,在嬴政贪婪与狂喜的目光底下,轻轻地滚动和展开了它。有多少回读到了这儿,我几乎都要击节朗诵起来,钦佩着荆轲临危不惧的胆魄和化险为夷的本领,凝练成这样的气质和涵养,真可以说是超凡绝俗了,永远受到后世的赞叹和敬仰,自然是并非偶然的事情。

且说荆轲左手揪住秦王的衣袖,右手执著那把可怕的匕首,从秦王头顶凶猛地向底下戳去。想致他于死地,简直是易如反掌的事情,为什么会耽误了呢?这个千古的谜语竟从未有人猜透过。其实在《战国策》和《史记·刺客列传》里,是叙述得清清楚楚的,当太子丹向荆轲布置这个庄重的任务时,明白地交代了两种不同的方案,最好是挟持和胁迫他,勒令他答应退还各国诸侯的土地;如果他胆敢反抗,就只好刺杀了事,这样也可以造成秦国的混乱。然后再以合纵之势攻讨它。

荆轲当然是想心领神会地贯彻这个计划,所以异常焦急地等待着远方的挚友,因为他一眼就看清了秦舞阳粗蛮背后的颟顸和窝囊,只好独自去抓住和威胁秦王,这样就显得缺乏十足的把握,因为自己的青春年华毕竟已经暗暗地消逝。竭力渲染着这段往事的司马迁,曾形容自己努力和认真的"网罗天下放失旧闻",这样才能够在《刺客列传》里添加另外的记载:据说荆轲曾将自己的政见向卫元君游说过,却未被采纳。卫元君即位于公元前二百五十三年,十二年后被秦国所迁徙,游说的事情应当发生于其间,如果说荆轲在当时刚过弱冠之年,那么在他行刺秦王的公元前二百二十七年,至少已是四十左右的中年汉子了,精力正在缓缓地消退,而嬴政刚刚度过三十挂零的岁月,正值血气方刚和行动敏

捷的年龄，想在角斗中降服他确实是很艰难的。

荆轲面临着挟持抑或刺杀的抉择，有些类似哈姆雷特"生存还是灭亡"的困惑，因为他首先是必须考虑原来计划中挟持的方案，只有等到无法降服时才去刺杀。这把剧毒的匕首是让他吓唬得心惊胆战，答应退还侵占的土地，抑或立即戳进他的头颅，等待着秦国的大乱呢？也许正是这瞬间的犹豫，耽误了整个行动的时机，才以悲惨的失败告终。

且说灵活和健壮的嬴政，从刹那的惊愕中挣脱出来，飞快地离开了座椅，腾跳着退到了远处，撕断的衣袖还扯在荆轲的手中。嬴政狠命地从剑鞘中拔着长剑，手掌却颤抖着，再也拔不出来，只得边拔剑边绕着柱子躲闪，在昏天黑地般的慌乱中，竟想不起叫唤宫殿底下守卫的武将。多少手无寸铁的大臣也惊慌地张望着，有几个勇敢的就赤手空拳地阻拌和包围着荆轲，摆出了搏斗的架势。有个侍医将手中提着的药囊使劲地向荆轲掷去。还有的轻轻叫喊着替嬴政鼓劲："大王快从背后拔剑！"

嬴政狠狠地打量着被几个臣子所缠住的荆轲，终于镇定地拔出剑来，冲上几步砍断了他蹲立着的左腿。荆轲流着鲜血跌倒在地上，赶紧将手中的匕首掷向嬴政，嬴政浑身晃动着，在当啷的声响中，匕首钉住在柱子上。嬴政又凶狠地挥剑刺去，遍体鳞伤的荆轲在血泊中大声地笑骂，他于临死前的无畏的叫唤着，说起了正是首先要挟持秦王，让他答应退还大片领土的计划，才阻碍了行刺的实现，这确乎是一出永远令人扼腕叹惜的悲剧。映衬着光明磊落和大义凛然的荆轲，太子丹的父亲燕王实在太卑鄙和无耻了，这个连禽兽不如的龌龊小人，在兵败逃遁的时刻竟下令搜捕和宰杀自己亲生的儿子，想去呈献给侵凌和屠戮自己祖国的敌人。这出丑恶得令人耻笑和唾弃的喜剧，正好也剖开了某些政治者的丑恶灵魂，为了苟且偷生竟可以这样无耻地钻营，甚至出卖自己全部的节操和情感。

陶潜在自己那首诗里还惋惜荆轲的武艺，说是"惜哉剑术疏，奇功遂不成"，他肯定是根据《史记·刺客列传》中鲁句践私下的议论：

"惜哉其不讲于刺剑之术"，才做出这个结论的罢。然而荆轲的行刺，并不是仗剑而行，却是暗藏着匕首，因为陶潜这多少带着一些佩服而又惋惜的议论，其实也是以讹传讹的话儿。而且《刺客列传》中分明描写鲁句践是跟荆轲博棋的，盖聂才跟他议论过剑术。在这个巨大悲剧的幕帷降下之后，并非盖聂却是鲁句践评论荆轲的剑术，司马迁的这种写法很值得回味，是否有点儿像当今所说黑色幽默的味道？正是曾说过自己"好读书不求甚解"的陶潜，对此也许是做出了一个错误的判断吧？真远不如李翱的《题燕太子丹传后》，评论太子丹和荆轲不谙时移势易的道理，认为他们所策划的挟持此种打算，其实是违反了历史进程的荒谬行为。他们只是迂腐地记住了公元前六百八十一年曹沫挟持齐桓公，逼他归还鲁国土地的故事，却想不到离开他们四百五十年前诸侯并立的局面，那些所谓贤明的国君都得标榜自己说话的信誉，以争取人心的归附；而他们所面对的秦王嬴政，正穷凶极恶地驱赶着虎狼般残暴的军队，处心积虑地要消灭所有在风雨飘摇中剩余的邻国，就算是挟持成功了，最多也只能换来一个停止侵凌的虚假承诺罢了。我是能够接受李翱此种见解的，却同时又觉得在这里也是最好地显示出豪情满怀和注重信义的侠士荆轲，根本就无法理解专制魔王嬴政的狡诈与卑劣，才会考虑这样去与虎谋皮，而不是大快人心地把他杀死了事。

无论是有过什么样的议论，这一幕暗呜叱咤的历史悲剧，都将会浩气长存，永远激励着百代以下的仁人志士们。当然是绝对地不必大家都去扮演刺客的角色，尤其是在像希特勒那样被历史所咒骂和唾弃的专制魔王最终绝迹后，民主的秩序必将替代个人的独裁，刺客是专制魔王的惩罚者，却也是民主秩序的破坏者，因此一般的说来也就不再需要刺客们去建立正义的功勋了。不过像荆轲那种决绝、壮烈和高旷的精神，将会永远鼓舞着大家去抛弃苟且偷安的日子，憎恶醉生梦死和声色犬马的堕落，永远憧憬着圣洁和高尚的人生目标，尽量为人类和世界的迈进做出自己的贡献。

邵燕祥

读布哈林遗嘱

经典雅谈

布哈林以他的鲜血和生命，呼吁"未来一代"，要解决那些"窒息着党的生命"的问题，这不能不引起我们深深的思考。这是他，18 岁就入了党，终生"为工人阶级的利益和社会主义的胜利而奋斗"的布哈林，在意识到的"生命的最后时刻"发出的呼吁啊！

尼古拉·伊万诺维奇·布哈林（1888－1938）在他被捕的前夕，写了《致未来一代党的领导人》的信，由他的妻子、当时还很年轻的安娜·米哈伊洛夫娜·拉林娜背下来。直到若干年后，历经比传奇更加惊心惨目的现实的炼狱，这封信才得以公开。比起在公审的特殊条件下所作的最后陈述来，这封信可以更确切地认定为布哈林的遗嘱。

"同志们，要知道，在你们举着向共产主义胜利迈进的旗帜上，也有我的一滴血。"

布哈林以他的鲜血和生命，呼吁"未来一代"，要解决那些"窒息着党的生命"的问题，这不能不引起我们深深的思考。这是他，18 岁就入了党，终生"为工人阶级的利益和社会主义的胜利而奋斗"的布哈林,在意识到的"生命的最后时刻"发出的呼吁啊!

现在,半个多世纪以后,拨开历史上"有组织的谰言"的乌云,我们发现在苏联本来存在着一个完全不同于斯大林模式的可能的选择。

斯大林模式,是在 1929 年布哈林遭到决定性失败,新经济政策精神彻底结束以后的七八年中,经由斯大林以"非常措施"而宣告最后完成的。

在这之前,布哈林从他所认识的布尔什维主义的立场出发,谴责过苏联生活中已经出现的"军事封建剥削",他把这些现象概括为"一句话,人民为官吏,而不是官吏为人民",他担心这种现象毁掉国家、毁掉党。

后来的事变证明布哈林的担心绝不是多余的,在斯大林模式下,权力的高度集中及其向个人独裁的转化,使无产阶级专政实际上蜕变为党的少数领袖直至一个领袖的专政,党和庞大的国家机器从而沦为少数人甚至一个人手中的专政工具。

布哈林坚持正统列宁主义的无产阶级专政学说,认为"对待敌人严酷是有道理的",例如捷尔任斯基领导的契卡"捍卫国家不受任何反革命的危害"。但他怀疑他当时面对的国家机器的无产阶级性质:"我低下我的头,但不是在无产阶级的斧钺面前,因为它必定是无情的,但也是纯洁的。面对着一部凶恶的国家机器,我感到无能为力。"

如果说布哈林在审讯的供词中出于保护年轻妻子和幼小儿子的考虑而不得不使用了曲笔的话,这封由她的妻子默记在心中的信,应该是他直言不讳的心声。他说,"我没有干过什么反对斯大林的事"。他把对他的指控和迫害,似乎一直只认为是内务人民委员部"迎合斯大林因争夺地位和名誉而产生的病态的狐疑心理",并且注明"我这么说并不为过";这是从列宁评价斯大林时仅仅认为"不能肯定他能不能够永远十分谨慎的使用这一权力"和仅仅认为属于"太粗暴"的作风问题(却又说是"在我们共产党人的来往中完全可以容忍的"),又复经过十几年充满激烈的党内斗争的以后,布哈林稍稍前进了一小步。这也许表明

布哈林不仅善良而且天真吧？或者，这不恰恰是列宁在称他为"党的最杰出和最宝贵的理论家"、"全党所喜欢的人物"时批评过他的，不善于掌握辩证法的最致命的表现吗？

在《致未来一代党的领导人》中，布哈林还极其诚恳地说："如果说，在建设社会主义方法问题上，我曾不止一次地犯过错误，那就让后人对我做出同弗拉基米尔·伊里奇一样严厉的评判吧。我们是第一次沿着一条尚未开辟出来的道路走向一个单一的目标的。""《真理报》也曾开辟过一个讨论版，让人人都来进行辩论，探求道路和方法，争论一番，得出决定，然后一起前进。"布哈林正是这样看待他同斯大林的争论，认为这是迈向建设社会主义共同目标的方法上的不同，他在做的是为了"一起前进"的同志式的批评和争辩。在决定布哈林政治命运的1929年4月中央全会上，他的发言的重点也仍然是围绕新经济政策的一些关键问题阐明自己的主张。他信守着同年1月他写的《列宁的政治遗嘱》文中的话："同某些人的想法相反，良心并没有从政治中取消。"可悲的书生气十足的布哈林，大概完全没想到等着他的是彻底非同志式的待遇，指斥他"反党"的政治局秘密决议竟会被中央全会所通过，全会还接受了斯大林关于布哈林早在1918年就密谋策划"逮捕列宁并举行反苏维埃政变"的暗示，这就为1938年公审定了调子。这是我们成语所说的"秀才遇见兵，有理讲不清"，哪里有书本上所说的党内解决政策和路线分歧的正常程序和准则的影子呢？而到了1937～1938年的时候，在苏联社会和联共党内权力结构的条件下，谁掌握实际政治权力，谁就是"正确路线"，谁就代表"马克思列宁主义"，谁就垄断了马克思主义、列宁主义以至为历史的解释权；布哈林也就从"非马克思主义"、"反列宁主义"、"反布尔什维克"、"反党"、"富农代理人"等，升格为"叛徒"、"间谍"、"暗害者"、"卖国贼余孽"、"匪帮"和"人类蟊贼"，这不是布哈林个人的悲剧，这是联共（布尔什维克）党和苏维埃国家的悲剧，这也是整个国际共产义主运动的悲剧。

布哈林的悲剧之所以为悲剧,在于他置身当时当地和有关当事人之间,这几乎是不可避免的。时至今日还必须探讨这样的悲剧今后是否可以完全避免的课题,而这样的探讨又并不是经常受到鼓励的。

布哈林无疑是列宁的挚友和学生。布哈林对列宁的如下这一论断也从来没有表示过异议:"群众是划分为阶级的;……阶级通常是由政党来领导的;政党通常是由最有威信、最有影响、最有经验、被选出担任最重要职务而称为领袖的人们所组成的比较稳定的集团来主持的。"(《共产主义运动中的"左派"幼稚病》,1920 年)这通常被视为领袖、政党、阶级、群众之间关系的列宁主义原则。

列宁在党内的领袖地位是在 1903 年俄国社会民主工党第二次代表大会上确立的。那次大会因对党章问题的争论发生分裂,随后在选举中央领导机关时,以列宁为代表的火星派获得多数选票,反对列宁而拥护马尔托夫的一派获得少数选票,从此而有了布尔什维克和孟什维克(多数派和少数派)之称。列宁在世期间,虽然也不断出现过重大政见上的分歧和斗争,但领导集团保持了相对稳定;除了十月革命前的布拉格会议采取了开除孟什维克出党的组织措施以外,以列宁为首的领导集团没有重大改组,即使在党执政以后,也没有对党内持不同意见的领导成员动用极端的手段。但这一明智的平衡未必是通过党内政治生活的制度法规来保证,勿宁说更多是依靠列宁在党内和领导集团内的政治权威来实现的。

列宁逝世以后,党内"担任最重要职务而称为领袖的人们所组成的比较稳定的集团",由于出现了权力真空,而倾斜,而动荡,越来越不那么稳定了。

这种不稳定和它所产生的党内倾轧的后果,不能简单地归咎于斯大林个人滥用权力。正是当时党内生活的一般状况、党内斗争(路线斗争必然涉及领导权问题,因此路线斗争和权力斗争在客观上无法截然分开)的习以为常的传统,给像斯大林这样作风和品质的人提供了滥用权力的土壤和气候。

十月革命的一举成功，使布尔什维克党在国内政治生活中取得了绝对的无可争辩的领导地位。从夺取政权的秘密工作转向巩固政权的国内战争，总之处于非常时期，党的决策过程也带上非常时期的军事色彩，不仅充满了火药味，而且表现为一种机关政治、党内政治。党的领导成员和一般党员，都认为所有有关国家和人民的大事，重大的路线和方针，只应该首先在党内特别是党的领导机关内部"统一思想"；在党内特别是党的领导机关内部"统一思想"之前，无需甚至不应向全党更不用说党外人民群众公开，认为这是有利于巩固党和领导权的必要纪律，因而不必要也不可能就党的领导机关内部的分歧和争论倾听全党的意见，就党内在重大方针、政策上的不同认识倾听党外群众的呼声，认为如果这样做就会使党堕落为"争论不休的俱乐部"，使党失去区别于社会组织和群众的先进性，又使党涣散，失去战斗力。党的政治利益和组织原则，似乎只要求全党执行领导机关的决议，全民"跟着党走"。这是党内政治生活完全被指令性的等级服从所取代的主要原因。

正如我们在人类历史上大量看到的，法律只是守法者的法律一样，布尔什维克的纪律也只是遵纪者的纪律。党内斗争秘密化的纪律，对布哈林形成组织上的约束，应该说这也是他这个全心全意把维护党当作维护工人阶级整体利益者自觉自愿接受的。然而与此同时，斯大林却在他认为需要的时候，轻易地把党内矛盾和斗争公开，例如在几乎剥夺了布哈林的答辩权的情况下，从 1929 年 8 月下旬起，利用舆论工具在党外发动了长达四个月的大规模政治诽谤。

全体人民的命运和前途取决于党，全党思想和行动则统一于党的领导机关的决议，而党的领导机关做出这样的或那样的决议，是由什么所决定，以什么为依据呢？1929 年 4 月 16 日举行的四月全会，是中央委员和中央监察委员的联席会议，到会者 300 人以上，而布哈林和他的支持者，在会上只有 13 人。从表面上看，这一次是"少数服从多数"的民主制打败了布哈林；实际上，是与会者特别是政治局集团的素质决定

文化名家谈史录

名家雅谈

了力量对比的悬殊——其中绝大部分人属于所谓实际政治家，即行政官僚和军事化的"非常措施"的信奉者，可能再加上斯大林在六年总书记任内提拔重用的干部，他们的一致认同大大加强了斯大林的有利地位。布哈林成为会上的"少数派"，如后来有人所说，"不是用论据而是用党证把布哈林击败的"，是布尔什维克的党证击败了布尔什维克党除斯大林模式之外的另一种全然不同的选择！在当时，紧接着召开的第十六次党代表会议上，马克思主义学者达维德·梁赞诺夫就曾评论这一事件说："政治局现再不需要马克思主义者了。"布哈林对真理的追求让位于斯大林对真理的占有，归根结底，当时领导机关成员的思想、理论、政治素质和领导机关内的力量对比，一边倒地使斯大林占有了权力，从而也占有了"真理"。

在历史上曾经有过对马克思主义一窍不通，而会玩弄阴谋诡计的角色；布哈林却完全相反，他是一个真正的马克思主义经济学家、哲学家、科学社会主义理论家，但对实际政治中的权术尤其对阴谋诡计则一窍不通。很有点像论者所说的王安石"有申韩之心而无申韩之术"。这就注定他在面对着"蜕化成为官僚主义组织"的肃反机构"能够把任何一个中央委员、任何一个党员干掉，把它们指为叛徒、恐怖分子、异端分子和间谍"时"感到无能为力"，束手就缚。唯一能做的只是呼吁"下一代党的领导人"宣布他是无罪的，寄希望于年轻的新一代党领导人的正直。

布哈林早在20年代就从所谓"余粮征集制"等政策及其实践中看出对农民进行的"军事封建剥削"的实质，敏感的指出这是"沙皇俄国老传统"的复活。直到他作为遗嘱的信中，着重提出了"一部凶恶的国家机器"，也就是无产阶级国家机器的异化问题："这部机器大概借助于中世纪的方法，攫取了巨大的权力，捏造着有组织的谰言，厚颜无耻地在采取行动。"这都是中肯的，正确的，也是必要的。

然而，布哈林似乎来不及联系国内和党内政治生活中出现的新问

题，去重新审视布尔什维克的建党思想，他似乎较少或根本没有涉及过党的异化问题。那些"由最有威信、最有影响、最有经验、被选出担任最重要职务而称为领袖的人们所组成的比较稳定的集团"，唯其长期稳定，而又缺少监督，以致整个地或部分地，或者至少是其中个别的人，蜕变成凌驾于党和人民之上的、主宰普通党员和群众命运的至高无上的统治者，而他们原有的威信、影响、经验则转化为"太岁头上不能动土"的为所欲为的独裁权力，这种从"社会公仆"变成"社会主人"的现象，在布哈林生命的后期，已经不是预见到的危险，而是睁眼可见的既成的事实，布哈林对此是否有投鼠忌器的顾虑呢？我们是无权来苛求于像他这样的前人的。

斯大林的大权独揽下对苏联人民、对国际共运以至对全人类造成的危害和损失，苏联的党员和群众不能代他负责。然而从历史的高度来回顾这一切时，人们有责任对建党思想进行再认识。布尔什维克的建党学说是在执政以前，在夺取政权的革命时期形成的；在取得政权并巩固了执政党的地位之后，在由战争转向和平建设的条件下，是不是应该根据新情况和新问题，就党的建设的理论和实践做出新的概括，新的回答，新的修正和补充呢？如果在执政初期没有充分意识到这一领导主体改革的迫切性，那么在饱经沧桑不得不面对全面的社会政治、经济体制改革的时刻，这个任务实在是刻不容缓，应该提上议事日程了。

在社会主义国家内，党内民主和人民民主是互为表里，互为因果的。作为全国政治领导力量的执政党，党内民主化的程度是什么样，社会上各阶层人民共同享有的民主化的程度就是什么样；一个在党内关系上——领导成员特别是不同政见的领导成员之间、领导机关和普通党员之间——缺少健康正常的民主生活的党，不可能领导群众建成民主的社会主义社会。如果没有同民主化程度相应的党内开放，没有普通党中和党下级组织对领导机关的有效监督，没有对重大形势、任务和方针、政策问题的开诚布公的讨论，尽管也许党组织不致成为"争论的俱乐部",但却在封闭、僵化的表层下掩盖着对抗的危险:党的领导集团或领袖可能甚至必定成为掌握党权的统治集团或统治者,党组织沦为少数人对多数人(包括为夺取和巩固自己的权力时的党内对手)的法庭,这是布哈林及其同代人的命运所告诫我们的。

在社会主义国家,党内和党外的民主是互相影响、互相检验的。从理论上说,任何一个党派都没有反对人民的权利,而人民群众却有在不同党派中间采取或拥护、或批评、或反对、或中立的选择的权力;即使在不存在多党制而由共产党独立充当领导力量的社会主义国家,党外一般人民群众中间也只存在社会行为上是否违法的问题,而不应该存在政治态度上、思想意识上是否"反党"的问题。这个问题在逻辑上本来不成其为问题,但是从第一个社会主义国家苏联开始,几十年间,在一系列国家内,不知有千百万公民为此付出了惨重的代价。在党外的公民中寻找"反党"分子加以打击的党,必然在党内寻找更多的"反党"分子当作打击对象,这不是推论,而是概莫能外的经验了。

按照传统马克思主义观点,特别是以列宁为代表的国家学说和建党理论,党是无产阶级利益和意志的代表,从而也是全体人民的利益和意志的代表。因此在执行党对国家的领导权,掌握无产阶级专政的国家政权方面,党成了全权代表无产阶级和人民群众,作为从"被统治者"转变为"统治者",实行"阶级统治"的唯一实体,而党通常是由……称为领袖的人们所组成的……集团来主持的,党的领导集团也就成了国家的实际统治者的集团;在缺少党内民主和人民民主两重体制保障的情况下,无产阶级和人民群众则从整体说来成为抽象的存在,名义上的"统治者",在一定时期千百万公民沦为党(由"领袖……集团"主持)所领导的国家的实实在在的"被统治者"。在布哈林案件前后的苏联大清洗中,我们就看到了这样一个无产阶级分子、无产阶级先锋队员和无产阶级政党的领导人及其政治代表人物变成"无产阶级专政"的对象的怪圈。

斯大林体制是封建性很强的官体制，在斯大林体制下，党的领导机关及其大权独揽的领袖，通过高度集中的党的权力和垄断性的国家权力，包括凌驾于法律之上的精神权力和物质权力，对整个社会生活实行全面干预，不可避免地要采取极端政策、强制措施和高压手段，结果形成渗透全部官僚体制的两大特点，一是专制化，自上而下逐级的长官意志和自下而上逐级的绝对服从相结合；二是寄生化，在各级领导层中"合法"的特权和非法的特权相结合。这样就滋生出大批利用手中权力实行压迫和剥削的官僚，而无产阶级和人民群众处在这权力金字塔的最底层，竟不得不经常震慑于镇压的威力，失去了免于恐惧的自由。在苏联，幸存的老一代人记忆犹新；因近年兴起"历史热"中曝光和澄清的许多真相，促使更多的人包括青年一代像正视现实、正视未来一样正视历史。

历史的前进是不可阻挡的，同时历史的发展又是不可割断的。历史的旧账如不加清理总结，今天就不知道肯定什么，否定什么；就不能校正被歪曲、被篡改了的历史所派生的被歪曲、被篡改了的思想；就不能辨别过去和现在的真理和谬误；就不能恢复马克思主义本来蕴含的人道精神和理性精神，恢复社会主义实践应有的声誉，在改革中不断前进。

重读布哈林遗嘱，重温布哈林案件的历史，深感其中的严重教训，对我们也有振聋发聩、催人思考的意义。一个共产党员对此如果麻木不仁、无动于衷，不仅愧对千百万死者，也愧对共产党人的良知和党性。

附记：

这篇札记写于 1989 年初。当时认为苏联共产党应该汲取以无数忠实真诚的党员和正直无辜的公民的鲜血和生命换来的历史教训，重新审视党的建设的理论和实践，进行自身的改革。谁知此文未及发表，而白云苍狗，烟柳斜阳，斯党斯帮，忽焉瓦解。翻检箧底，重读一遍，辙迹犹新，前车不远。来自历史者归于历史，姑作为历史的纪念吧。

王充闾

用破一生心

经典雅谈

"功名两个字,用破一生心。"他自从背负上从儒家那里承袭下来的立功扬名的沉重包袱之后,便坠入了一张密密实实,臣细无遗的罗网,任凭你有孙悟空那样的冲天本领,也难以挣破网眼,逃逸出去;何况,他自己还要主动地参与结网,刻意去做那"缀网劳蛛"呢!随着读书渐多,理路渐明,那一套"立德、立功、立言"的终极追求,便像定海神针一般把他牢牢地锁定在无形的炼狱里。

一

伴随着"皇帝热"、"辫子热"的蒸腾,曾国藩也被"炒"得不亦乐乎。其缘由未必都是市场的驱动,很可能还出自一种膜拜心理:拜罢英明的"圣主",再来追慕一番"中兴第一名臣",也是蛮合乎逻辑的。只是我总觉得,这位曾公似乎并不像某些人说的那样可亲、可敬,倒是十足地可怜。他的生命乐章太不闪亮,在那淡漠的身影后面,除了一具猥猥琐琐、畏畏缩缩的躯壳之外,看不到一丝生命的活力、灵魂的光彩。——人们不禁要问上一句:活得那么苦、那么累,值得吗?

　　关于苦，佛禅讲得最多，有所谓"人生八苦"的说法：生、老、病、死，与生俱来，可说是任人皆有的，只是程度不同而已；而求不得、厌憎聚、爱别离、五蕴盛，则是由欲而生，就因人各异了。古人说，人之有苦，为其有欲，如其无欲，苦从何来？曾国藩的苦，主要是来自过多、过强、过盛、过高的欲望，结果就心为形役，苦不堪言，最后不免活活地累死。

　　说到欲望，曾国藩原也无异于常人。经书上说："饮食男女，人之大欲存焉。"他出生在农村，少年时代也是生性活泼，情感丰富的。十多岁出外就读，浪漫不羁，倜傥风流。相传他曾狎妓，妓名春燕，于春末三月三十日病殁，他遂集句书联以悼之："未免有情，忆酒绿灯红，此日竟随春去了；似曾相识，怅梁空泥落，几时重见燕归来？"一时传为佳构。至于桎梏性灵，压抑情感，则是系统地接受了儒家思想，特别是承朱理学之后。其间自有一段改造、清洗的过程。

　　他原名子城，字伯涵，二十一岁肄业于湘乡书院，改号涤生，六年后中进士，更名国藩。"涤生"，取涤除旧污，以期进德修业之意；"国藩"，为国屏藩，显然是以"国之干城"相期许。合在一起，完整地勾画出儒家"修、齐、治、平"的成才之路，也恰切地表明了他的立德、立功、立言"三不朽"的终极追求。目标既定，剩下来的就是如何践履、如何操作的问题了。他在这条漫漫人生之路上，做出了明确的战略选择：一方面要超越平凡，通过登龙入仕，建立赫赫事功，达到出人头地；一方面要超越"此在"，通过内省功夫，跻身圣贤之域，"不忝于父母之所生，不愧为天地之完人"，达到名垂万世。

　　这种人生鹄的，无疑是至高、至上的。许多人拼搏终生，青灯皓发，碧血黄沙，直至赔上了那把老骨头，也终归不能望其项背。某些硕儒名流，德足为百世师，言可为天下法，却缺乏煌煌之业，赫赫之功；而一些建不世功、封万里侯的勋臣宿将，其道德文章又未足以副之，最后，都只能在徒唤奈何中咽下那死不甘心的一口气。求之于历代名臣，曾国藩可说是一个少见的例外。他居京十载,中进士、授翰林、拔擢内阁学士,遍兼礼部、兵部、刑部、工部、吏部侍郎,外放之后,办湘军,创洋务,兼署数省总督,权倾朝野,位列三公,成为清朝立国以来汉族大臣中功勋最大,权势最重,地位最高之人,应该说是超越了平凡;作为封建时代最后一位理学家,在思想、学术上造诣精深,当世及后人称之为"道德文章冠冕一代",甚至被目为"今古完人",也算得上是超越了"此在"吧?

可是,人们是否晓得,为了实现这"两个超越",他究竟耗费了多少心血,历经何等艰辛啊?只要翻开那部《曾文正公全集》浏览一过,你就不难得出结论,他是一个地地道道、不折不扣的悲剧人物,是一个终身置身炼狱,心灵备受熬煎,历经无边苦痛的可怜虫。

"功名两个字,用破一生心。"他自从背负上从儒家那里承袭下来的立功扬名的沉重包袱之后,便坠入了一张密密实实,巨细无遗的罗网,任凭你有孙悟空那样的冲天本领,也难以挣破网眼,逃逸出去;何况,他自己还要主动地参与结网,刻意去做那"缀网劳蛛"呢!随着读书渐多,理路渐明,那一套"立德、立功、立言"的终极追求,便像定海神针一般把他牢牢地锁定在无形的炼狱里。

歌德老人说,性格决定命运。那么,性格又是由什么决定的呢?这恐怕不是一个"遗传基因"所能了得,主要的还应从环境和教养方面查找原因。雄厚而沉重的历史文化积淀,已经为他做好了精巧的设计,给出了一切人生的答案,不可能再作别的选择。他在读解历史、认知时代的过程中,一天天地被塑造、被结构了,最终成为历史和时代的制成品。于是,他本人也就像历史和时代那样复杂,那样诡谲,那样充满了悖论。这样一来,他也就作为父、祖辈道德观念的"人质",作为封建祭坛上的牺牲,彻底地告别了自由,付出了自我,失去了自身固有的活力,再也无法摆脱其悲剧性的人生命运。

二

这种无形的炼狱,是由他自己一手铸成的。其中的奥蕴无穷,但一

经勘破，却也十分简单：要实现"两个超越"就必须跨越一系列的障碍，面对种种难以克服的矛盾，这也就是他进退维谷，跋前踬后，终生抑塞难舒，身后还要饱遭世人訾议的根本原因。

封建王朝一切建立奇功伟业者，都免不了要遭遇忠而见疑，功成身殒的危机，曾国藩自然也不例外，而且，由于他的汉员大臣身份，在种族界隔至为分明的清朝主子面前，这种危机更像一柄"达摩克利斯之剑"时时悬在头上。这是一种无法摆脱的两难选择。如果你能够甘于寂寞，终老林泉，倒可以避开一切风险，像庄子说的，山木"以不材得终其天年"，这一点是他所不取的，——圣人早就教诲了："君子疾没世而名不称焉"；而要立功名世，就会遭谗受忌，就要日夕思考如何保身、保位这个严峻的课题。明乎此，就不难理解曾国藩何以怀有那么强烈的危机感，几乎是惶惶不可终日。他对于古代盈虚、祸福的哲理，功高震主、树大招风的历史教训，实在是太熟悉、太留意了，因而时时处处都在防备着颠危之虞、杀身之祸。

他一生的主要功业在镇压太平军方面。但他率兵伊始，初出茅庐第一回，就在"靖港之役"中遭致灭顶的惨败，眼看着积年的心血、升腾的指望毁于一旦，一时百忧交集，痛不欲生，他两番纵身投江，都被左右救起。回到省城之后，又备受官绅、同僚奚落与攻击，愤懑之下，他声称要自杀以谢湘人，并写下了遗嘱，还让人购置了棺材。心中惨苦万状，却又"哑巴吃黄连"有苦不能说，只好"打掉门牙肚里吞"。正如他所自述的："余庚戌、辛亥间，为京师权贵所唾骂，癸丑、甲寅为长沙所唾骂，乙卯、丙辰为江西所唾骂，以及滨州之败，靖港之败，湖口之败，盖打脱牙之时多矣，无一次不和血吞之。"

那么，获取胜利之后又怎样呢？扑灭太平天国，兵克金陵，是曾氏梦寐以求的胜业，也是他一生成就的辉煌顶点，一时间，声望、权位如日中天，达于极盛。按说，这时候应该一释愁怀，快然于心了。可是，他反而"郁郁不自得，愁肠九回"，城破之日，竟然终夜无眠。原来，他在花团锦簇的后面看到了重重的陷阱、不测的深渊。同是一种苦痛,却有不同层次:过去为求胜而不得,自是困心恒虑,但那种焦苦之情常常消融于不断追求之中,里面总还透露着希望的曙光;而现在的苦痛,是在历经千难万险终于实现了胜利目标之后,却发现等待着自己的竟是一场灾祸,而并非预期的福祉,这实在是最可悲,也最令人伤心绝望的。

到现在,情况已经非常清楚了,尽管他竭忠尽智,立下了汗马功劳,但因其用兵过久,兵权太重,地盘忒大,朝廷从长远利益考虑,不能不视之为致命威胁。过去所以委之以重任,乃因东南半壁江山危如累卵,对付太平军非他莫属。而今,席卷江南、飙飞电举的太平军已经灰飞烟灭,代之而起的、随时都能问鼎京师的,是以湘军为核心的精强剽悍的汉族地主政治、军事力量。在历史老人的拨弄下,他和洪秀全翻了一个烧饼,湘军和太平军调换了位置,成为最高统治者的心腹大患。

其实,早在天京陷落之前,清廷即已从中央与地方、集权与分权的总体战略出发,采取多种防范措施,一面调兵遣将,把守关津,防止湘军异动;一面蓄意扶植淮军,从内部进行瓦解,限制其势力的膨胀。破城后,清廷立即密令亲信以查阅旗营为名,探察湘军动静。当日咸丰帝曾有"克复金陵者王"的遗命,可是,庆功之日,曾氏兄弟仅分别获封一等侯、伯。尤其使他心寒胆战的是,湘军入城伊始,即有许多官员弹劾其纪律废弛,虏获无数,残民以逞。清廷下诏,令其从速呈报历年军费开支账目。打了十几年烂仗,军饷一毫不拨,七拼八凑,勉强维持到今日。现在,征袍上血渍未干,却拉下脸来查账,实无异于颁下了十二道金牌。闻讯后,曾国藩忧愤慎膺,痛心如捣。"狡兔死走狗烹,飞鸟尽良弓藏,敌国破谋臣亡"的血腥史影,立刻在眼前浮现。此时心迹,他已披露在日记中:"古之得虚名而值时艰者,往往不克保其终。思此不胜大惧。"

对于清廷的转眼无恩,总有一天会"卸磨杀驴",湘军众将领早已料得一清二楚,彷徨、困惑中,不免萌生"拥立"之念。据说,曾氏至为倚重的中兴名将胡林翼,几年前就曾专函探试:"东南半壁无主,

我公其有意科？"曾国藩看后惶恐骇汗，悄悄地撕个粉碎。湘军集团第二号人物左宗棠也曾撰写一联，故意向他请教："神所凭依，将在德矣；鼎之轻重，似可问焉。"曾阅后，将下联的"似"改为"未"，原封送还。曾的幕僚王闿运在一次闲谈中向他表明了"取彼虏而代之"的意思，他竟吓得不敢开腔，只是手蘸茶汁，在几案上有所点画。曾起立更衣，王偷着看了一眼，乃是一连串的"妄"字。

其实。曾国藩对他的主子也未必就那么死心塌地地愚忠，只是，审时度势，不敢贸然孤掷，以免断了那条得天地正气、做今古完人的圣路。于是，为了保全功名，免遭疑忌，继续取得清廷的信任，他毅然采取"断臂全身"的策略，在剪除太平军之后，主动奏请将自己一手创办并赖以起家的湘军五万名主力裁撤过半，并劝说其弟国荃奏请朝廷因病开缺，回籍调养，以避开因功遭忌的锋芒。他说："处大位大权而震享大名，自古能有几人能善其末路者？总须设法将权位二字推让少许，灭去几成，则晚节渐可以收场耳。"这两项举措，正都是清廷亟欲施行却又有些碍口的，见他主动提出，当即予以批准。还赏赐曾国荃六两人参，却无一言以相慰，使曾氏兄弟伤心至极。

三

曾国藩的人生追求，是"内圣外王"，既建非凡的功业，又做天地间之完人，从内外两界实现全面的超越；那么，他的痛苦也就同样来源于内外两界：一方面是朝廷上下的威胁，用他自己的话说："处兹乱世，凡高位、大名、重权三者皆在忧危之中"，因而"畏祸之心刻刻不忘"；一方面是内在的心理压力，时时处处，一言一行，为树立高大而完美的形象，同样是如临深渊，如履薄冰般的惕惧。

去世前两年，他曾自撰一副对联："战战兢兢，即生时不忘地狱；坦坦荡荡，虽逆境亦畅天怀。"上联揭示内心的衷曲，还算写实；下联则仅仅是一种愿望而已，哪里有什么"坦坦荡荡"，恰恰相反，倒是

"凄凄、惨惨、戚戚",庶几近之。他完全明白,居官愈久,其阙失势必暴露得愈充分,被天下世人耻笑的把柄势必越积越多;而且,人都是有七情六欲的,种种视、听、言、动,未必都合乎圣训,中规中矩。在这么多的"心中的魔鬼"面前,他还能活得真实而自在吗?

他对自己的一切翰墨都看得很重,不要说函札之类本来就是写给他人看的,即使每天的日记,他也绝不马虎。他知道,日记既为内心的独白,就有揭示灵魂、敞开自我的作用,生前殁后,必然为亲友、僚属所知闻,甚至会广泛流布于世间,因此,下笔至为审慎,举凡对朝廷的看法,对他人的评骘,绝少涉及,为的是不致遭惹麻烦,甚至有辱清名。相反地,里面倒是记载了个人的一些过苛过细的自责。比如,当他与人谈话时,自己表示了太多的意见;或者看人下棋,从旁指点了几招,他都要痛自悔责,在日记上骂自己"好表现,简直不是人"。甚至在私房里与太太开开玩笑,过后也要自讼"房闱不敬",觉得于自己的身份不合,有失体统。

他在日记里写道:"近来焦虑过多,无一日游于坦荡之天,总由于名心太切,俗见太重二端","今欲去此二病,须在一'淡'字上着意。""凡人我之际,须看得平;功名之际,须看得淡。"脉把得很准,治疗也是对症的。应该承认,他的头脑非常清醒。但是,坐而言不能起而行,无异于放了一阵空枪,最后,依旧是找不到自我。他最欣赏苏东坡的一首诗:"治生不求富,读书不求官。譬如饮不醉,陶然有余欢。"可是,也就是止于欣赏而已。假如真的照着苏东坡说的做,真的能在一个"淡"字上着意,那也就没有后来的曾国藩了,自然,也就再无苦恼之可言了。由于他整天忧惧不已,遂导致长期失眠。一位友人深知他的病根所在,为他开了一个药方,他打开一看,竟是十二个字:"歧黄可医身病,黄老可医心病。"他一笑置之。他何尝不懂得黄老之学可疗心疾,可是,在那"三不朽"的人生目标的驱策下,他又要建不世之功,又要作万世师表,怎么可能淡泊无为呢?

世间的苦是多种多样的。曾国藩的苦,有别于古代诗人为了"一语

惊人"，冥心孤诣、刳肚搜肠之苦。比如唐朝的李贺，他的母亲就曾说："是儿要呕出心乃已耳！"但这种苦吟中，常常含蕴着无穷的乐趣；曾国藩的苦，和那些终日持斋受戒、面壁枯坐的"苦行僧"也不同。"苦行僧"的宗教虔诚发自一种真正的信仰，由于确信来生幸福的光芒照临着前路，因而苦亦不觉其苦，反而甘之如饴。而"中堂大人"则不然，他的灵魂是破碎的，心理是矛盾的，他的忍辱含羞，屈心抑志，俯首甘为荒淫君主、阴险太后的忠顺奴才，并非源于什么衷心的信仰，也不是寄希望于来生，而是为了实现现实人生中的一种欲望。这是一种人性的扭曲，绝无丝毫乐趣可言。从一定意义来说，他的这种痛深创钜的苦难经验，倒与旧时的贞妇守节有些相似。贞妇为了挣得一座旌表节烈的牌坊，苦心忍受人间最沉重的痛苦；而曾国藩同样也是为着那块意念中的"功德碑"而万苦不辞。

他节欲，戒烟，制怒，限制饮食，起居有常，保真养气，日食青菜若干、行数千步，夜晚不出房门，防止精神耗损，可说是最为重视养生的。但是，他却疾病缠身，体质日见衰弱，终致心力交瘁，中风不语，勉强活了六十二岁。死，对于他来说，其实倒是一种彻底的解脱。什么"超越"，什么"不朽"，统统地由他去吧！当然，那种无边的痛苦，并没有随着他的溘然长逝而扫地以尽，而是通过那些家训呀，书札呀，文集呀，言行录呀，转到了亲属、后人身上，这是一种名副其实的痛苦的传承，媒体的链接。

前几年看到一本"语录体"文字，它从曾国藩的诗文、家书、函札、日记中摘录出有关治生、用世、立身、修业等内容的大量论述，名之曰《人生苦语》。一个"苦"字将曾公的全部行藏、心迹活灵活现地概括出来，堪称点睛之笔。

四

曾国藩以匡时济世为人生的旨归，以修身进德为立身之本，采取积极进取的人生态度,这无疑是承传了孔孟之道的衣钵,但他同时,也有意识地吸收了老庄哲学的营养。他是由儒、道两种不同的传统生命智慧煅冶而成,因而能够站在更高的层次上,可以说,他是中国历史上兼收孔老、杂糅儒道最为纯熟、最见功力的一个。

由于他机敏过人,巧于应付,一生仕途基本上顺遂,加之,立功求名之心极为热切,简直就是一个有进无退的"过河卒子",因而未曾真正地退藏过;但是,出于明哲保身的机智和韬光养晦的策略上的需要,他也还是把"盛时常作衰时想,上场当念下场时"奉为终身的座右铭,把黄老之学看做是一个精神的遁逃薮,一种适生价值与自卫方式,准备随时蜷缩到这个乌龟壳里,一面咀嚼着那些"高下相生,死生相因"的哲理,以求得心灵上的抚慰;一面从"尽蠖之屈,以求伸也"的权谋中,把握其再生的策略。

同是道家,在他的眼里,老子与庄周的分量并不一样。别看他选定的奉为效法榜样的三十二位中国古代圣哲中,只有庄周而无老子,其实,这是一种"兴发于此而义归于彼"的障眼法。庄周力主发现自我,强调独立的人格;不仅无求于世,而且,还要遗身于世虑江山之外,不为世人所求。这一套浮云富贵,粪土王侯,旷达恣肆,彻悟人生的生命方式,对曾国藩来说,无异于南辕北辙;倒是作为权谋家、策略家、彻底的功利主义者的老子,要切近他的需要,符合他的胃口,——儒家是很推崇知进退、识时务、见机而作的,孟子就说过嘛:"孔子,圣之时者也。"

他平生笃信《淮南子》关于"功可强成,名可强立"的说法。"强"也者,勉强磨炼之谓也,就是在猎取功名上,要下一番"知其不可而为之"的强勉工夫。但他又有别于那种蛮干、硬拼的武勇之徒。他的胞弟曾国荃刚愎自用,好勇斗狠,有时不免意气用事,曾国藩怕他因倨傲招来祸患,总是费尽唇舌,劝诫他要"慎修以远罪"。听说其弟要弹劾一位大臣,当即力加劝止,他说,这种官司即使侥幸获胜,众人也会对你虎视眈眈,侧目相看,遭贬的本人也许无力报复,但其他人一定

会蜂拥而起，寻隙启衅。须知，楼高易倒，树高易析，我们兄弟时时处身险境，不能不考虑后果。他告诫其弟：从此以后，只从波浪平静处安身，莫向掀天揭地处着想。这并不是萎靡不振，而是因为位高名重，不如此，那就处处都是危途。

清代道咸以降，世风柔靡、泄沓，盛行一种政治相对主义和圆融、混沌的处世方式。最典型的是道光朝的宰相曹振镛，晚年恩遇日隆，身名俱泰。门人向他请教，答曰："无他，但多磕头少说话耳。"有人赋《一剪梅》词来描画这种时弊："仕途钻刺要精工，京信常通，炭敬常丰；莫谈时事逞英雄，一味圆融，一味谦恭。大臣经济在从容，莫显奇功，莫说精忠；万般人事要朦胧，驳也毋庸，议也毋庸。八方无事岁年丰，国运方隆，官运方通；大家襄赞要和衷，好也弥缝，歹也弥缝。无灾无难到三公，妻受荣封，子荫郎中；流芳身后更无穷，不谥文忠，也谥文恭。"曾国藩由于深受儒学濡染，志在立功扬名，垂范万世，肩负着深重的责任感，尽管老于世故，明于趋避，但同这类"琉璃蛋"、"官混子"却是判然有别的。我们也许不以他的功业为然，也许鄙薄他的为人处世，但是，对于他的困知敏学，勤谨敬业，勇于用事的精神，还应该予以承认。

曾国藩是一个极为复杂的生命个体，是一部内容丰富的"大书"。在解读过程中，我们会发现，他的清醒、成熟、机敏之处实在令人心折，确是通体布满了灵窍，积淀着丰富的传统文化精神，到处闪现着智者的辉芒。当然，这是从文化学、社会学、心理学的角度来研究；如果就人性批评意义上说，却又觉得多无足取。在他的身上，智谋呀，经验呀，知识呀，修养呀，可说应有尽有；唯一缺乏的是本色，天真。其实，一个人只要丧失了本色，也便失去了生命的出发点，迷失了存在的本源，充其量，只是一个头脑发达而灵魂猥琐，智性充盈而人性泯灭的有知觉的机器人。

五

对于阅世极深的曾国藩来说，我想，他不会看不出封建官僚政治下的人生不过是一场闹剧,而扮演角色的无非是一具具被人牵线的玩偶,原是无须那么叫真的。他自己就曾说过,大凡人中君子,率常终身黯然退藏。难道是他们有什么特异的天性?不过是因为真正看到了大的方面,而悟解一般人所追逐的是不值得计较的。秦汉以来至于今日,达官贵人何可胜数?当其高踞权要之时,自以为才智高人万万,简直是不可一世;可是,等到他们死去以后再看,跟那些"营营而生,草草而死"的厮役贱卒,原没有什么区别。那么,今天的那些处高位而猎取浮名者,竟然泰然自若地以高明自居,不晓得自己和那些贱夫杂役一样都要同归于泯没,到头来并没有什么差异,——难道这还不值得悲哀吗?

我们发现,在曾国藩身上,存在一种异常现象,即所谓"分裂性格"。比如,上面那番话说得是多么动听啊,可是,做起来却恰恰相反,言论和行动形成了巨大的反差。加之,他以不同凡俗的"超人"自命,事事求全责备,处处追求圆满,般般都要"毫发无遗憾",其结果,自是加倍地苦累,而且必然产生矫情与伪饰,以致不时露出破绽,被人识破其伪君子、假道学的真面目。明人有言:"名心盛者必作伪。"对此,清廷已早有察觉,曾降谕于他,直白地加以指斥:总因"过于好名所致,甚至饰辞巧辩。好名之过尚小,违旨之罪甚大"。至于他身旁的人,那就更是洞若观火了。幕僚王闿运在《湘军志》一书中,对曾氏多有微辞,主要是觉得他做人太坚忍、太矫情了;而与曾氏有"道义之交"的今文经学家邵懿辰则毫不客气,竟当面责之以虚伪,说他"对人能作几副面孔";左宗棠更是专标一个"伪"字来戳穿他的画皮,逢人便说:"曾国藩一切都是虚伪的。"

作为一位正统的理学家,曾国藩的"高明"之处在于,他在接受程朱理学巧伪、矫饰的同时,却能不为其迂腐与空疏所拘缚,表现出足够的成熟与圆融。也许正是因为这样,我总觉得,在他身上,透过礼教的层层甲胄,散发着一种浓重的表演意识。人们往往难以分辨他究竟是在正常地生活还是逢场作戏,究竟是出自真心去做还是虚应故事;而他自己,时日既久,也就自我认同于这种人格面具的遮蔽,以致忘记了人

生毕竟不是舞台，卸妆之后还须进入真实的生活。

他尝以轻世离俗自许，实际上根本不是那回事。因为如果真的轻世离俗，就说明已经彻悟人生，必然生发出一种对人世的大悲悯，就会表现得最仁慈，最宽容，自己也会最轻松，最自在。而他何尝有一日的轻松自在，有一毫的宽容、悲悯呢？他那坚忍、强勉的秉性，期在必成、老而弥笃的强烈欲求，已经冻结了、硬化了全部的爱心，剩下来的只有漠然无动于衷的冷酷与残忍，而且，还要挂出神圣的幌子。他办团练时，以利国安民为号召，主张"捕人要多，杀人要快"，"不必拘守常例"，因此，每逢团绅捉来"人犯"，总是不问情由，立即处死。一次，曾国藩路过一村，遇卖桃人与买者争吵，卖者说没有付款，买者说已经付了。经过拘讯，证明是卖者撒谎，他当即下令将其斩杀。一时街市大哗，民从惊呼："钦差杀人了！"因而得名"曾屠户"。事见《梵天庐丛录》。

他曾亲自为湘军撰写了一首《爱民歌》，让官兵们传唱："三军个个仔细听，行军先要爱百姓。贼匪害了百姓们，全靠官兵来救人。……官兵不抢贼匪抢，官兵不淫贼匪淫。若是官兵也淫抢，便同贼匪一条心。"实际执行情况又怎样呢？曾氏幕僚赵烈文记下了攻破天京后的亲眼所见："城破之日，全军掠夺，无一人顾大局"；"又见中军各勇留营者皆去搜刮，甚至各棚厮役皆去，担负相属于道"。湘军逢男人便杀，见妇女便掳，"其老弱本地人民不能挑担，又无窖可挖者，尽遭杀死，沿街死尸十之九皆老者，其幼孩未满二三岁者亦砍戮以为戏。""哀号之声，达于四远"，"尸骸塞路，臭不可闻"。湘军将领彭玉麟写过一道《攻克九江屠城》的七律，后四句云："九派涛江翻战血，一天雨黑洗征裘。直教殄灭无遗种，尸拥长江不流。"对照这般记述，再回过头来读一遍那堂而皇之的《爱民歌》，岂不恰成尖锐的讽刺！

省社会科学院的一位朋友来聊天，看了我写的这份初稿。他说，选取人性阅读这个角度颇有新意。临走前，还告诉我，从他外祖父手中传下来一幅曾国藩的照片，看一看也许有助于了解其人。因为相貌总是精神的一种外现。即使不是全部,起码也能部分地反映了一个人的内在性格。我赶忙跟他到家,拿过照片来细细地端详一番:宽敞的前额上横着几道很深很深的皱纹;脸庞是瘦长的,尖下颏,高颧骨;粗粗的扫帚眉下,长着长挑挑的三角眼,双眸里闪射出两道阴冷、凌厉的毫光;浓密的胡须间隐现着一张轻易不会嘻开的薄唇阔口。留给人的印象很深,有一种心事重重、渊深莫测的感觉。

是的,我心目中的曾国藩,就是这样。

王充闾

寂寞濠梁

经典雅谈

　　庄子却是一个善于敞开自我的人。尽管两千多年过去了，可是，当你打开《庄子》一书，就会觉得一个鲜活的血肉丰满的形象赫然站在眼前。他的自画像是："思之无涯，言之滑稽，心灵无羁绊。"他把生活的必要削减到了最低的程度，住在"穷间陋巷"之中，瘦成了"槁项黄馘"，穿着打了补丁的"大布之衣"，靠打草鞋维持生计。但他在精神上却是万分富有的，他"独与天地精神相往来"，万物情趣化，生命艺术化。他把身心的自由自在看得高于一切。

　　从小我就很喜欢庄子。

　　这里面并不包含着什么价值判断，当时只是觉得那个古怪的老头儿很有趣。庄子是一位名副其实的"故事大王"，他笔下的老鹰、井蛙、蚂蚁、多脚虫、龟呀、蛇呀、鱼呀，都是我们日常所能接触的，里面却寓有深刻的人生哲理。他富有人情味，渴望普通人的快乐，有一颗平常心，令人于尊崇之外还感到几分亲切。

　　不像孔老夫子，被人抬到了吓人的高度。孔夫子是圣人，他的弟子属于贤人一流。连他们都感到,这位老先生"仰之弥高,钻之弥深,瞻之在前,忽焉在后",带有一种神秘感,说"夫子之墙数仞,不得其门而入",我们这些庸常之辈就更是摸不着门了。老子也和庄子不一样,知雄守雌,先予后取,可说达到了众智之极的境界。但一个人聪明过度了,就会给人以权诈、狡狯的感觉;而且,一部《道德经》多是为统治者立言,毕竟离普通民众远了一些。

若是给这三位古代的哲学大师来个形象定位,我以为,孔丘是被"圣化"了的庄严的师表,老聃是智者形象,庄周则是一个耽于狂想的浪漫派诗人。

老子也好,孔子也好,精深的思想,超人的智慧,只要认真地去钻研,都还可以领略得到;可是,他们的内心世界、个性特征,却很不容易把握。这当然和他们的人格面具遮蔽得比较严实,或者说,在他们的著作中自身袒露得不够有直接关系。特别是老子,五千言字字珠玑,可是,除去那些"微言大义",其他就"无可奉告"了。

庄子却是一个善于敞开自我的人。尽管两千多年过去了,可是,当你打开《庄子》一书,就会觉得一个鲜活的血肉丰满的形象赫然站在眼前。他的自画像是:"思之无涯,言之滑稽,心灵无羁绊。"他把生活的必要削减到了最低的程度,住在"穷闾陋巷"之中,瘦成了"槁项黄馘",穿着打了补丁的"大布之衣",靠打草鞋维持生计。但他在精神上却是万分富有的,他"独与天地精神相往来",万物情趣化,生命艺术化。他把身心的自由自在看得高于一切。

他厌恶官场,终其一生只做过一小段"漆园吏"这样的芝麻绿豆官。除了辩论,除了钓鱼,除了说梦谈玄,每天似乎没有太多的事情可干。一有空儿就四出闲游,"乘物以游心",或者以文会友,谈论一些不着边际的看似无稽、看似平常却又富有深刻蕴涵的话题。

一天,庄子和他的朋友惠施一同在濠水的桥上闲游,随便谈论一些感兴趣的事儿。

这时，看到水中有一队白鱼晃着尾巴游了过来。

庄子说："你看，这些白鱼出来从从容容地游水，这是鱼的快乐呀！"

惠施不以为然地说："这就怪了，你并不是鱼，怎么会知道它们的快乐呢？"

庄子立刻回问一句："若是这么说，那你也不是我呀，你怎么会知道我不晓得鱼的快乐呢？"

惠施说："我不是你，当然不会知道你了；你本来就不是鱼，那你不会知道鱼的快乐，理由是很充足的了。"

庄子说："那我们就要刨刨根儿了。既然你说'你怎么知道它们的快乐'，说明你已经知道我晓得了它们，只是问我从哪里知道的。从哪里知道的呢？我是从濠水之上知道的。"

还有一次，庄子正在濮水边上悠闲地钓鱼，忽然，身旁来了两位楚王的使者。他们毕恭毕敬地对庄子说：

"老先生，有劳您的大驾了。我们国王想要把国家大事烦劳您来执掌，特意派遣我们前来请您。"

庄子听了，依旧是手把钓竿，连看他们都没有看一眼，说出的话也好像答非所问：

"我听说，你们楚国保存着一只神龟，它已经死去三千年了。你们的国王无比地珍视它，用丝巾包裹着，盛放在精美的竹器里，供养于庙堂之上。现在，你们帮我分析一下：从这只神龟的角度来看，它是情愿死了以后被人把骨头珍藏起来，供奉于庙堂之上呢？还是更愿意像普通的龟那样，在泥塘里快快活活地摇头摆尾地随便爬呢？"

两位使者不假思索地同声答道："它当然愿意活着在泥塘里拖着尾巴爬了。"

庄子说："说得好，那你们二位也请回吧。我还是要好好地活着，继续在泥塘里拖着尾巴爬的。"

你看,庄子就是这样,善于借助习闻惯见的一些"生活琐事"来表述其深刻的思想。他的视听言动以及人生观、价值观,都在《庄子》一书中得到了充分的展示。虽说"寓言十九",但都切近他的"诗化人生",活灵活现地画出了一个超拔不羁、向往精神自由的哲人形象,映现出庄子的纵情适意、逍遥闲处、淡泊无求的情怀。

就这方面来说,这两段记述是很有代表性的。后来,人们就把它概括为"濠梁之思"。而在崇尚超拔的意趣、虚灵的胸襟的魏晋南北朝人的笔下,还有个更雅致的说法,叫做"濠濮间想",典出南朝宋刘义庆的《世说新语》:晋简文帝到御花园华林园游玩,对左右侍从说:"令人领悟、使人动心之处不一定都在很远的地方,你们看眼前这葱葱郁郁的长林和鲜活流动的清溪,就自然会联想到濠梁、濮水,产生一种闲适、恬淡的思绪,觉得那些飞鸟、走兽、鸣禽、游鱼,都是要主动前来与人亲近的。"

东坡居士曾有"乐莫乐于濠上"的说法,可见,他对这种体现悠闲、恬淡的"濠濮间想",是极力加以称许并不懈追求的。只是,后人在解读"乐在濠上"和"濠濮间想"时,往往只着意于人的从容、恬淡的心情,而忽略了"翳然林水"和"鸟兽禽鱼自来亲人"这物我和谐、天人合一的自然环境。

作为禀性淡泊、潇洒出尘的庄周与苏轼,认同这种情怀,眷恋这种环境,应该说,丝毫也不奇怪。耐人寻味的是,素以宵衣旰食、勤劳勤政闻名于世的康熙皇帝,竟然也在万机之暇,先后于京师的北海和承德避暑山庄分别修建了"濠濮间"和"濠濮间想"的同名景亭,反映他对那种淡泊、萧疏的闲情逸致和鱼鸟亲人的陶然忘机也持欣赏态度。这是否由于他久住高墙深院,倦于世间尘劳,不免对林泉佳致生发一种向往之情,所谓"久在樊笼里,复得返自然"呢?

李元洛

汨罗江之祭

经典雅谈

在中国的河流中,汨罗江远算不上波高浪阔源远流长,但却是一条名闻遐迩的圣水。它温柔而温暖的臂弯,曾先后收留中国诗歌史上两位走投无路的伟大诗人,不过,一位在下游,今日的汨罗县境,以水为坟,年年端午,竞渡的万千龙舟还在打捞他的魂魄;一位在上游,如今的平江县域,堆土为墓,少人拜谒,与凄清的墓地长年相伴的,多是春风秋雨夕阳晨雾,还有偶然在坟头点燃的几炷清香。

在中国的河流中,汨罗江远算不上波高浪阔源远流长,但却是一条名闻遐迩的圣水。它温柔而温暖的臂弯,曾先后收留中国诗歌史上两位走投无路的伟大诗人,不过,一位在下游,今日的汨罗县境,以水为坟,年年端午,竞渡的万千龙舟还在打捞他的魂魄;一位在上游,如今的平江县域,堆土为墓,少人拜谒,与凄清的墓地长年相伴的,多是春风秋雨夕阳晨雾,还有偶然在坟头点燃的几炷清香。

大历五年,也就是公元 770 年秋冬之际,杜甫出峡入湘在湖南流域三年之后, 写下《暮秋将归秦留别湖南亲友》一诗, 从长沙出发, 准备顺湘江而下洞庭, 然后入长江而至汉水, 转道襄阳回归河南故里。然而, 他其时年近花甲, 早已病体支离, 舟入朔风凛冽的洞庭, 更是多症并发而一病不起。被历代学者断为绝笔之作的《风疾舟中伏枕书怀世六韵奉呈湖南亲友》, 如同自撰的讣闻。他写了 "舟泊常依震, 湖平早见参。胡国悲寒望, 群云惨岁阴" 的洞庭湖冬日景色, 船过湘阴, 北上巴陵, "春草封归恨, 源花费独寻。转篷忧悄悄, 行药病涔涔", 痛重的他只得转道前往湘阴与巴陵途中的昌江县城, 去投亲靠友。今日的平江, 唐时称昌江, 府治为中县坪, 在汨罗江的上游。但在距县城仅十里的小田村附近的江上, 巨星即告陨落, 他年幼的儿子宗武只得将父亲草草葬于小田村天进湖, 也就是我们今日见到的平江杜墓。如果你远道前来, 不仅可以一瞻遗迹, 而且风行水上山间, 鸟过田头陌上, 还会向你叙述许多有关杜甫的传说。

全国杜墓今有八处, 除四外纯属传闻和纪念性质者外, 学术界考证杜甫真家, 主要有宋阳说、平江说、偃师说与巩县说, 而我则认为平江杜墓是杜甫的原始墓葬, 而死后的杜甫也很可能一直没有北归, 杜甫去世后 43 年, 他的孙子杜嗣业请任江陵士曹参军的元稹作墓志铭, 铭中说杜甫 "扁舟下荆楚间, 竟以寓卒, 旅殡岳阳"。今人多以为此 "岳阳" 乃今日这岳阳市或岳阳县, 殊不知后者从西晋以到清末, 均称为 "巴陵"。"岳阳楼" 原也只是三国时鲁肃操练水军的阅兵台, 开元四年张说以中书令守岳阳时, 于旧址建楼, 名为 "西楼", 至李白杜甫始以 "岳阳楼" 为题。如果杜甫葬于岳阳城厢, 当有人吟咏, 但却付阙如。唐时的昌江, 是岳州的五个属县之一, 至五代后唐时才改名平江。高山曰 "岳", 山南曰 "阳", 平江县境内有海拔 1653 米之天岳山, 而汨罗江流域在山之南与山之西, 正是元稹所谓的 "旅殡岳阳" 之地, 平江的杜姓, 到今繁衍有 800 人以上, 以 "杜" 命名的地方如 "杜家山"、"杜家园" 等, 就有十余处之多, 此处流传于今日的杜氏家谱, 也说杜甫殁后因干戈扰攘, 归葬偃师未果, 因而 "爱葬平江", 而子孙 "卜居

是邑，以祭守其墓"。明代的湖广参政陈恺，曾在平江杜甫后裔家中发现两封皇敕，一是至德二载唐肃宗授杜甫为左拾遗的浩敕，二是宋代授杜甫后裔杜邦杰为"承节郎"的敕书，他并作《跋杜氏浩敕》予以详尽的记载与说明，清初钱谦益在《杜诗钱注》中也曾说，"今藏湖广岳州府平江县裔孙杜富家"。据说，这两件浩敕传至杜富的嫡系后裔杜瑞生，于辛亥革命年间遗失。将近百年，音沉信杳，如果有朝一日它们能重现江湖，就可为平江杜墓出示旁证与铁证了。

我居杜甫曾经流离过的长沙，虽然离平江地不远，而且心向往之，但人事伧惚，竟然直到最近的一个秋冬交割之日，才和我昔日的学生余三定、朱平珍夫妇以及也曾是学生的段华偕行，去今日平江大桥乡小田村天井湖，拜谒那一座山中的也是我心的坟茔。

东出平江县城，驰过合汨罗江大桥，往南行二十余里，拐上一条泥泞曲折的乡间小道，颠颠簸簸，终于看到山丘间有一溜白色的粉墙，那就是光绪十年重修的"杜公祠"。祠门额上有一方青石，刻有"诗圣遗肝"字样。祠前有一方可供停车的大坪，据说那就是"天井湖"干涸后填成。"杜公祠"如果是书名，白色粉墙就是它的封面，封面之内有些什么精彩文章呢？三张大门关闭已久，大约平日也少人问津，我们是不速之客，杜甫也早已长眠不起，蓬门今日当然也不会再为君而开，我们只得从旁侧围墙已经坍塌拆毁的缺口进去。杜公祠为砖木结构的两进一天井结构，几间故旧的房舍现在已改为小学的教室，桌椅破旧，秋冬之日光线更是暗淡，窗户没有玻璃，糊窗纸早已破碎，秋风与朔风于其间畅通无阻。杜甫墓就在教室窗外不远，他老先生每天都可以听到克服困难前来上学的乡里小儿咿呀诵读之声，若当"八月秋高风怒号"之时，或是"天涯霜雪雾寒宵"之际，以苍生为念，以天下为怀的他，会不会长叹息以掩涕呢？细察祠堂墙壁上尘封破旧的字画，在檐下廊前徘徊流连，平珍是平江人，对杜祠故实十分熟悉，她指着木柱石础中两个麻石柱础，对我们说：

"这两个覆盆式的麻石柱础，下方上圆，刻有莲花瓣纹饰，从形制可断为唐代遗物，全国其他唐代建筑遗迹也可以证明。"

"那当然是杜墓真实性的实证，不，石证了。"我高兴地随声附和，并弯腰抚摸那冰凉的石础，想重温千年前的时光。

祠堂后面的小山丘上，有一栋建于多年前的房舍，现在也已改为三间教室。门楣石匾上嵌刻有"铁瓶诗社"四字。诗社不知成立于何许年？诗社而名"铁瓶"，不知瓶内藏有什么纶音妙旨？为什么"瓶"而谓"铁"呢。但铁定无疑的却是，建社的人与诗有缘，并欲继承发扬老杜的流风余韵。我甚至忽发痴想：有诗灵作伴，得天独厚，现在不起眼的莘莘学子之中，将来会不会有人一登诗坛而叱咤风云呢？正遐思远想之时，管理墓园的老人已被请来，他领我们走到诗社下侧围墙的一扇小门边，打开那把资历不浅犹有古风的铜锁，小门吱呀一声推开，有一座小小的山包之上，在几株青松翠柏的守护之中，猝不及防，近在咫尺，杜甫墓怆然轰然巍然，撞伤撞痛也撞亮了我的眼睛！

80年代之初，平江文物管理所按原貌维修了杜墓。墓坐北朝南，封土堆以青麻石结顶，墓围用红麻石与青砖砌成，青石墓碑正中镌文为"唐左拾遗工部员外郎杜文贞公之墓"。这就是我们千秋诗圣最后的安息之所了。杜甫生地是河南，死所为湖南，黄河之南与洞庭湖之南，他和水结下的真是生死缘，更何况他一生坎坷，最后除了漂泊于西南天地之间，就是将自己一家老小满怀忧愤托付给水上的一叶孤舟。他晚年流落湖湘，虽然兄弟音讯不通，然而，"吴楚东南诉，乾坤日夜浮"，洞庭的浩阔景象也曾一度鼓舞了他已老的壮心；虽然李白、高适、孟浩然等老朋友皆已先后故去，自己老而多病，然而"戎马关山北，凭轩涕泗流"，他想到的仍是干戈扰攘的苦难时代。岁云暮矣，思如之何？在一年将尽之时，他忧心如焚的仍是水深火热中的百姓黎民："岁云暮矣多北风，潇湘洞庭白雪中。渔父天寒网罟冻，莫诺谢雁鸣桑弓。去年米贵缺军食，今年米贱大伤农。高马达官厌酒肉，此辈抒轴茅茨空。"（《岁晏行》）他自己已是末路穷途，生命的残焰行将熄灭，但却仍然心系天

下苍生："公孙仍恃险，侯景未生擒。书信中原阔，干戈北斗深。畏人千里井，闻俗九州箴。战血流依旧，军声动至今。"——他的绝笔诗固然多有身世之悲，托孤之痛，但却仍然不忘时代的动乱和人民的痛苦，这就不仅是，"穷年忧黎元"，而是生死以之了，这是何等高远博大的襟怀啊！我们临来匆匆，未及准备香烛，只好在墓前久久默然低首，燃点一炷永远也不会熄灭的心香。

秋风吹来，墓草萧瑟。墓前的香炉小小，炉中残留三四根燃尽的香头，也不知是何方来客对他的祭奠。我不由想起杜甫生前身后的凄凉。忠厚谦逊的他，于前辈、同辈和晚辈的诗作，他奉致了许多景慕、褒扬与提携之辞，对大名鼎鼎的李白，他盛赞"白也诗无敌，飘然思不群"，而王维是"最传秀句禁区满"，高适是"美名人不及，佳句如法如何"，元结是"两章对秋月，一字偕华星"。对那些诗名不盛官位不尊而确有才华的诗人呢？他同样是乐道人善，郑虔是"先生有道出羲皇，先生有才过屈宋"，薛据是"赋诗宾客间，挥洒动人垠"。对那些无名之辈呢？他也曾多所赞誉，如说杜勤"词源倒流三峡水，笔阵独扫千人军"，赏郑谏议"思飘云物外，律中鬼神惊。毫发无遗憾，波澜独老成"，而暮年在长沙遇到苏涣，对他的作品也赞美有加。本身有至高成就但却胸怀宽广，厚以待人，真是最合格的全国作家协会主席的人选了，可惜当时没有这样的组织，他当年不仅命途多舛，没有能够进入主流社会获得一官半职，时人也缺少慧眼，未能识珠。

杜甫赞誉过李白、高适、岑参、王维等诗坛大家，并且和他们均有交游，其中与李白的交谊还被今人誉为诗坛的千秋佳话，但他们却都无只言片语提及杜甫的作品，这不能不说是一个千古难解之谜，因为我们已经无从问询。同时代人对杜甫诗表示欣赏的不多，只有诗名不彰的韦济、严武等少数几位，而给他高度赞誉的，则是衡阳判官郭受和韶州刺史韦迢，但时间却已是杜甫逝世前夕了。前者今存诗二首，后者一首。郭受的诗是："新诗海内流传遍，旧德朝中属望劳。郡邑地卑饶雾雨，江湖天阔足风涛。松醪酒熟旁看醉,莲叶轻舟自学操。春兴不知凡几首?衡阳纸价顿时高。"(《杜员外兄垂示因作此寄上》)而韦迢在《潭州留别杜员外院长》一诗中,则赞美他"大名诗独步"。杜甫当年从岳阳往长沙途中曾作《南征》一诗,他长叹息说"百年歌自苦,未见有知音"。且不说同时代的人冷落了他,在他生时,殷璠于天宝末年编《河岳英灵集》,一些三四流的诗人都入选了,而杜甫却有向隅之叹。他死后不久,高促武编《中兴间气集》,选录至德到大历末年二十六位诗人的作品,杜甫竟然未能入列。世上许多有抱负有才华的人,常常得不到认识和赏识,有如明珠暗投于尘封的角落,好似良驹局促于偏远的一隅,有的人还屡遭厄运,抱憾甚至抱恨终生。然而,有些人却僭居高位,浪得虚名,肥马高车,锦衣玉食,一辈子似乎活得有滋有味。怀才不遇而困顿一生的杜甫,在生命即将结束的暮年,他得到郭受与韦迢的赞扬,虽说他们是文坛的无名之辈,虽杜甫和他们是浅友而非深交,但在杜甫凄凉寒冷的岁月,那不是如同两盆炉火温暖了他那颗已经冻僵的心吗?

千秋万岁名,寂寞身后事。杜甫如此评价和叹息李白。不知他对自己是否也有这种预感?杜甫和李白一样有千秋万岁之名,这已是毫无疑问的了,李白的故里与墓地我还无缘瞻拜,但河南巩县现为巩义市的杜甫故居,却依然激隘寒伧,杜甫墓园也只是封土一堆,青碑一块。而平江杜墓呢?60年代初期,墓顶和墓围的红色麻石,东边的附碑及碑柱,均被挖掘一空去兴修水利,好像一栋屋宇被揭瓦掀顶破门拆墙,远比茅屋为秋风所破惨淡得多了,然而那是为农村水利事业做贡献,杜甫该不会有多少怨言的。不料文革期间,他也被大张挞伐,一位在成都草堂大书过"世上疮痍,民间疾苦;诗中圣哲,笔底波澜"的位高名重的学者,也一反昔常,对曾经极力赞颂的诗人横加批判,但杜甫却已无法申辩了,当时被"横扫"的天下芸芸,又有谁能够申辩?不过,红卫兵倒确实搞得他惊魂不定,他们挖开封土堆的东前角,据说取出石制油灯两盏,霉烂古书手稿一堆,在"兵荒马乱"之中,这些遗物都已下落

不明，无从查找，而闻讯前来的文物工作者考证东墓室的地质地与结构，断定为唐代墓葬，这，大约是那些"破四旧"者所始料不及的功绩吧？磨难仍然接踵而来，古已有之于今为烈的盗墓贼，不久前竟然也在部头上动土，将杜墓打了一个大洞，时值年关，守墓的老人过了几天才发觉，虽然报了案，公安局也来人调查，但到底盗走了一些什么，众说纷纭。盗墓贼绝不会读杜甫的，杜甫从来不是大官也非大款，儿子无力将他的遗骸安葬故里，孙子也是穷困的平民百姓，山河修阻，烽火遍地，40年后到底将祖父的灵柩迁回河南没有，至今仍是疑案。生前两袖清风，死后一贫如洗，有什么好盗的呢？

于是，在旧罗江的上游，在拜别小田村杜甫墓之际，在唯有江声似旧时的千古江声涛里，我轻声吟诵北宋初年徐屯田的《过杜工部坟》一诗，权当专诚来谒的我们的心祭：

> 水与汨罗接，天心深有存。
> 远移工部死，来伴大夫魂。
> 流落同千古，风骚共一源。
> 江山不受吊，寒日下西原。

石　英

袁崇焕无韵歌

经典雅谈

他碎尸了，却恰恰又最后完成了自己的形象；他作为用来呼吸的一息终断了，但他胸中秉有的那股人间正气却冲天而起。这样，便使他能与文天祥这样的志士仁人在高天烈云间握手。

一

袁崇焕：

三百多年前的历史曾经呼唤的一个名字；抑或是这个名字的呼唤历史。

呼唤那片被铁蹄践得破碎了的历史，呼唤那被硝烟模糊得面目全非的历史，呼唤那备受屈踏而又不甘屈辱的历史，呼唤那被扭曲而仍在拼命挣扎的历史。

他站了出来：

从闽西北邵武县衙惊堂木声中站起来，从父老北望的忧患目光中站

起来。

当封疆大吏尽皆股栗拱手请降的时刻，当辽东名将迭遭败绩敌焰正炽的时刻，你站出来干什么？难道你不知道自己是一个官微职卑的六品县令？

你毫不理睬一切睥睨，也似乎对世俗的喊喳充耳不闻，携请缨印信，大步登上宁远城楼，一炮将不可一世的努尔哈赤打下马来，威慑皇太极竟至仓皇失措！

兵还是那些兵，饷还是那些饷，身后仍是那个朽如槁木的明王朝，面对的仍是那伙杀红了眼的后金骠骑恶煞，为什么，为什么你一来，形势就顿时改观？为什么你不但不怵，还试图将拟就草稿的历史重新改写？

古人云：文以气为主；作为一支军队，一个真正的人，又何尝不是以气为主？

人！！！

二

对于古人，也不是一种声音。

有的明公评论家站出来发表高论：袁崇焕尽管大智大勇，可惜用得不当，殊不知明皇朝暮霭沉沉，清王师杲日东升，袁崇焕不识时务，以卫护腐朽生产力代表而抗拒先进生产力的，岂不是逆潮流而动？

什么？什么？

哦，明白了，他是在为古人深表惋惜：如果明智之人，倒戈随清，岂不博个封侯之位？

荒唐！如袁公地下有知，当挺身破穴，指斥这类明公引路人。

明王朝固然腐败透顶，清军难道就是仁义之师？疯狂掠夺，恣意践踏，难道就是先进生产力的代表？

袁崇焕那颗心是一个发光体，他所率的那支孤军备战的军队是一道新的长城,在这颗心和这道长城后面,是食不果腹衣衫褴褛的平民百姓,是荒旱经年奄奄一息的田禾。

当不少同僚都俯首哀恳,露出奴性本相时,他以大炮发言:此路不通!

不能要求他不打着忠于皇帝的旗号,假如不打,恐怕他最亲信的部下也会把他诛杀。历史的悲剧也正在于此。

痛哉!

三

善者未必善报。

袁崇焕以其丰功伟绩之身反遭碎尸之祸。

固然是由于崇祯听信了清方散布的所谓通敌谋反的谣言,可是,真正的祸根究竟在哪里?

虚弱与凶残是孪生姊妹,崇祯是这两种心理的杂交胚;猜疑与阴谗一见钟情,崇祯与多尔衮既是死敌又是恋人。

统治者只是利用忠臣良将,而永远不会信任他们,他们真正信任的只能是佞臣阉党,扭曲的心理最需要畸形人的谄笑来滋润。

袁崇焕与其说是死于最残酷的凶器,不如说是死于人与人之间可能有的由极端妒恨导致的虐害狂。

他碎尸了,却恰恰又最后完成了自己的形象;他作为用来呼吸的一息终断了,但他胸中秉有的那股人间正气却冲天而起。这样,便使他能与文天祥这样的志士仁人在高天烈云间握手。

凡能以浩然正气感召人心,启人前行者,当然也应是先进生产力的代表。

历史上这样的人也许很多,但从另一种意义上说,又太少了!

雷抒雁

犁铧，耕耘着宫阙

经典雅谈

> 我想，他也许不曾想过他的犁铧是怎样在那里翻动着历史的，那一排排整齐的土浪，便是一页页翻天的史册！

我静静地躺在中都古城的断垣上。

这是秋天，又是黄昏，无力的残阳，在断垣残砖上涂抹着血色。那些波光闪闪的水面，曾是这中都紫禁城的护城河，如今被切成一方一方湖泊。暮色中晃动着蓝的、黄的和红的旗帜。

这便是那位乞食和尚做了皇帝之后在凤阳这偏僻穷困的土地上兴建的都城么？人们只知道北京故宫，岂不知北京故宫只是它的一件极其简陋的复制品！

"那里是东华门，那是西华门！"我注视着那些坍塌的城门，在心里猜想着。北面那座山该是"万岁山"了，那山的位置差不多就像北京故宫后边的景山。要是当初不迁都北京，那条吊死明朱王朝的绳子也许就会挂在这"万岁山"上。

午门,正在我的脚下,城楼已荡然无存,荒草里,只有一个个被风雨洗得发白的石基。社坛、太庙、承天门、金水河、洪武门以及圜丘,依次从午门向南排去。这些宏伟的建筑,这些曾经神圣得不许百姓涉足的禁地,如今都已成泥,或者堆着粪土,或者翻着泥浪,青青的、针锋般的麦苗正显示着旺盛的生命力。

近处,有农夫斥牛的声音。我循走下城垣,只见一位农夫正扶着耕犁在耕作。那里曾是太和殿,中和殿,还有宫妃们的寝宫?我猜想着。农夫只低着头认真地看着脚下的犁沟,一声声呵斥着疲惫的耕牛。也许他想趁着傍晚,多犁几垄,然后回家。他知道,妻子和子女已备好香喷喷热腾腾的晚餐,正期待他的归去。

我想,他也许不曾想过他的犁铧是怎样在那里翻动着历史的,那一排排整齐的土浪,便是一页页翻天的史册!他不时地弯腰把一块残砖破瓦捡出来,吃力地扔到路边。我随手拾起一块,擦净泥土,竟是黄灿灿的瓦当。尽管已经残破,但那张牙舞爪的龙纹,却极其生动和优美。算算时间,该是侧多年前工匠们的手艺了。当初,军士、工匠、南方的移民、北方的罪犯、各府县的民夫、役夫……足有"百万之众",在这一片土地上烧砖、琢石、雕木、画栋、砌墙、筑城,为朱元璋构筑"万世根本"的帝王梦!那景况使人联想到古埃及修建金字塔。你似乎还能听见督军、工头呼啸的皮鞭声,恶毒的斥骂声……

"虎踞龙盘圣祖乡,金块玉垒动秋芳。"御用文人们却不失时机地献上阿谀之辞。然而,就在那些华丽建筑的近旁,堆积着苦役们的尸骸;凤阳花鼓梆梆地敲响着,滴着逃荒者的血泪。一场恶梦在这块土地上延续了多少个世纪!

我久久地望着耕田的农夫。我不知道他是否会唱花鼓,是否也有过逃荒的历史,也不知他的家人有无因饥饿而非正常的死亡者。他只专心耕田,似乎一切希望都在这泥土里。

　　我轻轻抚摸着手里那块黄龙瓦当，似又看见那位贫困的和尚，当土地使绝望之后便离开土地去寻找新的命运；终于当了皇帝，在这片土地上盖起如云的宫阙。可是，他忘了正是这贫苦农民的血凝聚而成的建筑，使更多人对土地绝望！

　　推倒重来！历史有时也像一声游戏。那些豪华的建筑，如同海市蜃楼，又悄然逝去。焚烧在义军愤怒的烽火里；坍塌在无情的风雨里；然后，覆没在锋利的犁铧下！留下的，依然是生长野草、生长五谷的土地。如同重新构思生活的稿纸铺展在农民的面前。那些宫殿和城垛上的巨砖都斑驳着杂色，被砌进屋舍，或被砌成猪栏和茅厕。贫困恶毒地嘲弄着古老的文明；文明断裂成我手上残缺的黄龙瓦当以及这些不成条理的思绪。

　　暮色更深。犁田的农夫不知何时已归家了，我信步走着，随意伸手从路边折一根黄的茅草含在嘴里。一种野草的清香苦丝丝的，杂成一种奇怪的滋味，随着口水缓缓流进心头。

杨闻宇

静影沉璧——西子归宿考

经典雅谈

　　斯世之美,在天为长虹,入水成皎月,它是永远也不会沉没的,即使人为地沉之于大江,它也要化作家园近处的明山秀水再现于天地之间。"静影沉璧"是范仲淹《岳阳楼记》里的词句,西施正月影似的一直驻留在清澈的水中,像一块晶莹的玉璧,像闪烁青春的眸子,注视着人间,千秋不泯。

　　西施,又名夷光;称做西子,是孟子开的头。这位春秋末年的著名美女,芳名远播,其生卒年月与归宿却一直是个谜。生卒年月不详可以理解,归宿不明,却纯粹是人为的。

　　宋人《锦绣花万谷》引《吴越春秋》云:"越王用范蠡计献之吴王,其后灭吴,蠡复取西施,乘扁舟游五湖而不返。"《吴越春秋》是东汉赵晔所撰,原十二卷,今存十卷,全书于旧史所记之外,增入不少民间传说。文人们总是自觉地站在美女的"对象"立场,期望美女形象完整,而且有个大团圆的结局,据此文字,多方引申,惜美怜美之心人皆有之,长期耳濡目染,普通人也愿意相信西施是跟上足智多谋、富贵聪明的范蠡乘扁舟泛五湖,变易姓名,去人们不知道的好地方悄悄然

安享清福了……

赵晔前有《史记》，书中只提范蠡，根本没有西施的故事。这个西施究竟归宿于何处呢？《吴越春秋》逸篇云："吴亡后，越浮西施于江，令随鸱夷以终。"西子殁后两千年，杨慎解释："随鸱夷者，子胥之潜死，西施有力焉。胥死，盛以鸱夷。今沉西施，所以报子胥之忠，故云随鸱夷以终。"认为西子谗潜子胥，不知杨慎所本，今人难究其详。认可"越浮西施于江"，却与《墨子·亲土篇》里关于西施的最早期的记载相一致："西施之沉，其美也。"一说"浮西施于江"，一说"西施之沉"，将西施缚置舟上，让其随着波涛浮荡而渐渐沉没，终究是沉之于幽幽江底了。浮、沉二字，一个意思。

"吴王亡国为倾城"，吴国败亡，后世公认西施是立有大功的。论功行赏，按理说越王是应当予以重赏的（伍子胥是吴国的忠臣良将，倘是西施将这个人潜死，则更为功高）。吴亡后，越王非但对之无赏，反而要将其"沉江"喂鱼喂虾，这是什么原因呢？

越女情重，西施在吴有一个无可回避的、致命性的失误，她是真心实意地爱上了夫差，忠实于夫差。要说这是弄假成真，她不能弄假成真。

勾践、范蠡最初拟订美人计要将西施献给夫差时，要让夫差朝歌夜舞、饮酒作乐、沉溺于女色仅仅是手段，终极目的是让他荒芜朝政，对越失去警觉性而丧国灭身。无论手段还是目的，作为密谋诡计，决然不会告知于任何一个第三者。他们充其量只会这样告诉西施："因为你生长得聪慧、善良、能歌善舞（离乡后受过短期专门训练），我们准备送你去吴国享洪福。到了吴王身边，你要尽心尽力的服侍他。他若能深深地喜爱你，我们这些作臣子的也就算有福了。"勾践身边的其他谋士，包括护送西施的特别使者和仪仗队伍，旁观者清，顶多为这是讨好吴国的"和亲"之举，是一桩稀有的婚事，有谁能渗透勾践与范蠡的隐秘心思呢？

　　盛妆之后被搁置在华丽轿子里的西施,原本是苎萝乡一个卖柴人的穷家女儿,她素常去的最远处,或许就是到山下溪水清淙处浣过几次纱吧。这次严妆之后的郑重远行,在外人看来无异于小鲤鱼跃龙门,她胸中无点墨也无城府,只会牢牢地记着勾践或范蠡在她动身前的那些嘱咐,而且认定这些嘱咐就是她此行的神圣使命。"美人计"里的美女,只能选幼稚天真者承当。钓钩上的香饵,何曾知晓自身肩负的深远使命。

　　到了夫差身边以后,西施姑娘慧丽温柔,又善解人意。"占得姑苏台上春",夫差由衷地爱上了她,在太湖畔的砚石山下修了一座馆娃宫,让西施居住,"贯细珠以为帘幌,朝下以蔽景,夕卷以待月",宫之长廊回环曲折,雕栏画栋,以珍木铺地,空虚其下,令西施着屐漫步绕之,其脚步声琮琮玲玲,仙乐一样比苎萝江的水声还要清脆可听。夫差也太会享受了,这馆娃宫有点像曹操那个铜雀台之前身。豆蔻年华的西施倘若不够纯情,或者纯情而不甚到位,夫差会对之如此滋爱珍惜吗?公元前494年吴国大败越王勾践于夫椒,二十年后,公元前473年,越王反败为胜,取得了"沼吴"的重大胜利。由此推测起来,夫差与西施的长夜春宵之乐不会短暂,也就是说,他二人的"恩爱之情"有一个渐进渐深的过程。越国最初教习西施之际(《越绝书》记载当年训练过拟献吴国的西施、郑旦,郑旦大约逊于西施而被淘汰),竭力灌输的,是教其如何施展爱的魅力(后人会目之为媚惑),如何以温柔掳其魂魄;而吴国,也属于美女如水之乡,西施倘无真爱,不比吴女在爱情上更高一筹,怎会占得姑苏"台上春",而且又占得那么长久?

　　对敌方晋之美,夫差是本能地怀有高度戒心的,假爱很难化作他心底的一痕微笑,反而会导致西施失却立锥之地,这是一目了然的。西施纯然是无心计而有真情、惟至诚而无二心,这才以一个美丽少女的温柔化解了夫差心底的戒意。"吴宫花草埋幽径",这才是爱的秘密,历史的本相。

待夫差身丧国灭之日，曾对夫差许身有年的西施理所当然的是属女俘。越方商议着对这个女俘怎么外置时，吴宫血流成河，天空硝烟未散，当时当地，有谁能站出来指出这个"女俘"对"沼吴"立有特殊的功勋呢？即就是上将军范蠡挺身而出，他能说得清楚吗？就算是说清楚了，多疑多忌的勾践能相信吗？退回一万步忖度：就算是范蠡和西施早先在苎萝山下就私相爱慕，默订终身，在完成了"沼吴"的政治任务后，西施才又重新回归到了原本的爱情（文人们全是这样撮合的）；而她长期与夫差的爱情全是假的，尽乃演戏。倘真是这样，这个西施不是也太"老练"、太"世故"、太"特务"了吗？这与西施应具的美女形象简直大相径庭，不伦不类。

因此，越国对于西施这个当年献出的艳丽的"重礼"、今朝抓获的神色茫然的女俘，只有沉江！此一时也，彼一时也，这符合墨子最初所说的"西施之沉，其美也"，美的核心，这里表面是犯在对爱情的执著与忠贞上，但对西施而言，实质上是她本能地在爱情与政治间谍之间划出了一条严格的界限。西施被沉的结局，也间接地暗相吻合"闺中知己"曹雪芹两千多年后一首诗里的本旨："一代倾城逐浪花，吴宫空自忆儿家。效颦莫笑东村女，头白溪边尚浣纱。"美女短命兮丑女寿永，西子之沉也正因其美。夏桀时的妹嬉，商纣时的妲己，周幽时的褒姒，明皇时的杨妃……数千年来，美之短暂性早已画出了一条明晰的历史迹线。杨慎后来所解释的沉西施"以报子胥之忠"，因为子胥死后被盛以鸱夷，而范蠡后来隐没时又别号为"鸱夷子皮"，这与西施有什么关系？则是难解的另一桩谜案。至于什么西子泛舟于五湖烟波里的奇妙猜想，森森茫茫，望风捕影，太玄乎了。曹雪芹曾经写下了一部《红楼梦》，别的文人们仿佛在杜撰一场烟波梦。

事过千载，霸业已空，吴越恩怨，苍茫无踪。而浙江杭州的西湖忽而能赢得"西子湖"这美称，正是源于苏东坡的一笔创意："水光潋滟晴方好，山色空蒙雨亦奇。欲把西湖比西子，淡妆浓抹总相宜。"斯世之美,在天为长虹,入水成皎月,它是永远也不会沉没的,即使人为地沉之于大江,它也要化作家园近处的明山秀水再现于天地之间。"静影沉璧"是范仲淹《岳阳楼记》里的词句,西施正月影似的一直驻留在清澈的水中,像一块晶莹的玉璧,像闪烁青春的眸子,注视着人间,千秋不泯。

杨闻宇

六骏踪迹

经典雅谈

和平岁月里,马在坦荡田野上是勤奋的化身,跃进战争的烟尘,它则纯然是勇士的形象。"唐家创业扫群雄,马上得之为太宗","昭陵六骏"仿佛是隋朝末年黄河流域一连串决定性战役的真实投影,是四方豪俊叱咤啸进中形成的另一幅风云画图。

折戟沉沙铁未销

自将磨洗认前朝

　　——杜牧

秦皇汉武,唐宗宋祖,天国之君常常是厉害的。在帝王的序列里,他们是最亮的星辰。

公元六世纪末,延宕千余岁的封建制度在中国孕育成熟。天赐盛世,降其英才,是李世民这位具有"龙凤之姿"的人物将空前繁荣的"黄金时代"推向了富丽堂皇的最高潮。

怀着敬慕的心情,我们来到了浑厚坦荡的渭北高原。朝北眺望,青峦环护之中,有一峰孤耸回绝,昂然崛起,泔水流其前,泾水绕其后,

111

山脉水系命意不俗,这便是李世民狩猎时为自己择定的墓地:昭陵。"因山为陵",方圆三十万亩,形成东方最大的王者陵寝。一千三百多年的风风雨雨掠了过去,仿佛海潮退跌了似的,眼下是斜阳带雁,夕霞如焚,碑残石裂,繁华消歇,只剩下默仰晴空的九嵕山峰峦了。登峰纵目,眼前一亮,我忽然惊异南畔还残留着零零落落的陪葬的功臣坟墓(传说一百六七十座)。臣墓矮伏而王陵巍然,尊卑有位,错落分布,仿佛臣僚们仍然罗拜在唐王膝下。

草创天下,戎马倥偬,李世民与将佐臣僚们出生入死,戮力共进;下世以后,依然是荣辱与共,不昧初衷。"义深舟楫"的珍重情谊能在一代君臣之间一以贯之,这在漫长、黑暗、以背叛滥杀为常规的封建史上是难能可贵的一页。望着眼前依然保持着仪卫之制的一片墓陵,我正为"庶敦追远之义,以申罔极之怀"的君臣之暗自叹息,陪游的友人忽然说道:"唐王寝宫旁以前镌立过六匹战马的青石浮雕,这就是驰名中外的'昭陵六骏'。"

和平岁月里,马在坦荡田野上是勤奋的化身,跃进战争的烟尘,它则纯然是勇士的形象。"唐家创业扫群雄,马上得之为太宗","昭陵六骏"仿佛是隋朝末年黄河流域一连串决定性战役的真实投影,是四方豪俊叱咤啸进中形成的另一幅风云画图。

唐军初取关中,薛仁杲父子迅速进据陇右,觊觎长安。初战,唐军失利。六一八年冬,双方重新结阵。李世民避其锐气。两月不出,直待其粮殆尽而狂躁如狼时,才以少许兵卒诱之于浅水原,亲率劲诱从后突袭,薛军崩溃,四散如流。李世民不容这些陇外骁悍之徒作丝毫喘息,不听舅父窦轨的阴拦,催动四蹄蘸雪的"白蹄乌",衔尾进击,穷追三百余里。石刻白蹄乌怒目腾空,鬃鬣迎风,空旷的黄土高原上仿佛闪烁着四蹄交递所拉开的一道道雪练,蹄击大地,响动着雨点似的鼓声。李世民题赠的赞语是:"倚天长剑,追风骏足,耸辔平陇,回鞍定蜀。"

趁着西线有战争,晋南的刘武周迫胁关中。李世民挥戈东进,趋龙

门，渡黄河，在鼠雀谷与刘军连打八场硬仗，脍炙人口的秦琼、敬德大战美良川的故事，就产生在这里。李世民二日不食，三日不解甲，跨着黄里沁白的"特勒骠"，杀得刘军失魂落魄，向北逃窜。

李世民清楚，河南、河北的王世充、窦建德才是最狠最辣的两大敌手。六二一年，与王世充会战北邙山。彼此刚刚列阵对峙，一道紫色的闪电掣动数十精骑直透敌营，王世充愣怔过来，才发觉一匹纯紫色的马背上伏的正是李世民。满营惊骇，戈矛四合，慌忙围追堵截。李世民神威抖擞，挥刃酣战，坐骑突然中箭，哀嘶晃摇，危急万状；大将军丘行恭飞骑冲阵，把自己的坐骑让给李世民，他一手挽住紫马，一手挥刃和李世民一起巨跃大呼，砍开一条血路突阵而出。这紫马就是"飒露紫"。李世民赞它是"紫燕超跃，骨腾神骏，气詟三川，威凌八阵"。六骏雕刻里唯附一人，仿丘行恭拔箭状，颤抖的紫马以头相偎，湿眸沉沉。箭镞拔出，马也就"噗"地跌倒在尘埃之中。

鏖兵八个月，王世充不支，窦建德忙率十万大军奔赴救援。李世民临机转戈，围洛打援，派骁将抢占虎牢关，生擒了窦建德。王世充无望，只好投降。一战而克二敌，胜则胜矣，不幸又倒下"青骓"、"什伐赤"两匹匹骑。"青骓"是前体一箭后体四箭，"什伐赤"是臀插五箭，马往前突，迎飞的利镞斜扎体后，显示着马驰的神速与争斗的惨烈。

末后对窦建之故将刘黑闼的战事，使李世民十分棘手。这次战争中丧失了黄皮黑嘴、身布连环旋毛的"拳毛䯄"，一马身带九箭，其筋力的坚韧不言自明。"月精按辔，天马行空，弧矢载戢，氛埃廓清"。李世民盛赞骏马以它的生命集拢住飞蝗式的箭镞，天地间自然就清平了，安宁了。

马的力气在所有动物中属于上乘。一进入血火并作的厮杀氛围，一听到诸般兵器铿锵搏击的金属声响，它立即化成了慷慨以赴的英物，熔龙虎雄姿、壮夫意气于一躯，不桀骜，不凶悍，不声张，所有动作同时凝聚了勇敢与豪迈、犷野与轻捷，以敏锐、准确的纵跃起伏执行着主人萌动在心里的每一闪念，每一企图。此时此景，让人想到暴风雨里翻飞于汪洋巨浪间的翩然海燕，想到纵舒于万仞陡崖间的自由阔大的瀑布……古代战争里倘是没有最富于的创造性的、最擅长默契的骏马，一切孔武剽悍的魂魄和膂力将无所凭依，无从施展，那该是多么笨拙、多么枯燥无聊的一种战争。

李世民是当之无愧的一代天骄。马背上唯有驮起了他，也才是鲜花着锦，相映生色，无尚的俊逸。六骏马彼此递进着将李世民送上了帝王交椅，它们也很自然地化作了古朴雄浑的浮雕，以各自的神态被供奉于昭陵，与主人共享尊荣，同受儿孙辈的香火。

好马逢英主，这才真正是良骥遇伯乐。历史上有过那么多重大的朝代更迭，其间夹杂着多少霜浓马滑、策马破阵、马革裹尸的生动场面呢？唯有李世民，自战争中提炼出了六匹神骏，镌于昭陵，拟传千古。明主襟怀如镜，眼角含情，由此可见一斑。

浮雕多矣，这不是寻常的浮雕！"森然风云姿，飒爽毛骨开"，即使负伤带箭，仍然是通体洋溢着从万里阵云里提摄出来的向着盛唐迈进的煌煌气象。战争先行，艺术后进，善于将气冲斗牛的征战之风化作继往开来的精神意象，这只有当时的大画家阎立本足以胜任。那样个时代，必然有那样的骏马，也势必出现那样的艺术家，也才足以与慎终追远、不弃本基的王者风范和谐统一。

文武重臣六骏骑，魂兮魄兮长相依——作为王朝创业史上别开生面的一笔，李世民这个美丽的心愿能保持多久呢？下世前。这个聪明过人的帝王便似乎察觉出了什么：贞观十年下诏建造石宫时，特别指明日后的殉葬品不需金珠宝玉，仅以陶人木棺为之，此等明器"不为世用"，可使"奸盗息心"。可他无论如何也料不想到，石雕六骏在漫长的岁月里会渐渐升级为艺术品，而且是足以压倒金珠宝玉的稀世罕有的艺术珍品。既为珍品，奸盗必窥。一九一四年，"飒露紫"、"拳毛騧"被洋人窃去（今存费城宾夕法尼亚大学博物馆）；又隔四年，其余四碑也被破成数块，窃运至西安附近，好在被老百姓拦截住了（现存陕西博物馆）。如今的昭陵，你只能看到宋代的一尊"昭陵六骏碑"，碑体略矮于人，素画青底，以线刻刀法缩小了六骏的形象。"擒充戮窦西复东，飞镞溅血鬃毛红，"手抚凉凉的碑刻，益发让人生慨。

也许是不甘心吧，下了昭陵，我又去寻访茂陵南坡下的一眼"马刨泉"。二十多年前，那儿泉水汩汩，清流依依，传说那是黄巢与唐军角逐时，喉咙渴得冒火，可附近却无井无水，胯下的战马忽然直立咆哮，前蹄扣下时就地乱刨，所刨处遂涌出一眼清泉。重寻故泉，什么也没有了，一位整菜畦的老农对我说："垫了，早就垫了。"关中土语，"垫"就是埋得不露痕迹的意思。旁边的公路上是来去生风的小轿车，老农傻笑我："你这人也怪，现在啥年月了，连马也不多啦，你还寻什么'马刨泉'哩。"

是噢是噢！马的时代是过去了，"足轻电影，神发天机"，它是无可挽留地过去了。毛主席当年草创天下，整天还骑马哩——自马上得了天下，得天下之人也骑着马似的很快就过去了。无论多么轰轰烈烈的时代，无论什么品种的天赐神骏，联辔齐步，不能不迅速地走过去。在历史的屏幕上，巨人们是一个接一个地走过去，而马，是成群结队地奔过去，是排山倒海地压过去。今岁恰是"马"年，到了下一个马年，尘世间还能看到几匹真马、活马呢?!

西欧一位史学家说得好：考察中国封建社会的历史。不进潼关算没入门，不到昭陵不算登堂入室。现在的昭陵呢？"众山忽破碎，突兀一峰青"，就连那石雕们也是"秋风石动昭陵马"了——六骏那翻动的二十四蹄似乎组成了不以任何人意志为转移的历史车轮，生生驮走了一个个辉煌的、壮丽的时代。

在这块岑寂冷落的土地上，眼前是麦浪一层层地起伏着，后浪推前浪，渐渐地远了，远了，低下去了……

杨闻宇

今日贺兰山

经典雅谈

傍晚时分,天光洁净,夕阳斜射。山峦的阴面更加黑暗,阳面是异样的清晰,比照分明,使贺兰山诸峰像是堆叠而起的大型金块,万般凝重,万般静寂,灿亮而壮观……这纯真华美的景象是短暂的,正如谁也觉不出浩茫暮色是怎样降临于人间一样,谁也说不清贺兰山里为什么会有如此非凡的储藏。

层石叠压起伏的色色石校一如披开的马鬃,一峰一马首,千峰成千骑,群骥北昂,长鬃后曳,不知是马蹄疾呢,还是朔风见烈?势态侵侵,仿佛有声。唐代《元和郡县志》载:"山有树木,青白如驳马,北人呼驳为'易拉'(转音为'贺兰')。"而今的贺兰山没有多少树木了,驳马的形象却依然如故。

此山集中了我国六分之一以上的大地震,是蕴有火气的或者说是火气挺大的一座山。

九百年前,元攻西夏,为毁其地脉,灭其王气,恣意纵火烧山。

"云锁空山夏寺多"，当年的三十七处山口无口不寺，现在呢？只剩下大武口的一座寿佛寺，其余寺院统统烟消云散了。

人类战争的火气，与山的固有气质相辅相成。绵亘二百五十公里的山脉北端多煤，厚处有三十多米。糟糕的是，有些露天矿形成自燃，怎么也扑不灭。我们驱车钻进一条深沟，远远就冲来了呛人的煤焦气味，崖上有些灰色煤层里正闪动着一坨坨火炭，仿佛是危病高烧的患者睁开了血红的眼睛，令人惊悸、寒心。

大凡行经秀丽的山，人能须眉沁绿，肺腑生津；从贺兰山穿堂过，我们却是"满面尘灰烟火色"，鼻孔变成了两眼小煤窑，里边是抠不净的黑灰。一座接一座的丑陋山包很像是太上老君赌气从天上摔下的焚余的炉渣，只有水沟、河滩里才现出星星点点的少许绿色，色气比飘飞的浅色蝴蝶还要淡泊。前几年我去过中越边境，茂草没人。几与丛林混同；这塞北里却是矮树如草，漫不住鞋底。反差太大了。

山里有泉吗？有。进得山来，我就住在"八眼泉"，近旁。仔细数了数，只有五眼泉水。一位军人告诉我："从前驻在这儿的部队想进一步扩大泉眼，埋进炸药，没料想爆破之后，三眼泉弥了，拼死拼活刨不出来，寻不见了。"莫非是山泉有灵，畏怯暴戾的炮火硝烟么？沟里漾动着清泉，半山腰有明代长城的遗痕。泉水汩汩，古长城却渐渐隐灭于群山乱石之中，不经知情者认真指点，简直看不出眉目。清泉为山之灵乳，欲疏则壅蔽；长城是人系的腰带，逐渐在脱落。贺兰山有它神秘的心性。

山深泉高，其水不寒。零下 30 摄氏度的严冬，水还泛热气，沾濡在泉边的青草，漫天飞雪里益发是翠盈盈的。朔方塞外，简直是不可思议。我扯起浸在湿土里的半尺长的青草认了认，嗅了嗅，禁不住叫出一声："真乃仙草！"八眼泉位于北山之正中，属宁夏境地，朝西翻过山脊便门人内蒙古地界。去阿拉善左旗的途中，下山时逢一山泉，停车洗手，水寒彻骨，一山之泉，穴位不同，分藏的火气就轻重有别。

偌大个山区,散布着我们的军队。没有泉水的地方,只有用毛驴拉水。可以说,在所有活物中,驴儿是贺兰山里的一宗"宝贝"。

中将皮定均在西北当司令官时,指定贺兰山里每个连队要喂养三头驴,每驴每月五斤料,与军粮一道如数下拨。驴儿拉水之外,哪个同志的恋人或者爱人进山探亲,也便套上铺有艳丽花被的毛驴车专接专送。皮司令早就不在了,连队也早就废除了养驴的章程,而老百姓家的驴仍在山沟里三五成群地窜游(山里看不见住户),驴儿却随处可见尤其是晚上灯熄人静时,驴儿就从一道道山沟里纷纷聚集到部队的营区里来了。每到后半夜,门口窗前"沓沓"乱响,你拉亮灯,再拉开门,灯光里是一大堆白唇长脸的毛驴,水灵灵的大眼睛直直地瞅住你,似曾相识,似有所语,不进也不退。"沓沓"响正是四蹄跺地的声音。山夜漆黑,峥嵘巨石如怪兽,而部队营区操场平坦,况且这地方又曾经养过驴,驴儿自动集拢过来,是恋旧,也是"寻根"。

我住室的窗处,因为就近八眼泉,便有一方小巧的"贺兰山公园",匾额题字是胡公石老先生的手笔。园内百余株自山外移植的一人高的马尾松,夜间被毛驴长嘴揪光了嫩叶,惨不忍睹,谁见了都会对毛驴表示极大的愤慨。胡公石是于右任的入室弟子,现任全国标准草书社社长,老先生是晓得自己为这样个公园题了匾,八成会气得发昏。

驴儿披着苍茫夜色乱窜,这在山里早有传统。部队早年进山无所谓营区,也没有帐篷,就在山根下河滩旁临时掘下的地窝子里过夜,一长溜地窝子表面苫着席片,御风遮沙。有一个家在南方水乡的排长图新鲜,携着新媳妇特意赶进山里度蜜月来了,小两口就睡在地窝子里。一个后半夜好梦正香,"噗嚓"一声,席沙俱下,有巨物压体,排长惊呼一声,媳妇一下搂紧了他的腰,排长伸手四摸,摸出有毛茸茸的四条柱子插在角上。战士们闻声而起,举灯照明,齐声发喊,硬是从地窝里抬出一头大黑驴,驴儿不亢不卑,扑棱双耳掸掸沙土,全不把这场骚乱当回事儿。

由北端斜伸出去的石嘴子形成很古。它伸进了黄河，却卡不断黄河流水，两岸石崖对峙，河水过之"似口喷水"。谁也料想不到。一九六〇年，这里突然成了"石嘴山市"，而且一下成为宁夏境内仅次于银川的第二大市。

名为"石嘴"，实质上比"铁嘴"、"钢嘴"厉害，纯粹是为了"咀嚼"贺兰山而勃然兴起的，是冲着莽莽贺兰山疾速壮大起来的。工业化的触角深深地扎进山里，山里形成了八处煤田，二十八个井田。中外眼馋的无烟煤"太西乌金"，以汝箕沟所出最负盛名。在吉普车上，我向在山里驻守了二十年的张团长打问"汝箕沟"三字的来历，他笑了笑，幽默地说："这个著名煤矿是三个女人最先发现的，发现后就端着畚箕筛取。三女为'汝'，就叫汝箕沟。"车上的人全笑了。

干涸委顿的山峦，如赤身裸体屈脊扭腰的莽汉子，哪有敢来的女人呢？小车上下穿梭于无数条山沟，我们是一个女性也没有看到。公路上遇见的惹眼的庞然大物是西德进口的一次可载二十五吨煤的卡车，驰如飞箭，目中无人，根本就不减速，不礼让，全由那些威风得不可一世的"二百五"汉子驾驶着。国产的"东风"、"解放"远远瞄见就赶忙往边上躲闪。全线这号车有三十五台，日夜不息连轴转。高速重载，容易肇祸，传说汝箕矿上别有章程；开这号车一年内安全无恙，奖励彩电一台。

"贺兰山下阵如云，羽檄交驰日夕闻"（王维）；"半夜火来知有敌，一时齐保贺兰山"（卢汝弼）。千年前戍楼刁斗、兵家争斗的岁月已经过去了，现在是另一幅紧张万状的奔忙景象，这是人与自然对垒的、以现代化手段强行向地球索取的另一类"战争"。

山中多宝，煤之外，石灰岩、硅石、水晶、沙金、方解石、辉绿岩、白方石蕴藏量也相当可观。五十年前，李四光就预言贺兰山的价值远远超越了表层的壮丽。

傍晚时分，天光洁净，夕阳斜射。山峦的阴面更加黑暗，阳面是异样的清晰,比照分明,使贺兰山诸峰像是堆叠而起的大型金块,万般凝重,万般静寂,灿亮而壮观……这纯真华美的景象是短暂的,正如谁也觉不出浩茫暮色是怎样降临于人间一样,谁也说不清贺兰山里为什么会有如此非凡的储藏。

余秋雨

一个王朝的背影

经典雅谈

今天，我面对着避暑山庄的清澈湖水，不能不想起王国维先生的面容和身影。我轻轻地叹息一声，一个风云数百年的朝代，总是以一群强者英武的雄姿开头，而打下最后一个句点的，却常常是一些文质彬彬的凄怨灵魂。

一

我们这些人，对清代总有一种复杂的情感阻隔。记很小的时候，历史老师讲到"扬州十日"、"嘉定三屠"时眼含泪花，这是清代的开始；而讲到"火烧圆明园"、"戊戌变法"时又有泪花了，这是清代的尾声。年迈的老师一哭，孩子们也跟着哭。清代历史，是小学中唯一用眼泪浸润的课程。从小种下的怨恨，很难化解得开。

老人的眼泪和孩子们的眼泪拌和在一起，使这种历史情绪有了一种最世俗的力量。我小学的同学全是汉族，没有满族，因此很容易在课堂里获得一种共同语言。好像汉族理所当然是中国的主宰。你满族为什么要来抢夺呢？抢夺去了能够弄好倒也罢了，偏偏越弄越糟，最后几乎让外国人给瓜分了。于是，在闪闪泪光中，我们懂得了什么是汉奸，什么是卖国贼，什么是民族大义，什么是气节。我们似乎也知道了中国之所以落后于世界列强，关键就在于清代，而辛亥革命的启蒙者们重新点燃汉人对满清的仇恨，提出"驱除鞑虏，恢复中华"的口号，又是多么有必要，多么让人解气。清朝终于被推翻了，但至今在很多中国人心里，它仍然是一种冤孽般的存在。

年长以后，我开始对这种情绪产生警惕。因为无数事实证明，在我们中国，许多情绪化的社会评判规范，虽然堂而皇之地传之久远，却包含着极大的不公正。我们缺少人类普遍意义上的价值启蒙，因此这些情绪化的社会评判规范大多是从封建正统观念逐渐引申出来的，带有很多盲目性。先是姓氏正统论，刘汉、李唐、赵宋、朱明……在同一姓氏的传代系列中所出现的继承人，哪怕是昏君、懦夫、色鬼、守财奴、精神失常者，都是合法而合理的，而外姓人氏若有觊觎，即便有一千条一万条道理，也站不住脚，真伪、正邪、忠奸全由此划分。由姓氏正统论扩而大之，就是民族正统论。这种观念要比姓氏正统论复杂的多，你看辛亥革命的闯将们与封建主义的姓氏正统论势不两立，却也需要大声宣场民族正统论，便是例证。民族正统论涉及几乎一切中国人都耳熟能详的许多著名人物和著名事件，是一个在今后仍然要不断论的麻烦问题，在这儿请允许我稍稍回避一下，我需要肯定的仅仅是这样一点：满族是中国的满族，清朝的历史是中国历史的一部分；统观全部中国古代史，清朝的皇帝在总体上还算比较好的，而其中的康熙皇帝甚至可说是中国历史上最好的皇帝之一，他和唐太宗李世民一样使我这个现代汉族中国人感到骄傲。

既然说到了唐太宗，我们又不能不指出，据现代历史学家考证，他更可能是鲜卑族而不是汉族之后。

如果说先后在巨大的社会灾难中迅速开创了"贞观之治"和"康

雍乾盛世"的两位中国历史上最杰出帝王都不是汉族，如果我们还愿意想一想那位至今还在被全世界历史学家惊叹的建立了赫赫武功的元太祖成吉思汗，那么我们的中华历史观一定会比小学里的历史课开阔得多，放达得多。

汉族当然非常伟大，汉族当然没有理由受到外族的屠杀和欺凌，当自己的民族遭受危难时当然要挺身而出进行无畏的抗争，为了个人的私利不惜出卖民族利益的无耻之徒当然要受到永久的唾弃，这些都是没有异议的。问题是，不能由此而把汉族等同于中华，把中华历史的正义、光亮、希望，全部押在汉族一边。与其他民族一样，汉族也有大量的污浊、昏聩和丑恶，它的统治者常常一再把整个中国历史推入死胡同。在这种情况下，历史有可能作超越汉族正统论的选择，而这种选择又未必是倒退。

《桃花扇》中那位秦淮名妓李香君，身份低贱而品格高洁，在清兵浩荡南下、大明江山风雨飘摇时节保持着多大的民族气节！但是，她万万没有想到，就在她和她的恋人侯朝宗为抗清扶明不惜赴汤蹈火、奔命呼号的时候，恰恰正是苟延残喘而仍然荒淫无度的南明小朝廷，作践了他们。那个在当时当地看来既是明朝也是汉族的最后代表的弘光政权，根本不要她和她的姐妹们的忠君泪、报国心，而只要他们作为一个女人最可怜的色相。李香君真想与恋人一起为大明捐躯流血，但叫她恶心的是，竟然是大明的官僚来强逼她成婚，而使她血溅纸扇，染成"桃花"。"桃花扇底送南朝"，这样的朝廷就让它去了吧，长叹一声，气节、操守、抗争、奔走，全部成了荒诞和自嘲。《桃花扇》的作者孔尚任孔老夫子的后裔，连他，也对历史转换时期那种盲目的正统观念产生了深深的怀疑。他把这种怀疑，转化成了笔底的灭寂和苍凉。

对李香君和侯朝宗来说，明末的一切，看够了，清代会怎么样呢，不想看了。文学作品总要结束，但历史还在往前走，事实上，清代还是很可看看的。

为此,我要写写承德的避暑山庄。清代的史料成捆成扎,把这些留给历史学家吧,我们,只要轻手轻脚地绕到这个消夏的别墅里去偷看几眼也就够了。这种偷看其实也是偷看自己,偷看自己心底从小埋下的历史情绪和民族情绪,有多少可以留存,有多少需要校正。

二

承德的避暑山庄是清代皇家园林,又称热河行宫、承德离宫,虽然闻名史册,但久为禁苑,又地处塞外,历来光顾的人不多,直到这几年才被旅游者搅得有点热闹。我原先并不知道能在那里获得一点什么,只是今年夏天中央电视台在承德组织了一次国内优秀电视编剧和导演的聚会,要我给我们讲点课,就被他们接去了。住所正在避暑山庄的背后,刚到那天的薄暮时分,我独个儿走在住所的大门,对着眼前黑黝黝的山岭发呆。查过地图,这山岭便是避暑山庄北部最后屏障,就像一张罗圈椅的椅背。在这张罗圈椅上,休息过了一个疲惫的王朝。奇怪的是,整个中华版图都已归属了这个王朝,为什么还要把这张休息的罗圈椅放到长城之外呢?清代的帝王们在这张椅子上面南而坐的时候都在想一些什么呢?月亮升起来了,眼的山庄壁显得更加巍然怆然。北京的故宫把几个不同的朝代混杂在一起,谁的形象也看不真切。而在这里,远远的,静静的,纯纯的,悄悄的,躲开了中原王气,藏下了一个不羼杂的清代,它实在对我产生一种巨大的诱惑,于是匆匆讲完几次课,便一头埋到了山庄里边。

山庄很大,本来觉得北京颐和园已经大得令人咋舌了,它竟比颐和园还大整整一倍,据说装下八九个北海公园是没有问题的。我想不出国内还有哪个古典园林能望其项背。山庄外面还有一圈被称之为"外八庙"的寺庙群,这暂不去说它,光说山庄里面。除了前半部有层层叠叠的宫殿处,主要是开阔的湖区、平原区和山区。尤其是山区,几乎占了整个山庄的八成左右,这让游惯了别的园林的人很不习惯。园林是用来

休闲的，何况是皇家园林，大多追求方便平适，有的也会堆几座小山装点一下，哪有像这儿的，硬是圈进莽莽苍苍一大片真正的山岭来消遣？这个格局，包含着一种需要我们抬头仰望、低头思索的审美观念和人生观念。

山庄里有很多楹联和石碑，上面的文字大多由皇帝们亲自撰写，他们当然想不到多少年后会有我们这些陌生人闯入他们的私家园林，来读这些文字，这些文字是写给他们后辈继承人看的。朝廷给别人看的东西多，有大量刻印广颁的官样文章，而写在这里的文字，尽管有时也咬文嚼字，但总的说来是说给儿孙们听的体己话，比较真实可信。我踏着青苔和蔓草，辨识和解读着一切能找到的文字，连藏在山间树林中的石碑都不放过，读完一篇，便舒松开筋骨四周看看。一路走去，终于可以有把握地说，山庄的营造。完全出自一代政治家在精神上的强健。

首先是康熙，山庄正宫午门上悬挂的"避暑山庄"四个字就是他写的，这四个汉字写得很好，撇捺间透露出一个胜利者的从容和安详，可以想见他首次踏进山庄时的步履也是这样的。他一定会这样，因为他是走了一条艰难而又成功的长途才走进山庄的，到这里来喘口气，应该。

他一生的艰难都是自找的，他的父辈本来已经给他打下了一个很完整的华夏江山，他八岁即位，十四岁亲政，年轻轻一个孩子，坐享其成就是了，能在如此辽阔的疆土、如此兴盛的运势前做些什么呢？他稚气未脱的眼睛，竟然疑惑地盯上了两个庞然大物，一个是朝廷中最有权势的辅政大臣鳌拜，一个是自恃当初做汉奸领清兵入关有功、拥兵自重于南方的吴三桂。平心而论，对于这样与自己的祖辈、父辈都有密切关系的重要政治势力，即便是德高望重的一代雄主也未必下得了决心去动手，但康熙却向他们也向自己挑战了，十六岁上干脆利落地除了鳌拜集团，二十岁开始向吴三桂开战，花八年的时间的征战取得彻底胜利。他等于把到手的江山重新打理了一遍，使自己从一个继承者变成了创业者。他成熟了,眼前几乎已经找不到什么对手,但他还是经常骑着马,在中国北方的山林草泽间徘徊,这是他祖辈崛起的所在,他在寻找着自己的生命和事业的依托点。

他每次都要经过长城,长城多年失修,已经破败。对着这堵受到了历代帝王切切关心的城墙,他想了很多。他的祖辈是破长城进来的,没有吴三桂也绝对进得了,那么长城究竟有什么用呢?堂堂一个朝廷,难道就靠这些砖块去保卫?但是如果没有长城,我们的防线又在哪里呢?他思考的结果,可以从一六九一年他的一份上谕中看出个大概。那年五月,古北口总兵官蔡元向朝廷提出,他所管辖的那一带长城"倾塌甚多,请行修筑",康熙竟然完全不同意,他的上谕是:

秦筑长城以来,汉、唐、宋亦常修理,其时岂无边患?明末我太祖统大兵长驱直入,诸路瓦解,皆莫能当。可见守国之道,惟在修德安民。民心悦则邦本得,而边境自固,所谓"众志成城"者是也,如古北、喜峰口一带,朕皆巡阅,概多损坏,今欲修之,兴工劳役,岂能无害百姓?且长城延袤数千里,养兵几何方能分守?

说得实在是很有道理。我对埋在我们民族心底的"长城情结"一直不敢恭维,读了康熙这段话,简直是找到了一个远年知音。由于康熙这样说,清代成了中国古代基本上不修长城的一个朝代,对此我也觉得不无痛快。当然,我们今天从保护文物的意义上去修理长城完全是另外一回事了,只要不把长城永远作为中华文明的最高象征就好。

康熙希望能筑起一座无形的长城。"修德安民"云云说得过于堂皇而蹈空,实际上他有硬的一手和软的一手。硬的一手是在长城外设立"木兰围场",每年秋天,由皇帝亲自率领王公大臣、各级官兵一万余人去进行大规模的"围猎",实际上是一种声势浩大的军事演习,这既

可以使王公大臣们保持住勇猛、强悍的人生风范，又可顺便对北方边境起一个威慑作用。"木兰围场"既然设在长城之外的边远地带，离北京就很有一点距离，如此众多的朝廷要员前去秋猎，当然要建造一些大大小小的行宫，而热河行宫，就是其中最大的一座；软的一手是与北方边疆的各少数民族建立起一种常来常往的友好关系，他们的首领不必长途进京也有与清廷彼此交谊的机会和场所，而且还为他们准备下各自的宗教场所，这也就需要有热河行宫和它周围的寺庙群了。总之，软硬两手最后都汇集到这一座行宫、这一个山庄里来了，说是避暑，说是休息，意义却又远远不止于此。把复杂的政治目的和军事义转化为一片幽静闲适的园林，一圈香火缭绕的寺庙，这不能不说是康熙的大本事。然而，眼前又是道道地地的园林和寺庙，道道地地的休息和祈祷，军事和政治，消解得那样烟水葱茏、慈眉善目，如果不是那些石碑提醒，我们甚至连可以疑惑的痕迹都找不到。

避暑山庄其实就是康熙的"长城"，与蜿蜒千里的秦始皇长城相比，哪个更高明些呢？

康熙几乎每年立秋之后都要到"木兰围场"参加一次为期二十天的秋猎，一生参加了四十八次。每次围猎，情景都极为壮观。先由康熙选定逐年轮换狩的猎区域（逐年轮换是为了生态保护），然后就搭建一百七十多座大帐篷为"内城"，二百五十多座大帐篷为"外城"，城处再设警卫。第二天拂晓，八旗官兵在皇帝的统一督导下集结围拢，在上万官兵的齐声呐喊下，康熙首先一马当前，引弓射猎，每有所中便引来一片欢呼，然后扈从大臣和各级将士也紧随康熙射猎。康熙身强力壮，骑术高明，围猎时智勇双全，弓箭上的功夫更让王公大臣由衷惊服，因而他本人的猎获就很多。晚上，营地上篝火处处，肉香飘荡，人笑马嘶，而康熙还必须回帐篷里批阅每天疾驰送来的奏章文书。康熙一生身先士卒打过许多著名的仗，但在晚年，他最得意的还是自己打猎的成绩，因为这纯粹是他个人生命力的验证。一七一九年康熙自"木兰围场"行猎后返回避暑山庄时曾兴致勃勃地告谕御前侍卫：

朕自幼至今已用鸟枪弓矢获虎一百五十三只，熊十二只，豹二十五只，猞二十只，麋鹿十四只，狼九十六只，野猪一百三十三口，哨获之鹿已数百，其余围场内随便射获诸兽不胜记矣。朕于一日内射兔三百一十八只，若庸常人毕世亦不能及此一日之数也。

这笔流水账，他说得很得意，我们读得也很高兴。身体的强健和精神的强健往往是连在一起的，须知中国历史上多的是有气无力病恹恹的皇帝，他们即便再"内秀"，也何以面对如此庞大的国家。

由于强健，他有足够的精力处理挺复杂的西藏事务和蒙古事务，解决治理黄河、淮河和疏通漕运等大问题，而且大多很有成效，功泽后世。由于强健，他还愿意勤奋地学习，结果不仅武功一流，"内秀"也十分了得，成为中国历代皇帝中特别有学问、也特别重视学问的一位。这一点一直很使我震动，而且我可以肯定，当时也把一大群冷眼旁观的汉族知识分子震动了。

谁能想得到呢，这位满清帝王竟然比明代历朝皇帝更热爱和精通汉族传统文化！大凡经、史、子、集、诗、书、音律，他都下过一番功夫，其中对朱熹哲学钻研最深。他亲自批点《资治通鉴纲目大全》，与一批著名的理学家进行水平不低的学术探讨，并命他们编纂了《朱子大全》、《性理精义》等著作。他下令访求遗散在民间的善本珍籍加以整理，并且大规模地组织人力编辑出版了卷帙浩繁的《古今图书集成》、《康熙字典》、《佩文韵府》、《大清会典》，文化气魄铺地盖天，直到今天，我们研究中国古代文化还离不开这些极其重要的工具书。他派人通过对全国土地的实际测量，编成了全国地图《皇舆全览图》。在他倡导的文化气氛下，涌现了一批在整个中国文化史上都可以称得上第一流大师的人文科学家。在这一点上，几乎很少有朝代能与康熙朝相比肩。

　　以上讲的还只是我们所说的"国学"，可能更让现代读者惊异的是他的"西学"。因为即使到了现代，在我们印象中，国学和西学虽然可以沟通，但在同一个人身上深潜两边的毕竟不多，尤其对一些官员来说更是如此。然而早在三百年前，康熙皇帝竟然在北京故宫和承德避暑山庄认真研究了欧几里德几何学，经常演算习题，又学习了法国数学家巴蒂的《实用和理论几何学》，并比较它与欧几里德几何学的差别。他的老师是当时来中国的一批西方传教士，但后来他的演算比传教士还快，他亲自审校译成汉文和满文的西方数学著作，而且一有机会就向大臣们讲授西方数学。以数学为基础，康熙又进而学习了西方的天文、历法、物理、医学、化学，与中国原有的这方面知识比较，取长补短。在自然科学问题上，中国官僚和外国传教士经常发生矛盾，康熙不袒护中国官僚，也不主观臆断，而靠自己发愤学习，真正弄通西方学说，几乎每次都做出了公正的裁断。他任命一名外国人担任钦天监监副，并命令礼部挑选一批学生去钦天监学习自然科学，学习好了就选拔为博士官。西方的自然科学著作《验气图说》、《仪象志》、《赤道南北星图》、《穷理学》、《坤舆图说》等被一一翻过来，有的已经译成汉文的西方自然科学著作如《几何原理》前六卷，他又命人译成满文。

　　这一切，居然与他所醉心的"国学"互不排斥，居然与他一天射猎三百一十八只野兔互不排斥，居然与他一连串重大的政治行为、军事行为、经济行为互不排斥！我并不认为康熙给中国带来了根本性的希望，他的政权也做过不少坏事，如臭名昭著的"文字狱"之类，我想说的只是，在中国帝王中，这位少数民族出身的帝王具有超乎寻常的生命力，他的人格比较健全。有时，个人的生命力和人格，会给历史留下重重的印记。与他相比明代的许多我皇帝都活得太不像样了，鲁迅说他们是"无赖儿郎"，确有点像。尤其让人生气的是明代万历皇帝（神宗）朱翊钧，在位四十八年，亲政三十八年，竟有二十五年时间躲在深宫之内不见外人的面，完全不理国事，连内阁首辅也见不到他，不知在干什么。没见他玩过什么,似乎也没有好色嫌疑,历史学家们只能推断他躺在烟榻上抽了二十多年的鸦片烟!他聚敛的金银如山似海,但当清军起事,朝廷束手无策时问他要钱,他也死不肯拿出来,最后拿出一个无济于事的小零头,竟然都是因窖藏太久变黑发霉、腐蚀得不能见天日的银子!这完全是一个失去任何人格支撑的心理变态者,但他又集权于一身,明朝怎能不垮?他死后还有儿子朱常洛(光宗)、孙子朱由校(熹宗)和朱由检(思宗)先后继位,但明朝已在他的手里败定了,他的儿孙们非常可怜;康熙与他正相反,把生命从深宫里释放出来,在旷野、猎场和各个知识领域挥洒,避暑山就是他这种生命方式的一个重要吐纳口站,因此也是当时中国历史命运的一所"吉宅"。

<h1 style="text-align:center">三</h1>

康熙与晚明帝王的对比,避暑山庄与万历深宫的对比,当时的汉族知识分子当然也感受到了,心情比较复杂。

开始大多数汉族知识分子都是抗清复明,甚至在赳赳武夫们纷纷掉头转向之后,一群柔弱的文人还宁死不屈。文人中也有一些著名的变节者,但他们往往也承受着深刻的心理矛盾和精神痛苦。我想这便是文化的力量。一切军事争逐都是浮面的,而事情到了要摇撼某个文化生态系统的时候才会真正变得严重起来。一个民族,一个国家,一个人种,其最终意义不是军事的、地域的、政治的,而是文化的。当时江南地区好几次重大的抗清事件,都起之于"削发"之争,即汉人历来束发而清人强令削发,甚至到了"留头不留发,留发不留头"的地步。头发的样式看来事小却关及文化生态,结果,是否"毁我衣冠"的问题成了"夷夏抗争"的最高爆发点。这中间,最能把事情与整个文化系统联系起来的是文化人,最懂得文明和野蛮的差别,并把"鞑虏"与野蛮连在一起的也是文化人。老百姓的头发终于被削掉了,而不少文化人还在拼死坚持。著名大学者刘宗周住在杭州,自清兵进杭州后绝食,二十天

后死亡；他的门生，另一位著名大学者黄宗羲投身于武装抗清行列，失败后回余姚家乡事母著述；又一位著名大学者顾炎武比黄宗羲更进一步，武装抗清失败后还走遍全国许多地方图谋复明，最后终老陕西……这些一代宗师如此强硬，他们的门生和崇拜者们当然也多有追随。

但是，事情到了康熙那儿却发生了一些微妙的变化。文人们依然像朱耷笔下的秃鹫，以"天地为之一寒"的冷眼看着朝廷，而朝廷却奇怪地流泻出一种压抑不住的对汉文化的热忱。开始大家以为是一种笼络人心的策略，但从康熙身上看好像不完全是。他在讨伐吴三桂的战争还没有结束的时候，就迫不及待把下令各级官员以"崇儒重道"为目的，向朝廷推荐"学问兼优、文词卓越"的士子，由他亲自主考录用，称作"博学鸿词科"。这次被保荐、征召的共一百四十三人，后来录取了五十人。其中有傅山、李颙等人被推荐了却宁死不应考。傅山被推荐后又被强抬进北京，他见到"大清门"三字便滚倒在地，两泪直流，如此行动康熙不仅不怪罪反而免他考试，任命他为"中书舍人"。他回乡后不准别人以"中书舍人"称他，但这个时候说他对康熙本人还有多大仇恨，大概谈不上了。

李颙也是如此，受到推荐后称病拒考，被人抬到省城后竟以绝食相抗，别人只得作罢。这事发生在康熙十七年，康熙本人二十六岁，没想到二十五年后，五十余岁的康熙西巡时还记得这位强硬的学人，召见他，他没有应召，但心里毕竟已经很过意不去了，派儿子李慎言作代表应召，并送自己的两部著作《四书反身录》和《二曲集》给康熙。这件事带有一定的象征性，表示最有抵触的汉族知识分子也开始与康熙和解了。

与李颙相比，黄宗羲是大人物了，康熙更是礼仪有加，多次请黄宗羲出山未能如愿，便命令当地巡抚到黄宗羲家里，把黄宗羲写的书认真抄来，送入宫内以供自己拜读。这一来，黄宗羲也不能不有所感动。与李颙一样，自己出面终究不便，由儿子代理，黄宗羲让自己的儿子黄百家进入皇家修史局,帮助完成康熙交下的修《明史》的任务。你看,即便是原先与清廷不共戴天的黄宗羲、李颙他们,也觉得儿子一辈可以在康熙手下好生过日子了。这不是变节,也不是妥协,而是一种文化生态意义上的开始认同。既然康熙对汉文化认同得那么诚恳,汉族文人为什么就完全不能与他认同呢?政治军事,不过是文化的外表罢了。

黄宗羲不是让儿子参加康熙下令编写的《明史》吗?编《明史》这事给汉族知识界震动不小。康熙任命了大历史学家徐元文、万斯同、张玉书、王鸿绪等负责此事,要他们根据《明实录》如实编写,说"他书或以文章见长,独修史宜直书实事",他还多次要大家仔细研究明代晚期破败的教训,引以为戒。汉族知识界要反清复明,而清廷君主竟然亲自领导着汉族的历史学家在冷静研究明代了,这种研究又高于反清复明者的思考水平,那么,对峙也就不能渐渐化解了。《明史》后来成为整个二十四史中写得较好的一部,这是直到今天还要承认的事实。

当然,也还余留着几个坚持不肯认同的文人。例如康熙时代浙江有个学者叫吕留良的,在著书和讲学中还一再强调孔子思想的精义是"尊王攘夷",这个提法,在他死后被湖南一个叫曾静的落第书生看到了,很是激动,赶到浙江找到吕留良的儿子和学生几人,筹划反清。这时康熙也早已过世,已是雍正年间,这群文人手下无一兵一卒,能干成什么事呢?他们打听到川陕总督岳钟琪是岳飞的后代,想来肯定能继承岳飞遗志来抗击外夷,就派人带给他一封策反的信,眼巴巴地请他起事。这事说起来已经有点近乎笑话,岳飞抗金到那时已隔着整整一个元朝、整整一个明朝,清朝也已过了八九十年,算到岳钟琪身上都是多少代的事啦,还想着让他凭着一个"岳"字拍案而起,中国书生的昏愚和天真就在这里。岳钟琪是清朝大官,做梦也没有想到过要反清,接信后虚假地应付了一下,却理所当然地报告了雍正皇帝。雍正下令逮捕了这个谋反集团,又亲自阅读了书信、著作,觉得其中有好些观念需要自己写文章来与汉族知识分子辩论,而且认为有过康熙一代,朝廷已有足够的事

实和勇气证明清代统治者并不差，为什么还要对抗清廷？于是这位皇帝亲自编了一部《大义觉迷录》颁发各地，而且特免肇事者曾静等人的死罪，让他们专到江浙一带去宣进。

雍正的《大义觉迷录》写得颇为诚恳。他的大意是：不错，我们是夷人，我们是"外国"人，但这是籍贯而已，天命要我们来抚育中原生民，被抚育者为什么还要把华夷分开来看？你们所尊重的舜是东夷之人，文王是西夷之人，这难道有损于他们的圣德吗？吕留良这样著书立说的人，连前朝康熙皇帝的文治武功、赫赫盛德都加以隐匿和诬蔑，实在是不顾民生国运只泄私愤了。外族入主中原，可能反而勇于为善，如果著书立说的人只认为生在中原的君主不必修德行仁可也享有名分，而外族君主即便励精图治也得不到褒扬，外族君主为善之心也会因之而懈怠，受苦的不还是中原百姓吗？

雍正的这番话，带着明显的委屈情绪，而且是给父亲康熙打抱不平，也真有一些动人的地方。但他的整体思维能力显然比不上康熙，口口声声说自己是"外国"人，"夷人"，尽管他所说的"外国"只是指外族，而且也仅指中原地区之外的几个少数民族，与我们今天所说的外国不同，但无论如何在一些前提性的概念上把事情搞复杂了，反而不利。他的儿子乾隆看出了这个毛病，即位后把《大义觉迷录》全部收回，列为禁书，杀了被雍正赦免了的曾静等人，开始大兴文字狱。康熙、雍正年间也有丑恶的文字狱，但来得特别厉害的是乾隆，他不许汉族知识分子把清廷看成是"夷人"，连一般文字中也不让出现"虏"、"胡"之类字样，不小心写出来了很可能被砍头。他想用暴力抹去这种对立，然后一心一意做个好皇帝。除了华夷之分的敏感点外，其他地方他倒是比较宽容，有度量，听得进忠臣贤士们的尖锐意见和建议，因此在他执政的前期，做了很多好事，国运可称昌盛。这样一来，即便存在异念的少数汉族知识分子也不敢什么想头，到后来也真没什么想头了。其实本来这样的人已不可多觅，雍正和乾隆都把文章做过了头。真

文化名家谈史录

名家雅谈

正第一流的大学者，在乾隆时代已不想做反清复明的事了。乾隆，靠着人才济济的智力优势，靠着康熙、雍正给他奠定的丰厚基业，也靠着他本人的韬略雄才，做起了中国历史上福气最好的大皇帝，承德避暑山庄，他来得最多，总共逗留的时间很长，因此他的踪迹更是随处可见。乾隆也经常参加"木兰秋狝"，亲自射获的猎物也极为可观，但他的主要心思却放在边疆征战上，避暑山庄和周围的外八庙内，记载这种征战成果是的碑文极多。这种征战与汉族的利益没有冲突，反而是弘扬了中国的国威，连汉族知识界也引以为荣，甚至可以把乾隆看是华夏圣君了，但我细看碑文之后却产生一个强烈的感觉：有的仗近不得已，打打也可以，但多数边界战争的必要性深可怀疑。需要要打得这么大吗？需要反复那么多次吗？需要要这样强横地来对待邻居们吗？需要杀得如此残酷吗？

好大喜功的乾隆把他的所谓"十全武功"镌刻在避暑山庄里乐滋滋地自我品尝，这使山庄回荡出一些燥热而又不祥的气氛。在满汉文化对峙基本上结束之后，这里洋溢着的是中华帝国的自得情绪。江南塞北的风景名胜在这里聚会，上天的唯一骄子在这里安驻，再下令编一部综览全部典籍的《四库全书》在这里存放，几乎什么也不缺了。乾隆不断地写诗，说避暑山庄里的意境已远远超过唐宋诗词里的描绘，而他则一直等着到时间卸任成为"林下人"，在此间度过余生。在山庄内松云峡的同一座石碑上，乾隆一生竟先后刻下了六首御制诗表述这种自得情怀。

是的，乾隆一朝确实不算窝囊，但须知这已是十八世纪（乾隆正好死于十八世纪最后一年），十九世纪已经迎面而来，世界发生了多大的变化！乾隆打了那么多仗，耗资该有多少？他重用的大贪官和坤，又把国力糟蹋到了何等地步？事实上，清朝，乃至于中国的整体历史悲剧，就在乾隆这个貌似全盛期的皇帝身上，在山水宜人的避暑山庄内，已经酿就。但此时的避暑山庄，还完全沉湎在中华帝国梦幻之中，而全国的

文化良知，也都在这个幻梦边沿或陶醉，或喑哑。

　　一七九三年九月十四日，一个英国使团来到避暑山庄，乾隆以盛宴欢迎，还在山庄的万树园内以大型歌舞和焰火晚会招待，避暑山庄一片热闹。英方的目的是希望乾隆同意他们派使臣常驻北京，在北京设立洋行，希望中国开放天津、宁波、舟山为贸易口岸，在广州附近拨一些地方让英商居住，又希望英国货物在广州至澳门的内河流通时能获免税和减税的优惠。本来，这是可以谈判的事，但对居住在避暑山庄、一生喜欢用武力耀华夏威仪的乾隆来说却不存在任何谈判的可能。他给英国国王写了信，信的标题是《赐英吉利国王敕书》，信内对一切要求全部拒绝，说"天朝尺土俱归版籍，疆址森然，即使岛屿沙洲，亦必划界分疆各有专属"，"从无外人等在北京城开设货行之事"，"此与天朝体制不合，断不可行"！也许至今有人认为这几句话充满了爱国主义的凛然大义，与以后清廷签订的卖国条约不可同日而语，对此我实在不敢苟同。

　　本来康熙早在一六八四年就已开放海禁，在广东、福建、浙江、江苏分设四个海关欢迎外商来贸易，过了七十多年乾隆反而关闭其他海关只许处商在广州贸易，外商在广州也有许多可笑的限制，例如不准学说中国话，买中国书，不许坐轿，更不许把妇女带来，等等。我们闭目就能想象朝廷对外国人的这些限制是出于何种心理规定出来的。康熙向传教士学西方自然科学，关系不错，而乾隆却把天主教给禁了。自高自大，无视外部世界，满脑天朝意识，这与以后的受辱挨打有着必然的逻辑联系。乾隆在避暑山庄训斥外国帝王的朗声言词，就连历史老人也会听得不太顺耳了。这座园林，已羼杂进某种凶兆。

四

　　我在山庄松云峡细读乾隆写了六首诗的那座石碑时，在碑的西侧又读到他儿子嘉庆的一首。嘉庆即位后经过这里，读了父亲那些得意洋洋的诗作后不禁长叹一声：父亲的诗真是深奥，而我这个做儿子的却实在觉得肩上的担子太重了!("瞻题蕴精奥,守位重仔肩")嘉庆为人比较懦弱宽厚,在父亲留下的这副担子前不知如何是好。他一生都在面对内忧外患,最后不明不白地死在避暑山庄。

道光皇帝继嘉庆之位时已四十来岁,没有什么才能,只知艰苦朴素,穿的裤子还打过补丁。这对一国元首来说可不是什么佳话。朝中大臣竟相模仿,穿了破旧衣服上朝,一眼看去,这个朝廷已经没有多少气数了。父亲死在避暑山庄,畏怯的道光也就不愿意去那里了,让它空关了几十年。他在时想也该像祖宗一样去打一次猎,打听能不能不经过避暑山庄就可以到"木兰围场",回答说没有别的道路,他也就不去打猎了。像他这么个可怜巴巴的皇帝,似乎本来就与山庄和打猎没有缘分的,鸦片战争已经爆发,他忧愁的目光只能一直注视着南方。

避暑山庄一直关到一八六〇年九月,突然接到命令,咸丰皇帝要来,赶快打扫。咸丰这次来时带的银两特别多,原来是来逃难的,英法联军正威胁着北京。咸丰这一来就不走了,东走走,西看看,庆幸祖辈留下这么个好地方让他躲避。他在这里又批准了好几份丧权辱国的条约,但签约后还是不走,直到一八六一年八月二十二日死在这儿,差不多住了近一年。

咸丰一死,避暑山庄热闹了好些天,各种政治势力围着遗体进行着明明暗暗的较量。一场被历史学家称之为"辛酉政变"的行动方案在山庄的几间屋子里制定,然后,咸丰的棺木向北京启运了,刚继位的小皇帝也出发了,浩浩荡荡。避暑山庄的大门又一次紧紧地关住了,而就在这支浩浩荡荡的队伍中间,很快站出来一个二十七的青年女子,她将统治中国数十年。

她就是慈禧,离开了山庄后再也没有回来。不久又下了一道命令,说热河避暑山庄已经几十年不用,殿亭各宫多已倾圮,只是咸丰皇帝去时稍稍修治了一下,现在咸丰已逝,众人已走,"所有热河一切工程,着即停止。"

　　这个使命，与康熙不修长城的谕旨前后辉映。康熙的"长城"也终于倾坍了，荒草凄迷，暮鸦回翔，旧墙斑驳，霉苔处处，而大门却紧紧地关着。关住了那些宫殿房舍倒也罢了，还关住了那么些苍郁的山，那么些晶亮的水。在康熙看来，这儿就是他心目中的清代但清代把它丢弃了，于是自己也就成了一个丧魂落魄的朝代。慈禧在北京修了一个颐和园，与避暑山庄对抗，塞外朔北的园林不会再有对抗的能力和兴趣，它似乎已属于另外一个时代。康熙连同他的园林一起失败了，败在一个没有读过什么书，没有建立过什么功业的女人手里。热河的雄风早已散，清朝从此阴气重重、劣迹斑斑。

　　当新的一个世纪来到的时候，一大群汉族知识分子向这个政权发出了毁灭性声讨，民族仇恨重新在心底燃起，三百年前抗清志士的事迹重新被发掘和播扬。避暑山庄，在这个时候是一个邪恶的象征，老老实实躲在远处，尽量不要叫要人发现。

五

　　清朝灭亡后，社会振荡，世事忙乱，人们也有没有心思去品咂一下这次历史变更的苦涩厚味，匆匆忙忙赶路去了。直到一九二七年六月一日，大学者王国维先生在颐和园投水而死，才让全国的有心人肃然深思。

　　王国维先生的死因众说纷纭，我们且不管它，只知道这位汉族文化大师拖着清代的一条辫子，自尽在清代的皇家园林里，遗嘱为"五十之后，只欠一死；经此世变，义无再辱"。他不会不知道明末清初为汉族人是束发还留辫之争曾发生过惊人的血案，他不会不知道刘宗周、黄宗羲、顾炎武这些大者的慷慨行迹，他更不会不知道按照世界历史的进程，社会巨变乃属必然，但是他还是死了。我赞成陈寅恪先生的说法，王国维先生并不是死于政治斗争、人事纠葛，或仅仅为清廷尽忠，而是死于一种文化：

凡一种文化值衰落之时,为此文化所以之人,必感苦痛,其表现此文化之程量愈宏,则其所受之苦痛亦愈甚;迨既达极深之度,殆非出于自杀以求一己之心安而义尽也。(《王观堂先生挽词并序》)

王国维先生实在无法把自己为之而死的文化与清廷分割开来。在他的书架里,《古今图书集成》、《康熙字典》、《四库全书》、《红楼梦》、《桃花扇》、《生长殿》、乾嘉学派、纳兰性德等都把两者连在一起了,于是对他来说,衣冠举止,生态心态,也莫不两相混同。我们记得,在康熙手下,汉族高层知识分子经过剧烈的心理挣扎已开始与朝廷产生某种文化认同,没有想到的是,当康熙的政治事业和军事事业已经破败之后,文化认同竟还未消散。为此,宏才博学的王国维先生要以生命来祭奠它。他没有从心理挣扎中找到希望,死得可惜又死得必然。知识分子总是不同寻常,他们总要在政治军事的折腾之后表现出长久的文化韧性,文化变成了生命,只有靠生命来拥抱文化了,别无他途;明末以后是这样,清末以后也是这样。但清末又是整个中国封建制度的末尾,因此王国维先生祭奠的该是整个中国传统文化。清代只是他的落脚点。

今天,我面对着避暑山庄的清澈湖水,不能不想起王国维先生的面容和身影。我轻轻地叹息一声,一个风云数百年的朝代,总是以一群强者英武的雄姿开头,而打下最后一个句点的,却常常是一些文质彬彬的凄怨灵魂。

余秋雨

历史的暗角

经典雅谈

　　我相信，历史上许多钢铸铁浇般的政治家、军事家最终悲怆辞世的时候最痛恨的不是自己明确的政敌和对手，而是曾经给过自己很多腻耳的佳言和突变的脸色、最终还说不清究竟是敌人还是朋友的那些人物。处于弥留之际的政治家和军事家死不瞑目，颤动的嘴唇艰难地吐出一个词汇："小人……"

一

　　在中国历史上，有一大群非常重要的人物，肯定被我们历史学家忽视了。

　　这群人物不是英雄豪杰，也未必是元凶巨恶。他们的社会地位可能极低，也可能很高。就文化程度论，他们可能是文盲，也可能是学者。很难说他们是好人坏人，但由于他们的存在，许多鲜明的历史形象渐渐变得瘫软、迷顿、暴躁，许多简单的历史事件——变得混沌、暧昧、肮脏，许多祥和的人际关系慢慢变得紧张、尴尬、凶险，许多响亮的历史命题逐个变得黯淡、紊乱、荒唐。他们起到了如此巨大的作用，但他们

文化名家谈史录

名家雅谈

并没有明确的政治主张，他们的全部所作所为并没有留下清楚的行为印记，他们绝不想对什么负责，而且确实也无法让他们负责。他们是一团驱之不散又不见痕迹的腐浊之气，他们是一堆飘忽不定的声音和眉眼。你终于愤怒了，聚集起万钧雷霆准备轰击，没想到这些声音和眉眼也与你在一起愤怒，你突然失去了轰击的对象。你想不予理会，掉过头去，但这股腐浊气却又悠悠然地不绝如缕。

我相信，历史上许多钢铸铁浇般的政治家、军事家最终悲怆辞世的时候最痛恨的不是自己明确的政敌和对手，而是曾经给过自己很多腻耳的佳言和突变的脸色、最终还说不清究竟是敌人还是朋友的那些人物。处于弥留之际的政治家和军事家死不瞑目，颤动的嘴唇艰难地吐出一个词汇："小人……"

——不错，小人。这便是我这篇文章要写的主角。

小人是什么？如果说得清定义，他们也就没有那么可恶了。小人是一种很难定位和把握的存在，略能说的只是，这个"小"，既不是指年龄，也不是指地位。小人与小人物是两码事。

在一本杂志上看到欧洲的一则往事。数百年来一直亲如一家的一个和睦村庄，突然产生了邻里关系的无穷麻烦，本来一见面就要真诚地道一声"早安"的村民们，现在都怒目相向。没过多久，几乎家家户户都成了仇敌，挑衅、殴斗、报复、诅咒天天充斥其间，大家都在想方设法准备逃离这个恐怖的深渊。可能是教堂的神父产生了疑惑吧，花了很多精力调查缘由。终于真相大白，原来不久前刚搬到村子里来的一位巡警的妻子是个爱搬弄是非的长舌妇，全部恶果都来自于她不负责任的窃窃私语。村民知道上了当，不再理这个女人，她后来很快搬走了，但是万万没有想到，村民间的和睦关系再也无法修复。解除了一些误会，澄清了一些谣言，表层关系不再紧张，然而从此以后，人们的笑脸不再自然，即便在礼貌的言词背后也有一双看不见的疑虑眼睛在晃动。大家很少往来，一到夜间，早早地关起门来，谁也不理谁。

我读到这个材料时，事情已过去了几十年，作者写道，直到今天，这个村庄的人际关系还是又僵又涩、不冷不热。

对那个窃窃私语的女人，村民们已经忘记了她讲的具体话语，甚至忘记她的容貌和名字。说她是坏人吧，看重了她，但她实实在在地播下了永远也清除不净的罪恶的种子。说她是故意的吧，那也强化了她，她对这个村庄也未必有什么争夺某种权力的企图。说她仅仅是言词失当吧，那又过于宽恕了她，她做这些坏事带有一种近乎本能的冲动。对于这样的女人，我们所能给予的还是那个词汇：小人。

小人的生存状态和社会后果，由此可见一斑。

这件欧洲往事因为有前前后后的鲜明对比，有那位神父的艰苦调查，居然还能寻找到一种答案。然而谁都明白，这在"小人事件"中属于罕例。绝大多数"小人事件"是找不到这样一位神父、这么一种答案的。我们只要稍稍闭目，想想古往今来、远近左右，有多少大大小小、有形无形的"村落"被小人糟蹋了而找不到事情的首尾？

由此不能不由衷地佩服起孔老夫子和其他先秦哲学家来了，他们那么早就浓浓地划出了"君子"和"小人"的界限，诚然，这两个概念有点模糊，互间的内涵和外延都有很大的弹性，但后世大量新创立的社会范畴都未能完全地取代这种古典划分。

孔夫子提供这个划分当然是为了弘扬君子、提防小人，而当我们长久地放弃这个划分之后，小人就会像失去监视的盗贼、冲决堤岸的洪水，汹涌泛滥。结果，不愿再多说小人的中国历史，小人的阴影反而越来越浓。他们组成了道口路边上密密层层的许多暗角，使得本来就已经十分艰难的民族步履，在那里趔趄、错乱，甚至回头转向，或拖地不起。即便是智慧的光亮、勇士的血性，也对这些霉苔斑斑的角落无可奈何。

二

然而，真正伟大的历史学家是不会放过小人的，司马迁在撰写《史记》的时候就发现了这个历史症结,于是在他冷静的叙述中不能不时时迸发出一种激愤。众所周知,司马迁对历史情节的取舍大刀阔斧,但他对于小人的所作所为却常常工笔细描,以便让历史记住这些看起来是无关重要的部位。

例如,司马迁写到过发生在公元前五二七年的一件事。那年,楚国的楚平王要为自己的儿子娶一门媳妇,选中的姑娘在秦国,于是就派出一名叫费无忌的大夫前去迎娶。费无忌看到姑娘长得极其漂亮,眼睛一转,就开始在半道上动脑筋了。

——我想在这里稍稍打断,与读者一起猜测一下他动的是什么脑筋,这会有助于我们理解小人的行为特征。看到姑娘漂亮,估计会在太子那里得宠,于是一路上百般奉承,以求留下个好印象,这种脑筋,虽不高尚却也不邪恶,属于寻常世俗心态,不足为奇,算不上我们所说的小人;看到姑娘漂亮,想入非非,企图有所沾染,暗结某种私情,这种脑筋,竟敢把一国的太子当情敌,简直胆大妄为,但如果付诸实施,倒也算是人生的大手笔,为了情欲无视生命,即便荒唐也不是小人所为。费无忌动的脑筋完全不同,他认为如此漂亮的姑娘应该献给正当权的楚平王。尽管太子娶亲的事已经国人皆知,尽管迎娶的车队已经逼近国都,尽管楚宫里的仪式已经准备妥当,费无忌还是骑了一匹快马抢先直奔王宫,对楚平王描述了秦国姑娘的美貌,说反正太子此刻与这位姑娘尚未见面,大王何不先娶了她,以后再为太子找一门好的呢。楚平王好色,被费无忌说动了心,但又觉得事关国家社稷的形象和承传,必须小心从事,就重重拜托费无忌一手操办。三下两下,这位原想来做太子夫人的姑娘,转眼成了楚平王的妃子。

事情说到这儿,我们已经可以分析出小人的几条行为特征了:

其一,小人见不得美好。小人也能发现美好,有时甚至发现得比别人还敏锐,但不可能对美好投以由衷的虔诚。他们总是眯缝着眼睛打量美好事物,眼光时而发红时而发绿,时而死盯时而躲闪,只要一有可能

就忍不住要去扰乱、转嫁（费无忌的行为真是"转嫁"这个词汇的最佳注脚），竭力作为某种隐潜交易的筹码加以利用。美好的事物可能遇到各种各样的灾难，但最消受不住的却是小人的作为。蒙昧者可能致使明珠暗投，强蛮者可能致使玉石俱焚，而小人则鬼鬼祟祟地把一切美好变成丑闻。因此，美好的事物可以埋没于荒草黑夜间，可以展露于江湖莽汉前，却断断不能让小人染指或过眼。

其二，小人见不得权力。不管在什么情况下，小人的注意力总会拐弯抹角地绕向权力的天平，在旁人看来根本绕不通的地方，他们也能飞檐走壁绕进去。他们表面上是历尽艰险为当权者着想，实际上只想当权者手上的权力，但作为小人他们对权力本身又不迷醉，只迷醉权力背后自己有可能得到的利益。因此，乍一看他们是在投靠谁、背叛谁、效忠谁、出卖谁，其实他们压根儿就没有人的概念，只有实际私利。

其三，小人不怕麻烦。上述这件事，按正常逻辑来考虑，即便想做也会被可怕的麻烦所吓退，但小人是不怕麻烦的，怕麻烦做不了小人，小人就在麻烦中成事。小人知道越麻烦越容易把事情搞混，只要自己不怕麻烦，总有怕麻烦的人。当太子终于感受到与秦国姑娘结婚的麻烦，当大臣们也明确觉悟到阻谏的麻烦，这件事也就办妥了。

其四，小人办事效率高。小人急于事功又不讲规范，有明明暗暗的障眼法掩盖着，办起事来几乎遇不到阻力，能像游蛇般灵活地把事情迅速搞定。他们善于领会当权者难于启齿的隐忧和私欲，把一切化解在顷刻之间，所以在当权者眼里，他们的效率更是双倍的。有当权者支撑，他们的效率就更高了。费无忌能在为太子迎娶的半道上发起一个改变皇家婚姻方向的骇人行动而居然快速成功，便是例证。

暂且先讲这四项行为特征吧，司马迁对此事的叙述还没有完，让我们顺着他的目光继续看下去——

费无忌办成了这件事，既兴奋又慌张。楚平王越来越宠信他了，这使他满足，但静心一想，这件事受伤害最深的是太子，而太子是迟早会掌大权的,那今后的日子怎么过呢?

他开始在楚平王耳边递送小话:"那件事情之后,太子对我恨之入骨,那倒罢了,我这么个人也算不得什么,问题是他对大王您也怨恨起来,万望大王戒备。太子已握兵权,外有诸侯支持,内有他的老师伍奢帮着谋划,说不定哪一天要兵变呢!"

楚平王本来就觉得自己对儿子做了亏心事,儿子一定会有所动作,现在听费无忌一说,心想果不出所料。立即下令杀死太子的老师伍奢、伍奢的长子伍尚,进而又要捕杀太子,太子和伍奢的次子伍员只得逃离楚国。

从此之后,连年的兵火就把楚国包围了,逃离出去的太子是一个拥有兵力的人,自然不会甘心,伍员则发誓要为父兄报仇,曾一再率吴兵伐楚,许多连最粗心的历史学家也不得不关注的著名军事征战此起彼伏。

然而楚国人民记得,这场弥天大火的最初点燃者,是小人费无忌,大家咬牙切齿地用极刑把这个小人处死了,但整片国土早已满目疮痍。

——在这儿我又要插话。顺着事件的发展,我们又可把小人的行为特征延续几项了:

其五,小人不会放过被伤害者。小人在本质上是胆小的,他们的行为方式使他们不必害怕具体操作上的失败,但却不能不害怕报复。设想中的报复者当然是被他们伤害的人,于是他们的使命注定是要连续不断地伤害被伤害者。你如果被小人伤害了一次,那么等着吧,第二次、第三次更大的伤害在等着你,因为不这样做小人缺少安全感。楚国这件事,受伤害的无疑是太子,费无忌深知这一点,因此就无以安生,必欲置之死地才放心。小人不会怜悯,不会忏悔,只会害怕,但越害怕越凶狠,一条道走到底。

其六,小人需要博取同情。明火执仗的强盗、杀人不眨眼的刽子手是恶人而不是小人,小人没有这份胆气,需要掩饰和躲藏。他们反复向

别人解释，自己是天底下受损失最大的人，自己是弱者，弱得不能再弱了，似乎生就是被别人欺侮的料。在他们企图吞食别人产权、名誉乃到身家性命的时候，他们甚至会让低沉的喉音、含泪的双眼、颤抖的脸颊、欲说还休的语调一起上阵，逻辑说不圆通时便哽哽咽咽的糊弄过去，你还能不同情？而费无忌式的小人则更进一步，努力把自己打扮成一心为他人、为上司着想而遭致祸殃的人，那自然就更得同情了。职位所致，无可奈何，一头是大王，一头是太子，我小小一个侍臣有什么办法？苦心斡旋却两头受气，真是苦来着？——这样的话语，从古到今我们听到的还少吗？

其七，小人必须用谣言制造气氛。小人要借权力者之手或起哄者之口来卫护自己，必须绘声绘色地谎报"敌情"。费无忌谎报太子和太子的老师企图谋反攻城的情报，便是引起以后巨大历史灾祸的直接诱因。说谎和造谣是小人的生存本能，但小人多数是有智力的，他们编制的谎言和谣言要取信于权势和舆情，必须大体上合乎浅层逻辑，让不习惯实证考察的人一听就立即产生情绪反应。因此，小人的天赋，就在于能熟练地使谎言和谣言编制得合乎情理。他们是一群有本事诱使伟人和庸人全都沉陷进谎言和谣言迷宫而不知回返的能工巧匠。

其八，小人最终控制不了局势。小人精明而缺少远见，因此他们在制造一个个具体的恶果时并没有想这些恶果最终组接起来将会酿成一个什么样的结局。当他们不断挑唆权势和舆情的初期，似乎一切顺着他们的意志在发展，而当权势和舆情终于勃然而起挥洒暴力的时候，连他们也不能不瞠目结舌、骑虎难下了。小人没有大将风度，完全控制不了局面，但不幸的是，人们不会忘记他们是这些全部灾难的最初责任者。平心而论，当楚国一下子陷于邻国攻伐而不得不长年以铁血为生的时候，费无忌也已经束手无策，做不得什么好事也做不得什么坏事了。但最终受极刑的仍然是他，司马迁以巨大的厌恶使之遗臭万年的也是他。小人的悲剧，正在于此。

三

解析一个费无忌,我们便约略触摸到了小人的一些行为特征,但这对了解整个小人世界,还是远远不够的。小人,还没有被充分研究。

我理解我的同道,谁也不愿往小人的世界深潜,因为这委实是一件气闷乃至恶心的事。既然生活中避小人惟恐不远,为何还要让自己的笔去长时间地沾染他们呢?

但是回避显然不是办法。既然人们都遇到了这个梦魇却缺少人来呼喊,既然呼喊几下说不定能把梦魇暂时驱除一下,既然暂时的驱除有助于增强人们与这团阴影抗衡的信心,那么,为什么要回避呢?

我认为,小人之为物,不能仅仅看成是个人道德品质的畸型。这是一种带有巨大历史必然性的社会文化现象,值得文化人类学家、社会心理学家和政治学家们共同注意。这种现象在中国历史上的充分呈现,体现了中国封建社会的人治专制和社会下层低劣群体的微妙结合,结合双方虽然地位悬殊,却互为需要、相辅相成,终于化合成一种独特的心理方式和生态方式。

封建人治专制隐秘多变,需要有一大批特殊的人物,他们既能诡巧地遮掩隐秘又能适当地把隐秘装饰一下昭示天下,既能灵活地适应变动又能庄严地在变动中翻脸不认人,既能从心底里蔑视一切崇高又能把封建统治者的心绪和物欲洗刷成光洁的规范。这一大批特殊的人物,需要有敏锐的感知能力,快速的判断能力,周密的联想能力和有效的操作能力,但却万万不能有稳定的社会理想和个人品格。从这个意义上说,政治上的小人实在不是自然生成的,而是对一种体制性需要的填补和满足。

《史记》中的《酷吏列传》记述到汉武帝的近臣杜周,此人表面对人和气,实际上坏得无可言说。他管法律,只要探知皇帝不喜欢谁,就千方百计设法陷害,手段毒辣;相反,罪大恶极的犯人只要皇帝不讨

厌，他也能判个无罪。他的一个门客觉得这样做太过分了，他反诘道："法律谁定的？无非是前代皇帝的话罢了，那么，后代皇帝的话也是法律，哪里还有什么别的法律？"由此可见，杜周固然是糟践社会秩序的宫廷小人，但他的逻辑放在专制体制下看并不荒唐。

杜周不听前代皇帝只听后代皇帝，那么后代皇帝一旦更换，他又听谁呢？当然又得去寻找新的主子仰承鼻息。照理，如果有一个以理性为基础的相对稳定的行政构架，各级行政官员适应多名不断更替的当权者是再正常不过的事，但在习惯于你死我活、不共戴天的政治恶斗的中国，情况就完全不同了。每一次主子的更换就意味着对以前的彻底毁弃，意味着对自身官场生命的脱胎换骨，而其间的水平高下就看能否把这一切做得干净利落、毫无痛苦。闭眼一想，我脑子里首先浮现的是五代乱世的那个冯道，不知为什么我会把他记得那么牢。

冯道原在后唐闵帝手下做宰相，公元九三四年李从珂攻打唐闵帝，冯道立即出面恳请李从珂称帝，别人说唐闵帝明明还在，你这个做宰相的怎么好请叛敌称帝？冯道说，我只看胜败，"事当务实"。果然不出冯道所料，李从珂终于称帝，成了唐末帝，便请冯道出任司空，专管祭祀时扫地的事，别人怕他恼怒，没想到他兴高采烈地说：只要有官名，扫地也行。

后来石敬瑭在辽国的操纵下做了"儿皇帝"，要派人到辽国去拜谢"父皇帝"，派什么人呢？石敬瑭想到了冯道，冯道作为走狗的走狗，把事情办妥了。

辽国灭后晋之后，冯道又诚惶诚恐地去拜谒辽主耶律德光，辽主略知他的历史，调侃地问："你算是一种什么样的老东西呢？"冯道回答："我是一个无才无德的痴顽老东西。"辽主喜欢他如此自辱，给了他一个太傅的官职。

身处乱世，冯道竟然先后为十个君主干事，他的本领自然远不止是油滑而必须反复叛卖了。被他一次次叛卖的旧主子，可以对他恨之入骨却已没有力量惩处他,而一切新主子大多也是他所说的信奉"事当务实"的人,只取他的实用价值而不去预想他今后对自己叛卖的可能。

我举冯道的例子只想说明,要充分地适应中国封建社会的政治生活,一个人的人格支出会非常彻底,彻底到几乎不像一个人。与冯道、杜周、费无忌等人相比,许多忠臣义士就显得非常痛苦了。忠臣义士平日也会长时间地卑躬屈膝,但到实在忍不下去的时候会突然慷慨陈词、拼命死谏,这实际上是一种"不适应反应",证明他们还保留着自身感知系统和最终的人格结构。后世的王朝也会表扬这些忠臣义士,但这只是对封建政治生活的一个追认性的微小补充,至于封建政治生活的正常需要,那还是冯道、杜周、费无忌他们。他们是真正的适应者,把自身的人格结构踩个粉碎之后获得了一种轻松,不管干什么事都不存在心理障碍了。人性、道德、信誉、承诺、盟誓全被彻底丢弃,朋友之谊、骨肉之情、羞耻之感、恻隐之心都可一一抛开,这便是极不自由的封建专制所哺育出来的"自由人"。

这种"自由人"在中国下层社会某些群落获得了呼应。我所说的这些群落不是指穷人,劳苦大众在物质约束和自然约束下,不能不循规蹈矩,并无自由可言,他们的贫穷不等于高尚却也不直接通向邪恶;我甚至不是指强盗,强盗固然邪恶却也有自己的道义规范,否则无以合伙成事,无以长久立足,何况他们时时以生命作为行为的代价;我当然也不是指娼妓,娼妓付出的代价虽然不是生命却也是够痛切的,在人生的绝大多数方面,她们都要比官场小人贞洁。与冯道、杜周、费无忌这些官场小人真正呼应得起来的,是社会下层的那样一些低劣群落:恶奴、乞丐、流氓、文痞。

除了他们,官场小人再也找不到其他更贴心的社会心理基础了,而恶奴、乞丐、流氓、文痞一旦窥知堂堂朝廷要员也与自己一般行事处世,也便获得了巨大的鼓舞,成了中国封建社会中最有资格自称"朝中有人"的皇亲国戚。

148

这种遥相对应，产生了一个辽阔的中间地带。就像磁体的两极之间所形成的磁场，一种巨大的小人化、卑劣化的心理效应强劲地在中国大地上出现了。上有朝廷楷模，下有社会根基，那就滋生蔓延吧，有什么力量能够阻挡呢？

那么，就让我们以恶奴型、乞丐型、流氓型、文痞型的分类，再来看一看小人。

恶奴型小人：

本来，为人奴仆也是一种社会构成，并没有可羞耻或可炫耀之处。但其中有些人，成了奴仆便依仗主子的名声欺侮别人，主人失势后却对主子本人恶眼相报，甚至平日在对主子低眉顺眼之时也不时窥测着掀翻和吞没主子的各种可能，这便是恶奴了，而恶奴则是很典型的一种小人，谢国桢先生的《明清之际党社运动考》一书中有一篇《明季奴变考》，详细叙述了明代末年江南一带仕宦缙绅之家的家奴闹事的情景，其中还涉及我们熟悉的张溥、钱谦益、顾炎武、董其昌等文化名人的家奴。这些家奴或是仗势欺人，或是到官府诬告主人，或是鼓噪生事席卷财物，使政治大局本来已经够混乱的时代更加混乱。为此，孟森先生曾写过一篇《读明季奴变考》的文章，说明这种奴变其实说不上阶级斗争，因为当时江南固然有不少做了奴仆而不甘心的人，却也有很多明明不必做奴仆而一定要做奴仆的人，这便是流行一时的找豪门投靠之风。本来生活已经挺好，但想依仗豪门逃避赋税、横行乡里，便成群结队地签订契约卖身为奴。"卖身投靠"这个词，就是这样来的。孟森先生说，前一拨奴仆刚刚狠狠地闹过事，后一拨人又乐呵呵地前来投靠为奴，这算什么阶级斗争呢？

乞丐型小人：

因一时的灾荒行乞求生是值得同情的，但当行乞成为一种习惯性职业，进而滋生出一种群体性的心理文化方式，则必然成为社会公害，没有丝毫积极意义可言了。乞丐心理的基点，在于以自秽、自弱为手段，点滴而又快速地完成着对他人财物的占有。乞丐型小人的心目中没有明确的所有权概念,他们认为世间的一切都不是自己的,又都是自己,只要舍得牺牲自己的人格形象来获得人们的怜悯,不是自己的东西有时可能转换成自己的东西。他们的脚永远踩踏在转换所有权的滑轮上,获得前,语调诚恳让人流泪,获得后,立即翻脸不认人。

乞丐一旦成群结帮,谁也不好对付。《清稗类钞·乞丐类》载:"江苏之淮、徐、海等处,岁有以逃荒为业者,数百成群,行乞于各州县,且至邻近各省,光绪初为最多。"最古怪的是,这帮浩浩荡荡的苏北乞丐还携带着盖有官印的护照,到了一个地方行乞简直成了一种堂堂公务。行完乞,他们又必然会到官府赖求,再盖一个官印,成为向下一站行乞的"签证"。官府虽然也皱眉,但经不住死缠,既是可怜人,行乞又不算犯法,也就一一盖了章。由这个例证联想开去,生活中只要有人肯下决心用乞丐手法来获得什么,迟早总会达到目的。

流氓型小人:

当恶奴型小人终于被最后一位主子所驱逐,当乞丐型小人终于有一天不愿再扮可怜相,当这些人完全失去社会地位,失去哪怕是假装的价值原则之后,他们便成为社会秩序最放肆的骚扰者,这便是流氓型小人。

《明史》中记述过一个叫曹钦程的人,明明自己已经做了吴江知县,还要托人认宦官魏忠贤做父亲,献媚的态度最后连魏忠贤本人也看不下去了,把他说成败类,撤了他的官职,他竟当场表示:"君臣之义已绝,父子之恩难忘。"不久魏忠贤阴谋败露,曹钦程被算做同党关入死牢,,他也没什么,天天在狱中抢掠其他罪犯伙食,吃得饱饱的。这个曹钦程,起先无疑是恶奴型小人,但失去主子、到了死牢,便自然地转化为流氓型小人。我做过知县怎么着?照样敢把杀人犯嘴边的饭食抢过来塞进嘴里!你来打吗?我已经咽下肚去了,反正迟早要杀头,还怕打?——人到了这一步,说什么也多余的了。

流氓型小人比其他类型的小人显得活跃，他们像玩杂耍一样在手上交替玩弄着诬陷、造谣、离间、偷听、恫吓、欺诈、出尔反尔、背信弃义、引蛇出洞、声东击西等技法，别人被这一切搞得泪血斑斑，他们却谈笑自然，全然不往心里放。

流氓型小人乍一听似乎多是年轻人，其实未必。他们的所作所为是时间积累的恶果，因此有不少倒是上了一点年岁的。谢国桢先生曾经记述到明末江苏太仓沙溪一个叫顾慎卿的人，做过家奴，贩过私盐，也在衙门里混过事，人生历练极为丰富，到老在乡间组织一批无赖子不断骚扰百姓，史书对他的评价是三个字："老而黠"，简洁地概括了一个真正到位的流氓型小人的典型。街市间那些有流氓习气的年轻人，不属于这个范围。

文痞型小人：

当上述各种小人获得一种文化载体或文化面具，那就成了文痞型小人。我想，要在中国历史上举出一些文才很好的小人是不困难的。宋真宗钓了半天鱼钓不上来正在皱眉，一个文人立即吟出一句诗来"鱼畏龙颜上钓迟"。诗句很聪明，宋真宗立即高兴了。可怕的是，他们也能以同样的聪明和快捷，用文化工具置人于死地。

文痞其实也就是文化流氓，与一般流氓不同的是他们注意修饰文化形象，知道一点文化品格的基本，因而总要花费不少力气把自己打扮得慷慨激昂。作为文人，他们特别知道舆论的重要，因而把很大的注意力花费在谣言的传播上。在古代，造出野心家王莽是天底下最廉洁奉公的人，并把他推上皇帝宝座的这帮人；在现代，给弱女子阮玲玉泼上很多脏水而使她无以言辩，只得写下"人言可畏"的遗言自尽的也是这帮人。他们手上有一支笔，但几乎没有文化建设像模像样地做过什么，除了阿谀就是诽谤。他们脚跨流氓意识和文化手段之间，在中国这样一个文化落后的国家特别具有伪装，也特别具有破坏性，因为他们把其他类型小人的局部恶浊，经过装潢变成一种广泛的社会污染。

影响虽大,但他们的人数并不多,这可能要归功于中国古代的君子观念过文化队伍的渗透。历来许多文人有言词偏激、嘲谑成性、行止不检、表里不一等缺点,都不能目之为文痞,文痞的根本特征在于经常地用文化手段对大量无辜者进行故意的深度伤害。

四

上文曾经说过,封建专制制度的特殊需要为小人的产生和活动提供了广阔的空间,这久而久之也就给全社会带来一种心理后果:对小人只有防,只有躲,不能纠缠。于是小人如入无人之境,滋生他们的那块土壤总是那样肥沃丰美。

值得研究的是,有不少小人并没有什么权力背景、组织能力和敢死精神,为什么正常的群体对他们也失去了防御能力呢? 如果我们不把责任全部推给封建王朝,在我们身边是否也能找到一点原因呢?

好像能找到一些。

第一,观念上的缺陷。不知从什么时候开始,我们社会上特别痛恨的都不是各种类型的小人。我们痛恨不知天高地厚、口出狂言的青年,我们痛恨敢于无视亲友邻里的规劝死死追求异性的情种,我们痛恨不顾一切的激进派或者岿然不动的保守派,我们痛恨跋扈、妖冶、穷酸、固执,我们痛恨这痛恨那,却不会痛恨那些没有立场的游魂、转瞬即逝的笑脸、无法验证的美言,无可检收的许诺。很长时间我们都以某种政治观点决定自己的情感投向,而小人在政治观点上几乎是无可无不可的,因此容易同时讨好两面,至少被两面都看成中间状态的友邻。我们厌恶愚昧,小人智商不低;我们厌恶野蛮,小人在多数情况下不干血淋淋的蠢事。结果,我们极其严密的社会观念监察网络疏而不漏地垂顾着各色人等,却独独把小人给放过了。

第二,情感上的牵扯。小人是善于做情感游戏的,这对很多劳于事功而深感寂寞的好人来说正中下怀。在这个问题上小人与正常人的区别

文化名家谈史录

名家雅谈

是：正常人的情感交往是以袒示自我的内心开始的，小人的情感游戏是以揣摩对方的需要开始的。小人往往揣摩得很准，人们一下就进入了他们的陷阱，误认他们为知己。小人就是那种没有一个真正的朋友却曾有很多人把他误认为知己的人。到后来，人们也会渐渐识破他们的真相，但既有旧情牵连，不好骤然翻脸。

我觉得中国历史上特别能在情感的迷魂阵中识别小人的是两大名相：管仲和王安石。他们的千古贤名，有一半就在于他们对小人的防范上。管仲辅佐齐桓公时，齐桓公很感动地对他说："我身边有三个对我最忠心的人，一个人为了侍候我自愿做太监，把自己阉割了；一个来做我的臣子后整整十五年没有回家看过父母；另一个人更厉害，为了给我滋补身体居然把自己的儿子杀了做成羹给我吃！"管仲听罢便说："这些人不可亲近，他们的作为全部违反人的正常感情，怎么还谈得上对你的忠诚？"齐桓公听了管仲的话，把这三个小人赶出了朝廷。管仲死后，这三个小人果然闹得天翻地覆。王安石一生更是遇到很多小人，难于尽举，给我印象最深的是谏议大夫程师孟，他有一天竟然对王安石说，他目前最恨的是自己身体越来越好，而自己的内心却想早死。王安石很奇怪，问他为什么，他说："我先死，您就给我写墓志铭，好流传后世了。"王安石一听就掂出这个人的人格重量，不再理会。有一个叫李师中的小人水平更高一点，在王安石推行新法而引起朝廷上非议纷纷的时候，他写了长长的十篇《巷议》，说街头巷尾都在说新法好，宰相好。本来这对王安石是雪中送炭般的支持，但王安石一眼就看出了《巷议》的伪诈成分，开始提防他。只有像管仲、王安石这样，小人所布下的情感迷魂阵才能破除，但对很多人物来说，几句好话一听心肠就软，小人要俘虏他们易如反掌。

第三，心态上的恐惧。小人和善良人们往往有一段或短或长的情谊上的"蜜月期"，当人开始有所识破的时候，小人的撒泼期也就来到了。平心而论，对于小人的撒泼，多数人是害怕的。小人不管实际上胆子多小,撒起泼来有一种玩命的外相。好人虽然不见得都怕死,但要死也死在战争、抢险或与匪徒的格斗中,与小人玩命,他先泼你一身脏水,把是非颠倒得让你成为他的同类,就像拉进一个泥潭翻滚得谁的面目也看不清,这样的死法多窝囊!因此,小人们用他们的肮脏,摆开了一个比世界上任何真正的战场令人恐怖的混乱方阵,使再勇猛的斗士都只能退避三舍。在很多情况下小人不是与你格斗而是与你死缠,他们知道你没有这般时间、这般口舌、这般耐心、这般情绪,他们知道你即使发火也有熄火的时候,只要继续缠下去总会有你的意志到达极限的一刻。他们也许看到过古希腊的著名雕塑《拉奥孔》,那对强劲的父子被滑腻腻的长蛇终于缠到连呼号都发不出声音的地步。想想那尊雕塑吧,你能不怕?

有没有法律管小人? 很难。小人基本上不犯法。这便是小人更让人感到可怕的地方。《水浒传》中的无赖小人牛二缠上了英雄杨志,杨志一躲再躲也躲不开,只能把他杀了,但犯法的是杨志,不是牛二。小人用卑微的生命粘贴住一具高贵的生命,高贵的生命之所以高贵就在于受不得污辱,然而高贵的生命不想受污辱就得付出生命的代价,一旦付出代价后人们才发现生命的天平严重失衡。这种失衡又倒过来在社会上普及着新的恐惧:与小人较劲犯不着。中国社会流行的那句俗语"我惹不起,总躲得起吧"实在充满了无数次失败后的无奈情绪。谁都明白,这句话所说的不是躲盗贼,不是躲灾害,而是躲小人。好人都躲着小人,久而久之,小人被一些无知者羡慕,他们的队伍扩大了。

第四,策略上的失误。中国历史上很多不错的人物在对待小人的问题上每每产生策略上的失误。在道与术的关系上,他们虽然崇扬道却因政治思想构架的大一统而无法真正行道,最终都陷入术的圈域,名为韬略,实为政治实用主义。这种政治实用主义的一大特征,就是用小人的手段来对付政敌,用小人的手段来对付小人。这样做初看颇有实效,其实后果严重。政敌未必是小人,利用小人对付政敌,在某种意义上是利

用小人扑灭政治观点不同的君子，在整体文明构建上是一大损失。利用小人来对付小人，使被利用的那拨小人处于合法和被弘扬的地位，一旦成功，小人的思维方式和行为逻辑将邀功论赏，发扬光大。中国历史上许多英明君主、贤达臣将往往在此处失误，他们获得了具体的胜利，但胜利果实上充满了小人灌注的毒汁。他们只问果实属于谁而不计果实的性质，因此，无数次即便是好人的成功也未必能构成一种正当的文明积累。

第五，灵魂上的对应。有不少人，就整体而言不能算是小人，但在特定的情势和境遇下，灵魂深处也悄然渗透出一点小人情绪，这就与小人们的作为对应起来了，成为小人闹事的帮手和起哄者，谣言和谎言为什么有那么大的市场？按照正常的理性判断，大多数谣言是很容易识破的，但居然会被智力并不太低的人大规模传播，原因只能说是传播者对谣言有一种潜在的需要。只要想一想历来被谣言攻击的人大多是那些有理由被别人暗暗嫉妒、却没有理由被公开诋毁的人物，我们就可明白其中的奥秘了。谣言为传谣、信谣者而设，按接受美学的观点，谣言的生命扎根于传谣、信谣者的心底。如果没有这个根，一个谣言便如小儿梦呓，腐叟胡诌会，会有什么社会影响呢？一切正常人都会有失落的时候，失落中很容易滋长嫉妒情绪，一听到某个得意者有什么问题，心里立即获得了某种窃窃自喜的平衡，也不管起码的常识和逻辑，也不做任何调查和印证，立即一哄而起，形成围啄。更有一些人，平日一直遗憾自己在名望和道义上的欠缺，一旦小人提供一个机会能在攻击别人过程中获得这种补偿，也会在犹豫再三之后探头探脑地出来，成为小人的同伙。如果仅止于内心的些微需要试图满足，这样的陷落也是有限度的，良知的警觉会使他们拔身而走；但也有一些人，开始只是说不清道不明的内心对立而已，而一旦与小人合伙成事后又自恃自傲，良知麻木，越沉越深，那他们也就成了地地道道的小人而难以救药了。从这层意义上说，小人最隐秘的土壤，其实在我们每个人的内心，即便是吃够了小人苦头的人,一不留神也会在自己的某个精神角落为小人挪出空地。

五

那么,到底该怎么办呢?

显然没有消解小人的良方,在这个棘手的问题上我们能做的事情很少。我认为,文明的群落至少应该取得一种共识:这是我们民族命运的暗疾和隐患,也是我们人生取向的分道所在,因此需要在心理上强悍起来,不再害怕我们害怕过的一切。不再害怕众口铄金,不再害怕招腥惹臭,不再害怕群蝇成阵,不再害怕阴沟暗道,不再害怕那种时时企盼着新的整人运动的饥渴眼光,不怕偷听,不怕恐吓,不怕狞笑,以更明确、更响亮的方式立身处世,在人格、人品上昭示着高贵和低贱的界限。

此外,有一件具体的事可做,我主张大家一起来认真研究一下从历史到现实的小人问题,把这个问题狠狠地谈下去,总有好处。

想起了写《吝啬鬼》的莫里哀。他从来没有想过要根治人类身上自古以来就存在的吝啬这个老毛病,但他在剧场里把吝啬解剖得那么透彻、那么辛辣、那么具体,使人们以后再遇到吝啬或自己心底产生吝啬的时候,猛然觉得在哪里见过,于是,剧场的笑声也会在他们耳边重新响起。那么多人的笑声使他们明白人类良知水平上的是非,他们在笑声中莞尔了,正常的人性也就悄没声儿地上升了一小格。

忘了是狄德罗还是柏格森说的,莫里哀的《吝啬鬼》问世以来没有治好过任何一个吝啬鬼,这是毫无疑问的;但是只要经历过演出剧场那畅快的笑,吝啬鬼走出剧场后至少在两三个星期内会收敛一点,不是吝啬鬼而心底有吝啬影子的人会把那个影子缩小一点,更重要的是,让一切观众重见吝啬行为时觉得似曾相识,然后能快速给以判断,这就够了。

吝啬的毛病比我所说的小人问题轻微得多。鉴于小人对我们民族昨

天和今天的严重荼毒，微薄对我们，能不能像莫里哀一样把小人的行为举止、心理方式用最普及的方法祖示于世，然后让人们略有所悟呢？既然小人已经纠缠了我们那么久，我们何不壮壮胆，也对着他们鼓噪几下呢？

二十世纪临近末尾，新的世纪就要来临。我写《山居笔记》大多是触摸自以为本世纪未曾了断的一些疑难文化课题，这是最后一篇，临了的话题是令人沮丧的：为了世纪性的告别和展望，请在关注一系列重大社会命题的同时，顺便把目光注意一下小人。

是的，小人。

附录

秋雨按： 拙文《历史的暗角》发表后，大陆、台湾和美国的报刊多方转载，产生了一些有趣的反应。上海《文汇报》的编者曾给我看过著名作家张贤亮先生推荐拙文的一篇长文，张先生谈了对小人问题的一系列精彩看法后认为，我对于如何对付小人，态度还嫌消极。他认为，小人做尽坏事，但在今天却难于剥夺我们的生存权，而只要我们的生存权未被剥夺，我们就应该联合起来与他们斗，万不可退让躲避。刚读完张贤亮先生的文章，我又在《文汇读书周报》上读到了卫建民先生的《谈"小人"》，他的意见正恰与张贤亮先生相反，认为对小人完全不必理会，应该沉默以对。两位先生的意见其实都很有道理，这是两种不必统一的道理。我至今在这两种意见中徘徊，估计还会长期徘徊下去。对于一切最常见的社会历史命题，深刻的答案往往是处于徘徊状态的。如果答案简单，它就早已解决，不可能常见了。

读了他们的文章我也产生了一些补充意见。我觉得人们常常习惯于把那些对自己提出了不恰当批评的人看做小人，这其实是不对的。在很多时候，即便那些给我们带来毁损和灾难的人也未必是小人，因此，需要把对毁损的态度和对小人的态度分开来说。毁损是一种特殊事件，小人是一种恒久存在。毁损针对个人,小人荼毒社会。因此,毁损不必纠缠,而小人有待研究。

研究小人是为了看清小人,给他们定位,以免他们继续频频地骚扰我们的视线。争吵使他们加重,研究使他们失重,逐步让我们处于低位状态、边缘状态、赘余状态。虽然小人尚未定义,但我看到一个与小人有关的定义,一个关于时代的定义。一个美国学者说,所谓伟大的时代,也就是大家都不把小人放在眼里的时代。这个定义十分精彩。小人总有,他们的地位与时代的价值成反比。小人若能在一定的精神气压下被低位安顿,这个时代就已经在问鼎伟大。大家都不把小人放在眼里的意思,与卫健民先生的想法很接近。

另外,我觉得即便是真的小人也应该受到关爱,我们要鄙弃的只不过是他们的生态和心态。

梁　衡

读韩愈

经典雅谈

> 一封朝奏九重天，夕贬潮州路八千。
> 八月为民兴四利，一片江山尽姓韩。

韩愈为唐宋八大家之首，其文章写得好是真的。所以，我读韩愈其人是从读韩愈其文开始的，因为中学课本上就有他的《师说》、《进学解》。课外阅读，各种选本上韩文也随处可见。他的许多警句，如："师者，所以传道、授业、解惑也"，"业精于勤荒于嬉，行成于思毁于随"等，跨越了一千多年，仍在指导我们的行为。

但由文而读其人却是因一件事引起的。去年，到潮州出差，潮州有韩公祠，祠依山临水而建，气势雄伟。祠后有山曰韩山，祠前有水名韩江。当地人说此皆因韩愈而名。我大惑不解，韩愈一介书生，怎么会在这天涯海角霸得一块山水，享千秋之祀呢？

原来有这样一段故事。唐代有个宪宗皇帝十分迷信佛教，在他的倡导下国内佛事大盛。公元819年,又搞了一次大规模的迎佛骨活动,就是将据称是佛祖的一块朽骨迎到长安,修路盖庙,人山人海,官商民等舍物捐款,劳民伤财,一场闹剧。韩愈对这件事有看法,他当过监察御史,有随时向上面提出诚实意见的习惯。这种官职的第一素质就是不怕得罪人,因提意见获死罪都在所不辞。所谓"文死谏,武死战",韩愈在上书前思想好一番斗争,最后还是大义战胜了私心,终于实现了勇敢的"一递",谁知奏折一递,就惹来了大祸;而大祸又引来了一连串的故事,成就了他的身后名。

韩愈是个文章家,写奏折自然比一般为官者也要讲究些,于理、于情都特别动人,文字铿锵有力。他说那所谓佛骨不过是一块脏兮兮的枯骨,皇帝您"今无故取朽秽之物,亲临观之","群臣不言其非,御史不举其失,臣实耻之。乞以此骨付之有司,投诸水火,永绝根本……岂不盛哉,岂不快哉!"这佛如果真的有灵,有什么祸殃,就让他来找我吧("佛如有灵,能作祸祟,凡有殃咎,宜加臣身")。这真有一股不怕鬼、不信邪的凛然大气和献身精神。但是,这正应了我们现时说的,立场不同,感情不同这句话。韩愈越是肝脑涂地陈利害表忠心,宪宗就越觉得他是在抗龙颜,揭龙鳞,大逆不道。于是,大喝一声把他赶出京城,贬到八千里外的海边潮州去当地方小官。

韩愈这一贬,是他人生的一大挫折。因为这不同于一般的逆境,一般的不顺,比之李白的怀才不遇,柳永的屡试不第要严重得多,他们不过是登山无路,韩愈是已登山顶,又一下子被推到无底深渊。其心情之坏可想而知。他被押送出京不久,家眷也被赶出长安,年仅十二岁的小女儿也惨死在驿道旁。韩愈自己也觉得实在活得没有什么意思了。他在过蓝关时写了那首著名的诗。我向来觉得韩愈文好,诗却一般,只有这首,胸中块垒,笔底波涛,确是不一样:

一封朝奏九重天,夕贬潮州路八千。

欲为圣明除弊事，肯将衰朽惜残年。

云横秦岭家何在？雪拥蓝关马不前。

知汝远来应有意，好收吾骨瘴江边。

　　这是给前来看他的侄儿写的，其心境之冷可见一斑。但是，当他到
了潮州后，发现当地的情况比他的心境还要坏。就气候水土而言这里还
算富庶，但由于地处偏僻，文化落后，弊政陋习极多极重。农耕方式原
始，乡村学校不兴。当时在北方早已告别了奴隶制，唐律明确规定了不
准没良为奴，这里却还在买卖人口，有钱人养奴成风。"岭南以口为货，
其荒阻处，父子相缚为奴。"其习俗又多崇鬼神，有病不求药，杀鸡杀
狗，求神显灵。人们长年在浑浑噩噩中生活。见此情景韩愈大吃一惊，
比之于北方的先进文明，这里简直就是茹毛饮血。同为大唐圣土，同为
大唐子民，何忍遗此一隅，视而不救呢？用我们现在的话说，就是同在
一片蓝天下，人人都该享有爱。按照当时的规矩，贬臣如罪人服刑，老
老实实磨时间，等机会便是，绝不会主动参政。但韩愈还是忍不住，他
觉得自己的知识、能力还能为地方百姓做点事，觉得比之百姓之苦，自
己的这点冤、这点苦反倒算不了什么。于是他到任之后，就如新官上任
一般，连续干了四件事。一是驱除鳄鱼。当时鳄鱼为害甚烈，当地人又
迷信，只知投牲畜以祭，韩愈"选材技吏民，操强弓毒矢"，大除其
害。二是兴修水利，推广北方先进耕作技术。三是赎放奴婢。他下令奴
婢可以工钱抵债，钱债相抵就给人自由，不抵者可用钱赎，以后不得蓄
奴。四是兴办教育，请先生，建学校，甚至还"以正音为潮人诲"，用
今天的话说就是推广普通话。不可想像，从他贬潮州到再离潮而贬袁
州，八个月就干了这四件事。我们且不说这事的大小，只说他那片诚
心。我在祠内仔细看着题刻碑文和有关资料。韩愈的确是个文人，干什
么都要用文章来表现，也正是这一点为我们留下了如日记一样珍贵的史
料。比如，除鳄之前，他先写了一篇《祭鳄鱼文》，这简直就是一篇讨

鳄檄文。他说我受天子之命来守此土,而鳄鱼悍然在这里争食民畜,"与刺史亢拒,争为长雄。刺史虽驽弱,亦安肯为鳄鱼低首下心"。他限鳄鱼三日内远徙于海,三日不行五日,五日不行七日,再不行就是傲天子之命吏,"必尽杀乃止"! 阴雨连绵不开,他连写祭文,祭于湖,祭于城隍,祭于石,请求天晴。他说天啊,老这么下雨,稻不得熟,蚕不得成,百姓吃什么,穿什么呢? 要是我为官的不好,就降我以罪吧,百姓是无辜的,请降福给他们("刺史不仁,可以坐罪;惟彼无辜,惠以福也")。一片拳拳之心。韩愈在潮州任上共有十三篇文章,除三篇短信,两篇上表外,余皆是驱鳄祭天,请设乡校,为民请命祈福之作。文如其人,文如其心。当其获罪海隅,家破人亡之时,尚能心系百姓,真是难能可贵了。

一个人为文不说空话,为官不说假话,为政务求实绩,这在封建时代难得可贵。应该说韩愈是言行一致的。他在政治上高举儒家旗帜,是个封建传统思想道德的维护者。传统这个东西有两面性,当它面对革命新潮时,表现出一副可憎的顽固面孔。而当它面对逆流邪说时,又表现出撼山易撼传统难的威严。韩愈也是这样,他一方面反对宰相王叔文的改革,一方面又对当时最尖锐的两个社会问题,即藩镇割据和佛道泛滥,深恶痛绝,坚决抨击。他亲自参加平定叛乱。到晚年时还以衰朽之身一人一马到叛军营中去劝敌投诚,其英雄气概不亚于关云长单刀赴会。他出身小户,考进士三次落第,第四次才中进士,在考官时又三次碰壁,乌纱帽得来不易,按说他该惜官如命,但是他两次犯上直言,被贬后又继续尽其所能为民办事。这是中国知识分子的传统,以国为任,以民为本,不违心,不费时,不浪费生命。他又倡导古文运动,领导了一场文章革命,他要求"文以载道"、"陈言务去",开一代文章先河,砍掉了骈文这个重形式求华丽的节外之枝,而直承秦汉。所以苏东坡说他:"文起八代之衰,道济天下之溺。"他既立业又立言,全面实践了儒家道德。

当我手倚韩祠石栏，远眺滚滚韩江时，我就想，宪宗佞佛，满朝文武，就支韩愈敢出来说话，如果有人在韩愈之前上书直谏呢？如果在韩愈被贬时又有人出来为之抗争呢？历史会怎样改写？还有在韩愈到来之前潮州买卖人口、教育荒废等四个问题早已存在，地方官吏走马灯似的换了一任又一任，其任职超过八个月的也大有人在，为什么没有谁去解决呢？如果有人在韩愈之前解决了这些问题，历史又将怎样写？但是没有，什么都没有。长安大殿上的雕梁玉砌在如钩晓月下静静地等待，秦岭驿道上的风雪，南海丛林中的雾瘴在悄悄地徘徊。历史终于等来了一个衰朽的书生，他长须弓背双手托着一封奏折，一步一颤地走上大殿，然后又单人瘦马，形影相吊地走向海边天涯。

人生的逆境大约可分四种。一曰生活之苦，饥寒交迫；二曰心境之苦，怀才不遇；三曰事业受阻，功败垂成；四曰存亡之危，身处绝境。处逆境之心也分四种，一是心灰意冷，逆来顺受；二是怨天尤人，牢骚满腹；三是见心明志，直言疾呼；四是泰然处之，尽力有力。韩愈是处在第二、第三种逆境，而选择了后两种心态，既见心明志，著文倡道，又脚踏实地，尽力去为。只这一点他比屈原、李白就要多一层高明，没有只停留在蜀道叹难，江畔沉吟上。他不辞海隅之小，不求其功之显，只是奉献于民，求成于心。有人研究，韩愈之前，潮州只有进士三名，韩愈之后，到南宋时，登第进士就达一百七十二名。是他大开教育之功。所以韩祠中有诗曰："文章随代起，烟瘴几时开。不有韩夫子，人心尚草莱！"这倒使我想到现代的一件实事。1957 年反右扩大化中，京城不少知识分子被错划为右派，并发配到基层。当时王震同志主持新疆开发，就主动收容了一批。想不到这倒促成了春风度玉门，戈壁绽绿荫。那年我在石河子采访，亲自感受到充边文人的功劳。一个人不管你有多大的委屈，历史绝不会陪你哭泣，而它只认你的贡献。悲壮二字，无壮便无以言悲。这宏伟的韩公祠，还有这韩山韩水，不是纪念韩愈的冤屈，而是纪念他的功绩。

　　李渊父子虽然得了天下,大唐河山也没有听说哪山哪河易姓为李,倒是韩愈一个罪臣,在海边一块蛮夷之地视政八月,这里就忽然山河易姓了。历朝历代有多少人希望不朽,或刻碑勒石,或建庙建祠,但哪一块碑哪一座庙能大过高山,永如江河呢?这是人民对办了好事的人永久的纪念。一个人是微不足道的,但是当他与百姓利益,与社会进步联在一起时就价值无穷,就被社会所承认。我遍读祠内凭吊之作,诗、词、文、联,上迄唐宋下至当今,刻于匾,勒于石,大约不下百十来件。一千多年了,各种人物在这里将韩公不知读了多少遍。我心中也渐渐泛起这样的四句诗:

　　一封朝奏九重天,夕贬潮州路八千。

　　八月为民兴四利,一片江山尽姓韩。

张承志

清洁的精神

经典雅谈

应当坚信：在大陆上孕育了中国的同时，最高尚的洁意识便同时生根。那是四十个世纪以前播下的高贵种子，它百十年一发，只是显形问世，就一定以骇谷的美久久引起震撼。它并非我们常见的风情事物。我们应该等待这种高洁美的勃发。

这不是一个很多人都可能体验的世界。

而且很难举例、论证和顺序叙述。缠绕着自己的思想和如同野草，记录也许就只有采用野草的形式——让它蔓延，让它尽情，让它孤单地荣衰。高崖之下，野草般的思想那么饱满又那么闭塞。这是一个瞬间，趁着流矢正在稀疏，下一次火光冲天的喧嚣还没有开始；趁着大地尚能容得下残余的正气；趁着一副末世相中的人们正苦于卖身无术而力量薄弱；应当珍惜这个瞬间。

一

关于汉字里的"洁"，人们早已司空见惯、不假思索、不以为然，甚至清洁可耻、肮脏光荣的准则正在风靡时髦。洁,今天,好像只有在公共场所,比如在垃圾站或厕所等地方,才能看得见这个字了。

那时在河南登封,在一个名叫王城岗的丘陵上,听着豫剧的调子,每天都眼望着古老的箕山发掘。箕山太古老了,九州的故事都在那座山起源。夏商周,遥远的、几乎这是信史仅是传说的茫茫古代,那时宛如迎在眼前又无影无踪,烦恼着我们每个考古队员。一天天地,我们挖着只能称做龙山文化或二里头早期文化的土,心里却盼它属于大禹治水的夏朝。感谢那些辛苦的日子,它们在我的脑中埋下了这个思路,直到今天。

是的,没有今天,我不可能感受到什么是古代。由于今天泛滥的不义、庸俗和无耻,我终于迟迟地靠近了一个结论:所谓古代,就是洁与耻尚没有沦灭的时代。箕山之阴,颍水之阳,在厚厚的黄土之下压理着的,未必是王朝国家的遗址,而是洁与耻的过去。

那是神话般的、唯洁为首的年代。洁,几乎是处在极致,超越界限,不近人情。后来,经过如同司马迁、庄子、淮南子等大师的文学记录以后,不知为什么人们只赏玩文学的字句而不信任文学的真实——断定它是过分的传说不予置信,而渐渐忘记了它是一个重要的、古中国关于人怎样活着的观点。

今天没有人再这样谈论问题,这样写好像是落后和保守的记号。但是,四千年的文明史都从那个洁字开篇,我不觉得有任何偏激。

一切都开始在这座低平的、素色的箕山上。一个青年,一个樵夫,一头牛和一道溪水,引来了哺育了我们的这个文明。如今重读《逍遥篇》或者《史记》,古人和逝事都远不可及,都不可思议,都简直无法置信了。

遥远的箕山。渐渐化成了一幢巨影,遮断了我的视野。山势非常平缓,从山脚拾路慢慢上坡,一阵工夫就可以抵达箕顶。山的顶部宽敞坦平。烟树素淡,悄寂无声。在那荒凉的箕顶上人觉得凄凉。在冬天的晴

空尽头，在那里可以一直眺望到中岳嵩山齿形的远影。遗址都在下面的河边，那低伏的王城岗上。我在那个遗址上挖过很久，但是田野发掘并不能找到清洁的古代。

《史记》注引皇甫谧《高士传》，记载了尧舜禅让时期的一个叫许由的古人。许由因帝尧要以王位相让，使潜入箕山隐姓埋名。然而尧执意让位，追许由不舍，于是，当尧再次寻见许由，求他当九州长时，许由不仅坚持不从，而且以此为奇耻大辱。他奔至河畔，清洗听脏了的双耳。

　　时有巢父牵犊欲饮之，见由洗耳，问其故。对曰：尧欲召我为九州长，恶闻其声，是故洗耳。巢父曰：子若处高岸深谷，人道不通，谁能见子？子故浮游，欲闻求其名誉，污吾犊口。牵犊上流饮之。

所谓强中有强，那时是人相竞洁。牵牛的老人听了许由的诉说，不仅没有夸奖反而愤愤不满：你若不是介入那种世界，哪里至于弄脏了耳朵？现在你洗耳不过是一种钓名沽誉。下游饮牛，上游洗耳，既然你知道自己双耳已污，为什么又来弄脏我的牛口？

《史记·伯夷传》中记道：

　　尧让天下于许由，许由不受，耻之逃隐……太史公曰：余登箕山其上盖有许由冢云。

这座山从那时就称许由山。但是在我登上箕顶那次，没有找到许由的墓。山顶是一个巨大平缓的凹地，低低伸展开去，宛如一个长满荒草簸箕。这山顶虽宽阔，但没有什么峰尖崖陷，登上山顶一览无余。我和河南博馆的几个小伙子细细找遍了每一丛蒿草，没有任何遗迹残痕。

当双脚踢缠着高高的茅草时，不觉间我们对古史的这一笔记录认起真来。司马迁的下笔可靠,已经在考古者的铁铲下证实了多次。他真的看见许由墓了吗?我不住地想。

箕顶已经开始涌上暮色,视野里一阵阵袭来凄凉。天色转暗后我们突然感慨,禁不住地猜测许由的形象,好像在蒿草一下下绊着脚、太阳一分分消隐下沉的时候,那些简赅的史料又被特别细致地咀嚼了一遍。山的四面都无声。暮色中的箕山,又及山麓连结的朦胧四野中,浮动着一种浑浊的哀切。

那时我不知道,就在那一天里我不仅相信了这个古史传说而且企图找寻它。我抱着考古队员式的希望,有一瞬甚至盼望出现奇迹,我发现许由墓。但箕顶上下不见牛,不见农夫,不见布衣之士刚愎的清高;不仅登封洛阳,不仅豫北晋南的原野,连伸延无限的中原大地,都沉陷在晚暮的沉默中,一动不动,缄口不言。

那一天以后不久,田野工作收尾,我没有能抽空再上一回箕山。然后,人和心思都远远飞到了别处,离开河南弹指就是十五年。应该说我没有从浮躁中蜕离,我被意气裹挟而去,渐渐淡忘了中原和大禹治水的夏王朝。许由墓,对于我来说,确确实实已经湮没无存了。

二

长久以来滋生了一上印象。我一直觉得,在中国的古典中,许由洗耳的例子是极限。品味这个故事,不能不觉得它载道于绝对的描写。它在一个最高的例子上规定洁与污的概念,它把人类可能有过的原始公社禅让时代归纳为山野之民最高洁、王侯上流最卑污的结论。它的原则本身太高傲,这使它与后世的人们之间产生了隔阂。

今天回顾已经为时太晚,它的确已经沦为了箕山的传说。今天无论怎样庄重文章也难脱调侃。今天的中国人,可能已经没有体会它的心境和教养了。

就这样时间在流逝着。应该说这些年来,时间在世界上的进程惊心

动魄。在它的冲淘下我明白了：文明中有一些最纯的因素，唯它能凝聚起涣散失望的人群，使衰败的民族熬过险关，求得再生。所以，尽管我已经迷恋着我的鲜烈的信仰和纯朴的集体；尽管我的心意情思早已远离中原三千里外并且不愿还家，但我依然强烈地想起了箕山，还有古史传说的时代。

箕山许由的本质，后来分衍成很多传统。洁的意识被义、信、耻、殉等林立的文化所簇拥，形成了中国文化的精神森林，使中国人长久地自尊而有力。

后来，伟大的《史记·刺客列传》著成，中国的烈士传统得到了文章的提炼，并长久地在中国人的心中矗立起来，真至昨天。

《史记·刺客列传》是中国古代散文之最。它所收录的精神是不可思议、无法言传、美得魅人的。

三

英雄首先在山东。司马迁在这篇奇文中鲁人曹沫为开始。

应当说，曹沫是一个用一把刀子战胜了大国霸权的外交家。在他的羸弱的鲁国被强大的齐国欺凌的时候，外交席上，曹沫一把揪住了齐桓公，用尖刀逼他退还侵略鲁国的土地。齐桓公刚刚服了输，曹沫马上扔刀下坛，回到席上，继续前话，若无其事。意味深长的是，司马迁注明了这些壮士来去的周期。

其后百六十有七年，而吴有专诸之事。

专诸的意味，首先在于他是第一个被记诸史籍的刺客。在这里司马迁的感觉起了决定作用。司马迁没有因为刺客的卑微而为统治者去取舍。他的一笔，不仅使异端的死者名垂后世，更使自己的著作得到了杀青压卷。

刺,本来仅仅是政治的非常手段,本来只是残酷的战争形式的一种而已。但是在漫长的历史中,它更多地属于正义的弱者;在血腥的人类史中,它常常是弱者在绝境中被近选择的、唯一可能致胜的决死拼斗。

由于形式的神秘和危险,由于人在行动中爆发出的个性和勇敢,这种行为经常呈现着一种异样的美。事发之日,一把刀子被秘密地烹煮于鱼腹之中。专诸乔装献鱼,进入宴席,掌握着千钧一发,使怨主王僚丧命,鱼肠剑。这仅有一件的奇异兵器,从此成了一个家喻家户晓的故事,并且在古代的东方树立了种极端的英雄主义和浪漫主义。

从专诸到他的继承者之间,周期是七十年。

这一次的主角豫让把他前辈的开创发展得惊心动魄。豫让只因为尊重了自己人的惨死,决心选择刺杀手段。他不仅演出一场以个人对抗强权的威武活剧,而且提出了一个非常响亮的思想:"士为知己者死,女为悦己者容。"

第一次攻击失败以后,他用漆疮烂身体,吞炭弄哑音,残身苦形,使妻子不识,然后寻找接近怨主赵襄子的时机。

就这样行刺之日到了,豫让的悲愿仍以失败终结。但是被捕的豫让骄傲而有理。他认为:"明主不掩人之美,忠臣有死名之义。"在甲兵捆绑的阶下,他堂堂正正要求名誉,请求起襄子借衣服让他砍一刀,为他成全。

这是中国古代史上形式和仪式的伟大胜利。连处于反面角色的敌人也表现得高尚。赵襄子脱下了贵族的华服,豫让如同表演胜利者的舞蹈。他拔剑三跃而击之,然后伏剑自杀。

也许这一点最令人费解——他们居然如此追求名誉。

必须说,在名誉的范畴里出现了最大的异化。今日名利之徒的追逐,古代刺客的死名,两者之间的天壤之别的现实,该让人说些什么呢?

周期一时变得短促,四十余年后,一个叫深井里的地方,出现了勇

士聂政。

　　和豫让一样，聂政也是仅仅因为自尊心受到了意外的尊重，就决意为知己者赴死。但聂政其人远比豫让深沉得多。最聂政把"孝"和"情"引入了残酷的行动。当他在社会的底层，受到严仲子的礼遇和委托时，他以母亲的晚年为行动与否的条件。终于，母亲以天年逝世了，聂政开始践约。

　　聂政来到了严仲子处。只是在此时，他才知道了目标是韩国之相侠累。聂政的思想非常彻底。从一开始，他就决定不仅要实现行刺，而且要使事件包括表面都变成自己的，从而保护知己者严仲子。因此他拒绝助手，单身上道。

　　聂政抵达韩国，接近了目标，仗剑冲上石阶，包括韩国之相侠累在内一连击杀数十人——但是事情还没有完。

　　在杀场上，聂政"皮面决眼，自屠出肠"，使自己变成了一具无法辨认的尸首。

　　这里藏着深沉的秘密。本来，两个谋事，一人牺牲，严仲子已经没有危险，像豫让一样，聂政应该有殉义成名特权。聂政没有必要毁形。

　　谜底是由聂政的姐姐揭穿的。在那个时代里，不仅人知己，而且姐知弟。聂姊听说朝国出事，猜出是弟弟所为。她仓皇赶到韩国，伏在弟弟的遗体上哭喊：这是深井里的聂政！原来聂政一家仅有这一个出了嫁的姐姐，聂政毁容弃名是担忧她受到牵连。聂姊哭道：我怎能因为惧死，而灭了贤弟之名！最后自尽于聂政身旁。

四

　　这样的叙述，会被人非议为用现代语叙述古文。对于这一篇价值千金的古典来说，一切今天的叙述都将绝对地因人而异。对于正义的态度，对于世界的看法，人会因品质和血性的不同，导致笔下的分歧。更重要的是，人的精神不能这么简单地烂光丢净。管别人呢，我要用我的篇章反复地为烈士传统招魂,为美的精神制造哪怕是微弱的回声。

二百余年之后,美名震撼世界的英雄荆轲诞生了。

荆轲刺秦王的故事妇孺皆知,但是今天大家都应该重读荆轲。《史记·刺客列传》中的荆轲一节,是古代中国勇敢行为和清洁精神的集大成。那一处处不磨灭的描写,一代代地感动了、哺育了各个时代的中国人。

独自静静读着荆轲的记事,人会忍不住地想:我难道还能如此忍受吗?如此庸庸碌碌的我还能算一个人吗?在关口到来的时候我敢让自己也流哪怕一滴血吗?

易水枯竭,时代变了。

荆轲也曾因不合时尚潮流而苦恼。与文人不能说书,与武人不能论剑。他也曾被逼得性情怪僻,赌博嗜酒,远远地走到社会底层寻找解脱,结交朋党。他和流落市井的艺人高渐离终日唱和,相乐相泣。他们相交的深沉,以后被惊心动魄地证实了。

荆轲遭逢的是一个大时代。

他被长者田光引荐给了燕国的太子丹。田光按照三人不能守密、两人谋事一人当殉的铁的原则,引荐荆轲之后立即自尽。就这样荆轲进入了太子丹邸。

荆轲在行动之前,被燕太子每日车骑美女,恣其所欲。燕太子丹亡国已迫在眉睫,苦苦请荆轲行动。当秦军逼近易水时,荆轲制订了刺杀秦王的周密计划。

至今细细分析这个危险的计划,仍不能不为它的逻辑性和可行性所叹服。关键是"近身"。荆轲为了获得靠近秦王的时机,首先要求以避难燕国的亡命秦将樊於期首级,然后要求以燕国肥美领土的地图为诱饵,然后以约誓朋党为保证。他全面备战,甚至准备了最好的攻击武器:药淬的徐夫人匕首。

就这样,燕国的人马来到了易水,行动准备进行。

出发那天出现了一个冲突。由于荆轲队伍动身迟延，燕太子丹产生了怀疑。当他婉言催促时，荆轲震怒了。

这段《刺客列传》上的记载，多少年来没有得到读者的觉察。荆轲和燕国太子在易水上的这次争执，具有着很深的意味。这个记载说明：那天的易水送行，不仅是不欢而散甚至是结仇而别。燕太子只是逼人赴死，只是督战易水；至于荆轲，他此时已经不是为了政治，不是为了垂死的贵族而拼命；他此时是为了自己，为了诺言，为了表达人格而战斗。此时的他，是为了同时向秦王和燕太子宣布抗议而战斗。

那一天的故事脍炙人口。没有一个中国人不知道那支慷慨的歌。但是我想荆轲的心情是黯淡的。队伍尚未出发，已有两人舍命，都是为了他的此行，而且都是为了一句话。田光只因为太子丹嘱咐了一句"愿先生勿泄"，便自杀以守密。樊於期也只因荆轲说了一句"愿得将军之首"，便立即献出头颅。在非常时期，人们都表现出了惊人的素质，逼迫着荆轲的水平。

风萧萧兮易水寒，壮士一去兮不复还。荆轲和他的党人高渐离在易水之畔的悲壮唱和，其实藏着无人知晓的深沉含义。所谓易水之别，只在两人之间。这是一对同志的告别和约束，是他们私人之间的一个誓言。直到日后高渐离登场了结他的使命时，人们才体味到这誓言的沉重。

就这样，长久地震撼中国的荆轲刺秦王事件，就作为弱者的正义和烈性的象征。作为一种失败者的最终抵抗形式，被历史确立并且肯定了。

图穷而匕首现，荆轲牺牲了。继荆轲之后，高渐离带着今天已经不见了的乐器筑，独自地接近了秦王。他被秦王认出是荆轲党人，被挖去眼睛，阶下演奏以供取乐。但是高渐离筑中灌铅，乐器充兵器，艰难地实施了第二次攻击。

不知道高渐离举着筑扑向秦王时，他究竟有过怎样的表情。那时人们议论勇者时,似乎有着特殊的见地和方法论。田光向太子丹推荐荆轲时曾阐述说,血勇之人,怒而面赤;脉勇之人,怒而面青;骨勇之人,怒而面白。那时人们把这个问题分析得入骨三分,一直深入到生理上。田光对荆何的评论是:神勇之人,怒而色不变。

我无法判断高渐离脸上的颜色。

回忆着他们的行迹,我激动,我更怅然若失,我无法表述自己战粟般的感受。

高渐离奏雅乐而行刺的行为,更与燕国太子的事业无关。他的行为,已经完全是一种不屈情感的激扬,是一种民众对权势的不可遏止的蔑视,是一种已经再也寻不回来的、凄绝的美。

五

我们对荆轲故事的最晚近的一次回顾是在狼牙山,八路军的五名勇士如荆轲一去不返,使古代的精神骄傲地得到了继承。有一段时期有不少青年把狼牙山当成圣地。记得那时狼牙山的主峰棋盘砣上,每天都要风扬着好多面红旗,从山脚下的东流水村到陡峭的阎王鼻子的险路上,每天都络绎不绝地攀登着风尘仆仆的中学生。

我自己登过两次狼牙山,两次都是在冬天。那时人们喜欢模仿英雄。伙伴们在顶峰研究地形和当年五勇士的位置,在凛冽的山风呼啸中,让心中充满豪迈的激情。

不用说,无是刺客故事还是许由故事,都并不使人读了快乐。读后的体会很难言传。暗暗偏爱它们的人会有一些模糊的结论。近年来我常常读它们。没有结论,我只是喜爱读时的感觉。那是一种清冽、干净的感觉。他们栩栩如生。独自面对着我们,我永远地承认自己低下。但是经常地这样与他们在一起,渐渐我觉得他们的精神所熏染,心一天天渴望清洁。

是的,是清洁。他们的勇敢,来源于古代的洁的精神。

　　记不清是什么时候读到的了，有一个故事：舞台上曾出过一个美女，她认为，在暴政之下演出是不洁的，于是退隐多年不演。时间流逝，她衰老了，但正义仍未归来。天下不乏美女。在她坚持清洁的精神的年月里，另一个舞女登台取代了她。没有人批评那个人粉饰升平和不洁，也没有人忆起仗义的她。更重要的是，世间公论那个登台者美。晚年，她哀叹道，我视洁为命，因洁而勇，以洁为美。世论与我不同，天理也与我不同吗。

　　我想，我们无权让清洁地死去的灵魂湮灭。

　　但她象征的只是无名者，未做背水一战的人，是一个许由式的清洁而无力的人，而聂政、荆轲是完全不同的类型。他们是无力者的安慰，是清洁的暴力，是不义的世界和伦理的讨伐者。

　　若是那个舞女决心向暴君行刺，又会怎样呢？

　　因此没有什么恐怖主义，只有无助的人绝望的战斗。鲁迅一定深深地体会过无助。鲁迅，就是被腐朽的势力，尤其是被他即便死也"一个都不想饶恕"的人们逼得一步步完成自我、并濒临无助的绝境思想家和艺术家。他创造的怪诞的刺客形象"眉间尺"变成了白骨骷髅，在滚滚的沸水中追咬着仇敌的头——不知算不算恐怖主义。尤其是，在《史记》已经留下了那样不可超越的奇笔之后，鲁迅居然仍不放弃，仍写出了眉间尺，鲁迅做的这件事值得注意。从鲁迅做的这件事中，也许能看见鲁迅思想的犀利、激烈的深处。

　　许由故事中的底层思想也在发展。几个浑身发散着异端光彩的刺客，都是大时代中地位卑贱的人。他们身上的异彩为王公贵族所不备。国家危存之际非壮士们无人挺身而出。他们视国耻为不可容忍，把这种耻看成自己私人的、必须以命相抵的奇辱大耻——中国文明的"耻"的观念就这样强化了，它对一个民族的支撑意义，也许以后会日益清晰。

　　不用说，在那个大时代中，除了耻的观念外，豪迈的义与信等传统也一并奠基。一诺千金,以命承诺,舍生取义,义不容辞——这些中国文明中的有力的格言,都是经过了志士的鲜血浇灌以后,才如同淬火后的铁,如同沉水之后的石一样,铸入了中国的精神。

我们的精神,起源于上古代的"洁"字。

登上中岳嵩山的太室,有一种可以望尽中国的感觉。视野里,整个北方一派迷茫。冬树、野草和毗连村落还都是那么纯朴。我独自久久地望着,心里鼓漾着充实的心情。昔日因壮举而得名的处处地点都安在,大地依然如故。包括时间,好像几千年的时间并没有弃我们而去。时间好像一直在静静地守护着这片土地,以及我崇拜的烈士们。我仿佛看见了匆匆离去的许由,仿佛看见了聂政的故乡深井里,仿佛看见了在寒冷冬日的易水河畔,在肃杀的风中唱和相约的荆轲与高渐离,仿佛看了山峰挺拔的狼牙山上与敌决战的五壮士。

中国给予我教育的时候,从来都是突兀的。几次突然燃起的熊熊烈火,极大地纠正了我的悲观。是的,我们谁也没有权利对中国妄自菲薄。应当坚信:在大陆上孕育了中国的同时,最高尚的洁意识便同时生根。那是四十个世纪以前播下的高贵种子,它百十年一发,只是显形问世,就一定以骇谷的美久久引起震撼。它并非我们常见的风情事物。我们应该等待这种高洁美的勃发。

张承志

忆汉家寨

经典雅谈

我强忍住心中的激荡，继续着我的长旅。从那一日，我永别了汉家寨。也是从那一日起，无论我走到哪里，都在不知不觉之间，坚守着什么。

那是大风景和大地貌荟集的一个点。我从天山大坂上下来，心被四野的宁寂——那充斥天宇六合的恐怖一样的死寂包裹着，听着马蹄声单调地试探着和这静默碰击，不由得屏住了呼吸。

若是没有这匹马弄出的蹄声，或许还好受些。三百里空山绝谷，一路单骑，我回想着，不觉一阵阵阴凉袭向周身。那种山野之静是永恒的；一旦你被它收容过，有生残年便再也无法离开它了。无论后来我走到哪里，总是两眼幻视，满心幻觉，天涯何处都像是那个铁色戈壁那么空旷宁寂，四顾无援。我只有凭着一种茫然的感觉，任那匹伊犁马负着我，一步步远离了背后的雄伟天山。

和蓝松嫩草的北麓判若两地——天山南麓是大地被烤伤的一块皮

肤。除开一种维吾尔语叫 uga 的毒草是碧绿以外,岩石是酥碎的红石,土壤是淡红色的焦土。山坳折皱之间,风蚀的痕迹像刀割一样清晰,狞恶的尖石棱一浪浪堆起,布满着正对太阳的一面山坡。马在这种血一样的碎石中谨慎地选择着落蹄之地,我在暴晒中晕眩了,怔怔地觉得马的脚踝早已被那些尖利的石刃割破了。

然而,亲眼看着大地倾斜,亲眼看着从高山牧场向不毛之地的一步步一分分地憔悴衰老,心中感受是奇异的。这就是地理,我默想。前方蜃气迷蒙处是海拔 154 米的吐鲁番盆地最底处的艾丁湖。那湖早在万年之前就被烤干了,我想。背后却是天山;冰峰泉水,松林牧场都远远地离我去了。一切只有大地的倾斜;左右一望,只见大地斜斜地伸延。嶙峋石头,焦渴土壤,连同我的坐骑和我自己,都在向前方向深处斜斜地倾斜。

——那时,我独自一人,八面十方数百里内只有我一人单骑,向导已经返回了。在那种过于雄大磅礴的荒凉自然之中,我觉得自己渺小得连悲哀都是徒劳。

就这样,走近了汉家寨。

仅仅有一柱烟在怅怅升起,猛然间感到所谓"大漠孤烟直"并没有写出一种残酷。

汉家寨只是几间破泥屋;它坐落在新疆吐鲁番北、天山以南的一片铁灰色的砾石戈壁正中。无植被的枯山像铁渣堆一样,在三个方向汇指着它——三道裸山之间,是三条巨流般的黑戈壁,寸草不生,平平地铺向三个可怕的远方。因此,地图上又标着另一个地名,叫三岔口;这个地点在以后我的生涯中总是被我反复回忆咀嚼吟味,我总是无法忘记它。

仿佛它是我人生的答案。

我走进汉家寨时,天色昏暮了,太阳仍在肆虐,阳光射入眼帘时,一瞬间觉得疼痛。可是,那种将结束的白炽已经变了,汉家寨日落前的

炫目白昼中已经有一种寒气存在。

几间破泥屋里，看来住着几户人。

不知从什么时候起，有了这样一个地名。新疆的汉语地名大多起源久远，汉代以来这里便有中原人屯垦生息，唐宋时更因为设府置县，使无望的甘陕移民迁到了这种异域。

真是异域——三道巨大空茫的戈壁滩一望无尽，前是无人烟的盐碱低地，后是无植被的红石高山；汉家寨，如一枚被人丢弃的棋子，如一粒生锈的弹丸，孤零零地存在于这巨大得恐怖的大自然中。

三个方向都像可怕的暗示。我只敢张望，再也不敢朝那些入口催动一下马匹了。

独自伫立在汉家寨下午的阳光里，我看见自己的影子一直拖向地平线，又黑又长。

三面平坦坦的铁色砾石滩上，都反射着灼烫的亮光，像热带的海面。

默立久了，突然意识到什么。转过头来，左右两座泥屋门口，各有一个人在盯着我。一个是位老汉，一个是七八岁的小女孩。

他们痴痴地盯着我。我猜他们已经好久没有见到外来人了。老小二人都是汉人服色，一瞬间我明白了，这地方确实叫做汉家寨。

我想了想，指着一道戈壁问道：

——它通到哪里？

老人摇摇头，女孩不眨眼地盯着我。

我又指着另一道：

——这条路呢？

老人只微微摇了一下头，便不动了。女孩还是那么盯住我不眨眼睛。

犹豫了一下，我费劲地指向最后一条戈壁滩，太阳正向那里滑下，白炽得令人无法瞭望，地平线上铁色熔成银色，闪烁着数不清的亮点。

我刚刚指着,还没有开口,那老移民突然钻进了泥屋。

我呆呆地举着手站在原地。

那小姑娘一动不动,她一直凝视着我,不知是为什么。这女孩穿一件破红花棉袄,污黑的棉絮露在肩上襟上。她的眼睛黑亮——好多年以后,我总觉得那便是我女儿的眼睛。

在那块绝地里,他们究竟怎样生存下来,种什么,吃什么,至今仍是一个谜。但是这不是幻觉也不是神话。汉家寨可以在任何一份好些的地图上找到。《宋史·高昌传》据使臣王廷德旅行记,有"又两日至汉家砦"之语。砦就是寨,都是人坚守的地方。从宋至今,汉家寨至少已经坚守着生存了一千多年了。

独自再面对着那三面绝境,我心里想:这里一定还是有一口食可觅,人一定还是能找到一种生存下去的手段。

次日下午,我离开了汉家寨,继续向吐鲁番盆地行进。大地倾斜得更急剧了;笔直的斜面上,几百里铺伸的黑砾石齐齐地晃闪着白光。回着天山,整个南麓都浮升出来了,峥嵘嶙峋,难以言状。俯瞰前方的吐鲁番,蜃气中已经绰约现出了绿洲的轮廓。在如此悲凉严峻的风景中上路,心中涌起着一股决绝的气概。

我走下第一道坡坎时,回转身来想再看看汉家寨。它已经被起伏的戈壁滩遮住了一半,只露出泥屋的屋顶窗洞。那无言的老人再也没有出现。我等了一会儿,最后遗憾地离开了。

千年以来,人为着让生命存活曾忍受了多少辛苦,像我这样的人是无法揣测的。我只是隐隐感到了人的坚守,感到了那坚守如这风景一般苍凉广阔。

走过一个转弯处——我知道再也不会有和汉家寨重逢的日子了——我激动地勒转马缰。遥遥地,我看见了那堆泥屋的黄褐中,有一个小巧的红艳身影,是那小女孩的破红棉袄。那时的天山已经完全升起于北方,横挡住大陆,冰峰和干沟裸谷相映衬,向着我倾泻般伸延着,是汉

家塞那三岔戈壁的万顷铁石。

　　我强忍住心中的激荡，继续着我的长旅。从那一日，我永别了汉家寨。也是从那一日起，无论我走到哪里，都在不知不觉之间，坚守着什么。

　　我不知道那是什么。我只觉得它与汉家寨这地名天衣无缝。在美国，在日本，我总是倔犟地回忆着汉家寨，仔细想着每一个细节。直到南麓天山在阳光照耀下的伤痕累累的山体都清晰地重现，直至大陆的倾斜面，吐鲁番低地的白色蜃气，以及每一块灼烫的戈壁砾石都逼真地重现，直至当年走过汉家寨时有过的那种空山绝谷的难言感受充盈在心底胸间。

高洪波

沉　船

——为邓世昌而作

经典雅谈

三十九岁的邓世昌,邓壮节,邓大人,以辽阔黄海为自己灵魂的栖息地,精神的驰驱场,任浪花飞溅,激情澎湃着,直到一个又一个世纪……

三十九岁的年龄,你已为国捐躯了。你沉入一片浓且稠的黑暗中,有咸腥的海水呛入你的肺,你吐出最后一个含氧的气泡,努力睁大双眼,想最后看一眼你的致远舰,你的龙旗,你的被火炮熏黑了脸膛的部属们,以及那只挥之不去的爱犬。可是你已经望不见这一切,你摇摇头,想赶走遮住、罩在眼前的无边的黑暗,可惜你连这点力气都没有了,残存在大脑中的最后一点意识正渐渐消散殆尽,你知道自己已不再属于自己,也许,这就是死吧?你费力地想道。

海水再次涌入你的鼻腔，黄海的咸且腥的水。你已不再有任何知觉，海水吞没了你，一尾小鱼从你的鼻尖上游过，它游动的尾鳍掠动了你的睫毛，你努力想再一次看一眼这生活过三十九个春秋的世界，可是一切已然远去，小鱼受惊般倏然游走，如一支离弦的羽箭，海水又涌了上来。

一座海是一座坟。

唯有这样的广阔墓地，才可以安放你的灵魂。一个舰长的不屈的灵魂，一个十九世纪中国武士英武豪壮的灵魂。一个为了军旅的荣誉、为了祖国和朝廷的光荣舍命相搏的好汉！

以你的游泳技能，加上在你身旁拼命游动的伙伴、爱犬，你完全能够借助自己和别人的力量生存下来，可是你断然拒绝了这种选择。人在舰在，既然生死与共的致远号已沉入水中，那莫名的悲愤想必让你痛不欲生。你恨狡黠的敌手吉野最后施放的那枚鱼雷，也恨自己躲闪不及，壮志未酬，撞志酬呵。弹尽后的最后一次攻击，大无奈和大无畏的一击，被鱼雷无情地阻隔了，否则，否则舰与舰相撞的刹那，定然是惊天动地的另一种景象。

邓大人就这样走了。

致远号巡洋舰也这样沉没了。

类与海洋有过千丝万缕的联系，沉船是割断这种联系最残酷的方式之一，尤其是海战中的非自然沉船。写到这里，偶翻《清稗类钞》第六册，内中有《邓壮节阵亡黄海》，可以作为这篇短文的古典式收尾：

"光绪甲午八月十七日，广东邓壮节公世昌乘致远舰与日人战于黄海，致远中鱼雷丽炸沉，邓死焉。先是，致远之开机进行也，舰中秩序略乱，邓大呼曰：'吾辈从军卫国，早置生死于度外。今日之事，有死而已，奚事纷纷为？况吾辈虽死，而海军声威不至坠落，亦可告无罪。'无是众意渐定。观此则知邓早以必死自期矣。邓在军中激扬风义，甄拔士卒，有古烈士风。遇忠孝节烈事，极口表扬，凄怆激楚，使人雪涕。"

不知道邓世昌在战场上最后做的"动员"是怎样传出来的?按《辞海》解释,"全舰官兵二百五十人壮烈牺牲",当无一人生还。可是《清稗类钞》所载又绘声绘色,所以我判定邓大人的部属是有幸存者的,否则朝廷赐"壮节"的谥号毫无道理。

甲午海战中,冰心老人的父亲便是幸存者之一,可见邓世昌完全有可能游回岸上的。但他断然选择了死亡,"今日之事,有死而已",何等地凛然豪壮!谁说千古难唯一死,邓世昌沉海的选择,在我看来自然而然,较之《泰坦尼克号》上男主角的情意缠绵来,更惨烈更悲壮也更具男儿血性!

邓世昌的爱犬最后也随他而去,据说这只通灵性的狗一直想救主人,衔他的衣袖不肯松口,邓世昌断然推开了它,当他们目光对视的时候,这只小狗想必也读出了自己主人必死的决心,它便以身殉主了。

这只小狗没见诸正史,电影《甲午海战》中也缺少了这一笔,可我相信这是历史的真实。

致远号巡洋舰的沉没,是北洋水师耻辱的败绩,大清帝国无奈的衰落,但对邓世昌个人而言,则是另一种意义上的永生。

三十九岁的邓世昌,邓壮节,邓大人,以辽阔黄海为自己灵魂的栖息地,精神的驰驱场,任浪花飞溅,激情澎湃着,直到一个又一个世纪……

刘长春

李白之悟

经典雅谈

　　李白感到：走出长安以后，自己觉悟了许多，清醒了许多，才真正找回了自己，恢复了自己作为诗人的本色！

　　是呵！李白怎么能离开诗！诗，是他血肉生命的构成，是他灵魂里的长江、黄河，是他驰骋才情的天地，是他寄托理想的精神家园。离开了，就像生命的夭折，江河的断流，大鹏的折翅，良骥的失途。李白属于诗，诗也属于李白！

一朝去金马，飘落飞蓬。

　　公元744年（天宝三载）的一个夜晚，秋风摇曳着长安街上酒楼昏黄的灯光，路上行人冷清，堆满一地飘落的枯叶。44岁的李白喝够了酒，眼看宾客散尽，玉樽已空，便又发作了诗兴，留下《东武吟》，然后告别翰林诸公。次日凌晨，他孤单单一人踏上了长达十载的漫游生涯的旅程。

　　一路上，他经开封、济南，到达齐州，然后南下江浙。夜里，风在林梢月在天。他睡不着，忽然又想起前些年在江陵时遇到的高道司马承桢和道教中人他的好友元丹丘，他想：世人既然弃我如尘土，那些仙友却是爱戴我的，当初刚和司马相见时，他就说过自己"有仙风道骨，可与神游八极之表"，真是惺惺相惜的意思。此刻，诗人的胸脯里又汹涌起想象的激情，似乎感到"仙人如爱我，举手来相招"了。于是灯下驰书和元丹丘相约：会稽相会，然后同往剡中，再访司马于天台。

也许是命运使然，也许是少年时代就埋下的对"求仙"、"行侠"生活的向往，注定了他和当时的道教名山——天台山结一段长长的缘，好让他清新飘逸的诗雨融入天台山的神魂底魄，滋润着它那古往今来的妖绕；同时，也好让诗人找到一块净土，让紊乱和不安的灵魂有一个可以调理的安适地。

他已是第二次来天台了。在他一生遗留给我们的900多首诗作中，写天台、忆天台的篇章和诗句应该说占了相当的比重，这绝不是偶然的。

五年前的天台之行和这次"前度刘郎今又来"，可以说李白的心境是完全不同的。那时，他有过多少的梦想，曾经给自己的人生编织了多么辉煌灿烂的圣光。他不止拒绝了广汉太守的引荐，就连当时读书人所热烈追求的进士考试，他也没有想到要参加。他以"怀经济之才，抗巢由之节，文可以变风俗，学可以究天人"而自许，指望一日"出则以平交三侯"一向自比大鹏、良骥。想到这里，一丝苦涩悄悄地爬过他的心头。但是，他没有过多地陷入人生的得意与失意交织的往事回忆中，而在想象着这次旅行会给他带来什么样的新的感悟。

他想起五年前登天台山，走的是晋地永嘉太守诗人谢灵运开通的水路。那是一条让人至今难以忘怀，美丽和宁静得可以过滤人世多少浮躁和俗气的水上风光旅游线呵！那一天清晨，他从始宁（今嵊州）出发，乘坐竹筏，溯流而上，经镜湖、若耶溪、剡溪、灵溪、金溪、直达石梁。这200多里长的水路，诸峰耸拔挺秀，层层叠叠群集在幽寂的溪流周围，衬着重重山影，满山浓黛消溶在清流里。水中有山，山中有水，恍如置身人间仙境。弃舟登岸后，他又飞步登上浙东第一高峰——天台华顶山，眺望东海，诗情从心口飞出：

天台邻四明，华顶高百越。

门标赤城霞，楼栖苍岛月。

凭危一登览，直下见溟渤。

云随大鹏翻，波动巨鳌没。

风涛常汹涌，神怪何翕忽？

观奇亦无倪，好道心不歇。

攀条摘朱实，服药炼金骨。

安得生羽翰，千秋卧蓬阙。

——《天台晓望》

那时，他从蜀中出发，仗剑去国，辞亲远游，访司马承桢到天台，尽管表达了炼丹成仙的愿望，但这不过是诗人的狡黠，在他心中装载着的仍然是激昂青云的志向，剑未出鞘，锋刃未试，他还没有施展他的抱负呢！

他万没有想到，他走过的这一条路，随后走来了杜甫、孟浩然，走来了刘禹锡、贾岛、杜牧，也走来了"中唐三俊"、"晚唐三罗"……以至成为被后人研究不辍的"唐诗之路"；他万没有想到，就在他于剡中与道士兼诗人吴筠说道、论剑、谈诗、纵论天下，度过难忘的一段日子，有了天台之行后，他的人生将要走进一个高潮；他万没有想到，他"五岁诵六甲、十岁观百家"、"十五观奇书，作赋凌相如"的满腹才华，在这远游途中终于有了施展的机会，可以实现平生"相与济苍生"的理想了。

事情是这样的：李白与吴筠在剡中分手后，吴筠应唐玄宗之召入京，趁这个机会向唐玄宗推荐了李白。另外，唐玄宗的妹妹玉真公主也听到过李白的声名，很愿结识他。

事后李白也说，当时他"名动京师"，这是一点不假的，李白也确实怀着满身的才能。他的诗，贺知章读了，赞赏"可以泣鬼神矣"；他还会论兵击剑，"托身白刃里，杀入红尘中"，可谓骁勇一时；他又善书法,黄山谷说他草书的风格"大类其诗";善饮酒是不用说了,当时人就称他为"酒仙";并且还会鼓琴;又健于谈论,当时人称赞他的谈论"李白粲花之论"。面对唐玄宗接连三次下诏,他是喜形于色、踌躇满志。尽管出了远门刚回到家里,他也顾不得妻儿的牵衣挽留,也没有拿"问我西行几日归"的叮嘱往心里去,好男儿志在四方嘛!他仰天大笑出门去,著马快鞭地走向了长安。

现在,从少年时代开始堆积起来的那些学问、见识、韬略可以派上用场了。李白想到,有多少计划等待实施,多少事业要在他的手里成就,他真的跃跃欲试了。可是,他毕竟是太天真太单纯太不知天高地厚太不知朝廷深浅宦海底细了。天宝年间,那个中兴之主唐玄宗,不仅陶醉于他自己"开元盛世"的治绩,也陶醉于身边权臣的阿谀逢迎。他开始沉湎于女色,也沉湎于享乐。他把朝政大权交给了自己的宗室,那个历史上有名的"口蜜腹剑"的李林甫,使其有了结党营私,排斥异己的资本。《旧唐书》说:"朝廷受主恩顾,不由其门,则构成其罪。与之善者,虽厮养下士,尽至荣宠。"当年,大诗人杜甫怀着"致君尧舜上,再使风俗淳"的火热的政治抱负,从洛阳来到长安,参加京城的进士考试,但是这一考试在李林甫的把持下,竟无一人及第。奸臣当道,欺上压下,螟蜮蜓嘲龙,鱼目混珠,政治已不再清明。李白是看在眼里的,他曾经批评唐玄宗"彼希客星隐,弱植不足援"。由于唐玄宗喜欢斗鸡的游戏,在长安设了"鸡坊",选六军小儿五百人,饲养和训练成千的雄鸡;其余诸王家、外戚家、公主家、侯家,都用高价买鸡,上行下效,遂为一种社会风气。对于擅长斗鸡的人,皇帝特别爱宠,都赏做大官。当时,长安城就流传着这样一句歌谣:"生儿不用识文字,斗鸡走马胜读书"——老百姓也是看在眼里的。尽管初到长安时,李白曾受到唐玄宗隆重的接待,而且还"问以国政",让他做翰林供奉,也就是相当皇帝的顾问。但是,李白很快失望了:他不过是这个朝廷豢养的一个御用文人,宫廷荒淫生活的一个点缀。仕途上要有理性的克制才

能稳健地一步一步走下去，而他的根骨里流淌的是诗人的血液，他那豪放浪漫的个性和激情的挥洒也不懂得约束和收敛。"高力士脱靴"，"杨贵妃捧砚"——尽管是千古美谈，却实实在在让他得罪了不少朝廷权贵。他不是政客，没有奴颜，没有卑骨，没有手腕，有的只是才能，如果说还有什么，那就是正直。他不满奸恶卑劣的人物窃居要津，不满贪官污吏的到处横行，他斥责他们简直就像古来的大盗盗跖一样！他的正直没有人赏识，说了也等于白说。在他们眼中，你李白算什么，没有你李白日头不是照样从东边出来，地球照样自东向西旋转吗？当初，唐玄宗入召李白，无非是图个"招贤纳士"的美名，现在可是另一种想法了，说他"非廊庙器"。而李白呢，总感到自己的曲高和寡，又要受到别人的猜忌，小人的是非搬弄和诬陷，更受不了朝廷的那种拘束，对于他来说，没有比这更失望更痛苦的了。那一天，他刚刚下朝，就作诗说："何由返初眼，田野醉芳樽。"还不到三年时间，他就过不下去了，心灰意冷厌倦了，就想离开长安了。从此，他一去不复返，再也没有回到京城。

在人生的价值取向上"三立"方针（立德、立功、立言）始终是封建社会文人的三个坐标。在唐朝，由于盛唐以来逐步形成的安定富庶的社会环境，培养了青年人对事业和功名的强烈追求的理想与愿望，他们希望走进长安，走上仕途，走入中央统治集团的中心，干一番惊天动地的事业，李白当然也不能例外。但是真正有才能的人，真正能走进去的人是极少极少的。即使走进去了，又看到官场并非如原来想象的那么美好，那么纯粹，那么简单，不时地纠缠夹杂着肮脏、卑鄙的人和事，能够出淤泥而不染，清醒地走出那个"围城"怕又是更为罕见。李白仕途的失意，走出长安，其实是李白人生的幸运，也是中国文学史上的幸运。如果不是这样，在李白遗留的诗作中，那些平庸的在朝廷上献酬的、应景的诗作的比重还会多起来，而诗人的光芒却会黯淡下去。试想，如果玄宗对李白加以高官，晋以厚爵，侍于皇帝左右，甚至在大内赐以豪华宅第,再赐以专用牛车,钟鸣鼎食,成为肉食者,中国历史虽多了一个显宦,却少了一个伟大的诗人。这种情形,历史上并不少见。中国有句古话:"诗必穷而后工。"作诗为什么必须先"穷"?这里的"穷"不一定指的是没有钱,主要指的是倒霉。不倒霉,就接触不了社会基层,就无法了解民间的疾苦,就唱不出人民的心声。没有切身经历和宏观观察,是概括不出这句话来的。李白何尝例外,不然,就不会有《古风》、《北风行》、《秋浦歌》、《远别离》、《将进酒》、《答三十二夜独酌有怀》和歌颂祖国壮美山河的不胜枚举的至今脍炙人口的锦绣篇章。仕途失意却换来了李白诗歌艺术的成熟。

天台山也是幸运的。离开长安游历的路上,一天,他又喝了酒,喝的酒档次还不低,可能是长安的长乐坊或是西市的腔酒、新丰酒,那可都是唐朝驰名海内的名酿啊!酒,又勾起了他的往事,他还解下腰间横挂的那柄龙泉剑,在如霜月色的空庭上起舞,于是,江流为之屏息,群山为之动容!"三杯拂剑舞秋月,忽然高泳涕泗涟"——他高声唱道:

龙楼凤阙不肯住,飞腾直欲天台去。

歌声响遏行云,传遍京城,穿过历史千年的隧道,皇帝、同僚听到了,杜甫、高适、孟浩然这些好友听到了,街坊听到了,后人也听到了。

从东鲁南下吴越,舟行也慢,走一程,歌一程。几个月来,他一直想念天台山的山水,天台的"绿萝月",天台的琪树、迷花,还有自己的华顶山用茅草修筑的读书堂,以及仙人骑乘的翔鸾、白鹿……以至做梦都在那里遨游。于是,便有了作为他代表作之一的《梦游天姥吟留别》这首诗。

霓为衣兮风为马,云之君兮纷纷而来下,虎鼓瑟兮鸾回车,仙之人兮列如麻。

——这是一个多么强烈而庞大的场面,群仙好像列队迎接诗人的到来!

他神游于天下仙境，而仙境倏忽消失，梦境旋即破灭，他不得不在惊悸中返回现实。什么"雄心万丈"的抱负，什么"寰区大定，海县清一"的方略，什么"谈笑静胡沙"的计划都是瞎操心，都付与了东流的一江春水。古时的"圣人"孔子是这样，屈原也是这样。他想，还不如学那神仙，放逐白鹿在那青崖间，什么时候走就走，自由自在地骑着它遍访名山写他自己的诗吧！现在，他终于明白了：

安能摧眉折腰事权贵，使我不得开心颜！

李白感到：走出长安以后，自己觉悟了许多，清醒了许多，才真正找回了自己，恢复了自己作为诗人的本色！

是呵！李白怎么能离开诗！诗，是他血肉生命的构成，是他灵魂里的长江、黄河，是他驰骋才情的天地，是他寄托理想的精神家园。离开了，就像生命的夭折，江河的断流，大鹏的折翅，良骥的失途。李白属于诗，诗也属于李白！

李白的觉悟，毫无疑问，使他原先确定的价值坐标轰毁了，也逼迫着他对自己的人生只归作一次新的思考。这时，他一定意识到了！自己的外部身份和遭遇可以一变再变，但内心的高贵却永远也不会消蚀，这正像那些虚伪地逢迎谀上的斗鸡蹴鞠之徒，尽管身居高位却总也掩盖不住内心的卑贱一样。我，李白，还是李白，一个不再为功名利禄所累的李白。从这个意义上说，李白走出长安，确实是对自身的一种超越，一个彻里彻外的醒悟，是值得文学界擂三通鼓点，大事张扬的一件幸事。

因为，李白不仅成全了自己，也成全了诗歌。当然，天台山也由此沾了一点光！

贾平凹

老西安

—— 历史中的记忆

经典雅谈

世界对于中国的认识都起源于陕西和陕西西安,历史的坐标就这样竖起了,如果大概不错的话,我以为,要了解中国的近代文明那就得去北京,要了解中国的现代文明得去上海,而要了解中国的古代文明却只有去西安了。

当我应承了为老西安写一本书后,老实讲,我是有些后悔了,我并不是土生土长的西安人,虽然在这里生活了27年,对过去的事情却仍难以全面了解。以别人的经验写老城,如北京、上海、南京、天津、广州,要凭了一大堆业已发黄的照片,但有关旧时西安的照片少得可怜,费尽了心机在数个档案馆里翻腾,又往一些老古董收藏家搜寻,得到的尽是一些"西安事变"、"解放西安"的内容,而这些内容国人皆知,哪里又用得着我写呢?

老西安没照片？这让多少人感到疑惑不解，其实，老西安就是少有照片资料。没有照片的老西安正是老西安。西安曾经叫做长安，这是用不着解说的，也用不着多说中国有 13 个封建王朝在此建都，尤其汉唐，是国家的政治、经济、军事、文化中心，其城市的恢宏与繁华辉煌于全世界。可宋元之后，国都东迁北移，如人走茶凉，西安遂渐渐衰败，到了二十世纪二三十年代，已经荒废沦落到规模如现今陕西的一个普通县城的大小，在仅有唐城 1/10 的那一圈明朝的城墙里，街是土道，铺为平屋，没了城门的空门洞外就是庄稼地，胡基壕，蒿丘和涝池，夜里有猫头鹰飞到钟楼上叫啸，肯定有人家就死了老的少的，要在门首用白布草席搭了灵棚哭丧，而黎明出城去报丧的就常见到狼拖着扫帚长尾在田垌上游走。上海已经有洋人的租界了，登着高跟鞋拎着小坤包的摩登女郎和穿了西服挂了怀表的先生们生活里大量充斥了洋货，言语里也时不时夹杂了密司特之类的英文，而西安街头的墙上，一大片卖大力丸、治花柳病、售虎头万金油的广告里偶尔有一张两张胡蝶和阮玲玉的烫发影照，普遍把火柴称做洋火，把肥皂叫成洋碱，充其量有了名为"大芳"的一间照相馆。去馆子里照相，这是多么时髦的事！民间里广泛有着照相会摄去人的魂魄的，照相一定要照全身，照半身有杀身之祸的流言。但照相馆里到底是怎么回事，十分之九点九的人只是经过了照相馆门口向里窥视。立即匆匆走过，如同当今的下了岗的工人经过西安凯悦五星级大酒店门口的感觉是一样的。一位南郊的 90 岁的老人曾经对我说过他年轻时与人坐在城南门口的河壕上拉话儿，缘头是由"大芳"照相馆橱窗里蒋介石的巨照说开的，一个说，蒋委员长不知道一天吃的什么饭，肯定是顿顿捞一碗干面，油泼的辣子调得红红的，他说：我要当了蒋委员长，全村的粪都是我的，谁也不能拾。这老人的哥哥后来在警察局里做事，得势了，也让他和老婆去照相馆照相。"我一进去，"老人说，"人家问全光还是侧光，我倒吓了一跳，照相还要脱光衣报打我说，我就全光吧，老婆害羞，她光个上半身吧。"

正是因为整个老西安只有那么一两间小小的照相馆，进去照的只是官人、军阀和有钱的人，才导致了今日企图以老照片反映当时的民俗风情的想法落空，也是我在写这本书的时候，首先感到了老的西安区别老的北京上海广州的独特处。

但是，西安毕竟是西安，无论说老道新，若要写中国，西安是怎么也无法绕过去的。

如果让西安人说起西安，随便从街上叫住一个人吧，都会眉飞色舞地摆阔：西安嘛，西安在汉唐做国都的时候，北方是北夷呀，南方是南蛮吧。现在把四川盆地称"天府之国"，其实"天府之国"最早说的是我们西安所在的关中平原。西安是大地的圆点。西安是中国的中心。西安东有华岳，西是太白山，南靠秦岭，北临渭水，土地是中国最厚的黄土地，城墙是世界上保存最完整的古城墙。长安长安，长治久安，从古至今，它被水淹过吗？没有。被地震毁坏过吗？没有。日本鬼子那么凶，他们打到西安城边就停止了！据说新中国成立时选国都地，差一点就又选中了西安呢。瞧瞧吧，哪一个外国总统到中国来不是去了北京上海就要来西安呀？到中国不来西安那等于是没真正来过中国呀！这样的显派，外地人或许觉得发笑，但可以说，这种类似于败落大户人家的心态却顽固地潜藏于西安人的意识里。我曾经亲身经历过这一幕：有一次我在一家宾馆见着几个外国人，他们与一女服务生交谈，听不懂西安话，问怎么不说普通话呢？女服务生说：你知道大唐帝国吗？在唐代西安这就是普通话呀！这时候一只苍蝇正好飞落在外国游客的帽子上，外国人惊叫这么好的宾馆怎么有苍蝇，女服务生一边赶苍蝇一边说：你没瞧这苍蝇是双眼皮吗？它是从唐朝一直飞过来的！

凡是去过镇江的北固山的西安人，是嘲笑那个梁武帝在山上写着的"天下第一江山"几个字的，但我在北京却遭遇到一件事，令我大受刺激。那是我第一次去北京，我要去天桥找个熟人，不知怎么走，问起一个祖胸露乳的中年汉子："同志，你们北京天桥怎么去？"他是极热情的，指点坐几路车到什么地方换坐几路车，然后顺着一条巷直走，向左拐再向右拐，如何如何就到了。指点完了，他却教导起了我："听口音是西安的？边远地区来不容易啊，应该好好逛逛呀！可我要告诉你，以后问路不要说你们北京天桥怎么去，北京是我们的，也是你们的，是全国人民的，你要问就问：同志，咱们首都的天桥在什么地方，怎么个走呀？"皇城根下的北京人口多么满，这一下我就憋咧。事隔了10年，我在上海，更是生了一肚子气，在一家小得可怜的旅馆里住，白天上街帮单位一个同事捎买衣服，跑遍了一条南京路，衣服号码都是个瘦，没一件符合同事腰身的，"上海人没有胖子"，这是我们最深刻的印象。夜里回来，门房的老头坐在灯下用一个卤鸡脚下酒喝，见着我了硬要叫我也喝喝，我说一个鸡脚你嚼着我拿什么下酒呀，他说我这里有豆腐乳的，拉开抽屉，拿一根牙签扎起小碟子里的一块豆腐乳来。我笑了，没有吃，也没有喝，聊开天来。他知道了我是西安人，眼光从老花镜的上沿处盯着我，说：西安的？听说西安冷得很，一小便就一根冰拐杖把人撑住了！我说冷是冷，但没上海这么阴冷。他又说，西安城外是不是戈壁滩！我便不高兴了，说，是的，戈壁滩一直到新疆，出门得光膀子穿羊皮袄，野着嗓子拉骆驼哩！他说：大上海这么大，我还没见过骆驼的。我哼了一声：大上海就是大，日本就自称大和，那个马来西亚也叫做大马的……回到房间，气是气，却也生出几分悲哀：在西安时把西安说得不可无一，不可有二，外省人竟还有这样看待西安的！

当我在思谋着写这本书的时候，困扰我的还不是老照片的缺乏，也不是头痛于文章从哪个角度切入，而是真的不知如何为西安定位。我常常想，世上的万事万物，一旦成形，它都有着自己的灵魂的吧，我向来看一棵树一块石头不自觉地就将其人格化，比如去市政府的大院看到一簇树枝交错，便认定这些树前世肯定也是仕途上的政客，在作家协会的办公室看见了一只破窗而入的蝴蝶，就断言这是一个爱好文学者的冤魂。那么，城市必然是有灵魂的，若大的一座西安，它的灵魂是什么呢?

翻阅了古籍典本,陕西是被简称为秦的,秦原是西周边陲的一个古老部落,姓嬴氏,善养马,其先公因为周孝王养马有功了封于秦地的,但秦地最早并不属于现在的陕西,归甘肃省。这有点如陕西人并不能自称陕人,原因是陕西实指河南陕县以西的地方一样。到了春秋时期,秦穆公开疆拓土,这下就包括了现在陕西的一些区域,并逐渐西移,秦的影响便强大起来,而在这辽阔的地区内自古有人往来于欧亚之间,秦的声名随戎狄部落的流徙传向域外,邻国于是称中国为秦。所谓的古波斯人称中国为赛尼,古希伯莱人称中国为希尼,古印度人称中国为支那、震旦,其实全都是秦的音译。到了秦始皇统一中国,"逼逐匈奴,威震殊俗,匈奴之流徙极远者往往至今欧北土……被等称中国为秦,欧洲诸国亦相沿之而不改"。秦的英语音译也就是中国。中国人又称为汉人,中国的语言称汉语,国外研究中国学问的专家称之为汉学家,日本将中医也叫做汉医,那么,汉又是怎么来的呢?刘邦在秦亡以后,被项羽封地在陕西汉中,为汉王,刘邦数年后击败了项羽当然就在西安建立了汉朝,汉朝到了汉武帝时期,国力鼎盛,开辟了丝绸之路,丝绸人都自称为汉家臣民,西方诸国因称他们为汉、汉人,沿袭至今。而历史进入唐代,中国社会发展又是一个高峰期,丝绸之路更加繁荣,海上交通与国际交往也盛况空前,海外诸国又称中国人为唐人。此称谓一直延续,至今美国的纽约、旧金山,加拿大的温哥华,巴西的圣保罗,澳大利亚的墨尔本,以及新加坡等地,华侨或外籍华裔聚居的地方都叫唐人街。

世界对于中国的认识都起源于陕西和陕西西安,历史的坐标就这样竖起了,如果大概不错的话,我以为,要了解中国的近代文明那就得去北京,要了解中国的现代文明得去上海,而要了解中国的古代文明却只有去西安了。西安或许再也不能有如秦、汉、唐时期在中国的显赫的地位了,它在18世纪衰弱,20世纪初更是荒凉不堪,直到现在,经济发展仍滞后于国内别的省份,但它因历史的积淀,全方位地保留着中国真

正的传统文化（现在人们习惯于将明清以后的东西称为传统，如华侨给外国人的印象是会功夫，会耍狮子龙灯，穿旗袍，唱京剧，吃动物内脏，喝茶喝烧酒等，其实最能代表中华民族的东西在汉唐），使它具有了浑然的厚重的苍凉的独特风格。正是这样的灵魂支撑着它，氤氲笼罩着它，散发着魅力，强迫得天下人为之瞩目。

有一句老话：南方的秀才北方的将，陕西的黄土埋皇上。我去过江浙一带，每到一县，令我瞠目结舌的是那里的博物馆里差不多都有几个以及几十个中过状元的名单表，而漫长的科举年代，整个陕西仅只有康海和王择两个状元，据说一个还有后门之嫌。可陕西的黄土的确也是厚的，在西安之东的黄河边，随处便见几百米高的岸层尽是黄土，无一拳大的沙石，西安郊外的水井，井台上都是架有巨大的辘轳，两个人或四个人抱着辘轳绞动半天才能绞上一桶水的。在这厚土上，气脉沉绵，除了人文始祖轩辕黄帝墓和始皇嬴政墓外，单是围绕着西安的汉唐两代的帝王陵墓竟多达 30 余座，如汉高祖刘邦的长陵，汉武帝刘彻的茂陵，唐太宗李世民的昭陵，唐高宗李治和皇后武则天的乾陵。这些陵墓，唐时是以真山为陵，遍布于渭北平原的浦城、富平、三原、径阳、礼泉、乾县，而汉陵除文帝灞陵是以土源为坟之外，其他均是在咸阳源上人工筑成的方尖堆形大土坟，颇有类于埃及的金字塔。坟堆经过两千多年的雨水冲击和人为的破坏，墓基业已缩小，尖堆早不整齐，可望去仍如山丘。关中平原的地下是没有什么矿藏的，它只长庄稼和皇陵，庄稼是供人生存吃粮的，皇陵埋葬着王朝的象征。如果说埋一颗种子可以生长草木，那么埋下一个王朝的象征而生长出的就是王气，这恐怕是明清之后陕西少有秀才的缘故吧，学文从艺毕竟是一桩"雕虫小技"啊。

15 年前的一个礼拜日，我骑了自行车去渭河岸独行，有一处的坟陵特别集中，除了有两个如大山的为帝陵外，四周散落的还有六七个若小的是那些伴帝的文臣武将和皇后妃子的墓堆，时近黄昏，夕阳在大平原的西边滚动，渭河上黄水汤汤，所有的陵墓被日光蚀得一片金色，我发狂似的蹬着自行车,最后倒在野草丛中哈哈大笑。这时候,一个孩子和一群羊就站在远远的地方看我,孩子留着盖子头,流一道鼻涕在嘴唇上,羊鞭拖后,像一条尾巴。我说:"外,碎人,碎人,哪个村里的?"西安的土话"碎"是小,他没有理我。"你耳朵聋了没,碎人!""你才是聋子哩!"他顶嘴着,提了一下裤子,拿羊鞭指左边的一簇村子。关中平原上的农民住屋都是黄土板筑的很厚的土墙,三间四间大的人深堂房是硬四缘结构,两边的厦房就为一边盖了,如此形成一个大院,一院一院整齐排列出巷道。而陵墓之间的屋舍却因地赋形,有许多人家直接在陵墓上凿洞为室,外边围一圈土坯院墙,长几棵弯脖子苍榆,我猜想这一簇一簇地村落或许就是当年的守墓人繁衍下来所形成的。但帝王陵墓选择了好的风水地,阴穴却并不一定就是好的阳宅地,这些村庄破破烂烂,没一点富裕气象,眼前的这位小牧羊人形状丑陋,正是读书的年龄却在放羊了!我问他:"怎么不去上学呢?"他说:"放羊哩嘛!""放羊为啥哩?""挤奶嘛!""挤奶为啥哩?""赚钱嘛!""赚钱为啥哩?""娶媳妇嘛!""娶媳妇为啥哩?""生娃嘛!""生娃为啥哩?""放羊嘛!"我哈哈大笑,笑完了心里却酸酸地不是个滋味。

关中人有相当多的是守墓人的后代,我估计,现在的那个有轩辕墓的黄陵县,恐怕就是守墓人繁衍后代最多的地方。陕西埋了这么多皇帝,辅佐皇帝创业守成的名臣名将,也未必分属江南、北国,倒是因建都关中,推动了陕西英才辈出,如教民稼穑的后稷,治理洪水的大禹,开辟丝绸之路的张骞,一代史圣司马迁,仅以西安而言,名列《二十五史》的人物,截止清末,就有1皿多人,这1皿多人中,帝王人数约5%,绝大部分属经邦济世之臣,能征善战之将,侠扶义胆之士,其余的则是农学家,天文学家,医学家,史学家,训诂学家,文学家,画家,书法家,音乐歌舞艺术家,三教九流,门类齐全。西安城南的韦曲和杜曲,实际上是以韦、杜两姓起名的,历史上韦、杜两大户出的宰相就40人,加上名列三公九卿的大员,数以百计,故有"城南韦杜,去

天尺五"之说。

骑着青牛的老子是来过西安的，在西安之西的周至架楼观星，筑台讲经，但孔子是"西行不到秦"的。孔子为什么不肯来秦呢？是他畏惧着西北的高寒，还是仇恨着秦的"狼虎"？孔子终于不来陕西，陕西的王气便逐渐衰微了，再没有出过皇帝，也没有埋过皇帝，民间的传说里，武则天在冬日的兴庆宫里命令牡丹开花，牡丹不开，被逐出了西安，牡丹从此落户于洛阳，而城中的大雁塔和曲江池历来被认为是印章和印泥盒的，大雁塔虽有倾斜但还存在，曲江池则就干涸了。到了20世纪，中国的天下完全成了南方人的世事，如果说老西安就从这个时候说起，能提上串的真的就没有几个人物了。

1900年，八国联军进北京，慈禧逃难西安，这便是西安临时又做了一回国都吧。这一次做国都，并没有给西安增添荣耀，却深深蒙受了屈辱，更让西安人痛心的是庚子之乱的结果将西安人赵舒翘处死。

赵舒翘的家是居住在城西南的甜水井街上，我也曾在双仁府街居住了数年，因双仁府距甜水井极近，偶然就认识了赵氏的后人并成为熟客，常去他家吃酒喝茶。那是个大杂院，拥挤了十多户居民，但在那以砖墙和油毛毡分隔出的七拐八弯的往里走，随处是楼粗的屋柱，菱花雕窗，墙头的砖饰，想见着往昔是多么豪华。我坐在惟一产权归他的那间偏房小屋，光线阴暗，地面潮湿，撑起那精致的揭窗，隐约地看着几件老红木椅柜，强烈地感受到了一种幽冤之气，疑心落在窗前一棵紫藤上的小鸟是赵舒翘的托变。赵舒翘是当时西安人做的最大的官，由刑部尚书到军机大臣，甜水井街几乎就是赵家府。慈禧西逃，就是赵舒翘护驾到他的老家的。清室代表与八国联军谈判时，联军提出必须严惩义和团的幕后支持人刚毅和赵舒翘，而刚毅在西来途中病死，赵舒翘自然被洋人盯住不放。慈禧是欣赏赵的，曾亲笔为赵题写"镜清光远"挂屏一幅，所以不想杀之，先是革职留用，后改为"斩监候"（死缓）但洋人一再威逼，慈禧才拟改斩赵取得联军谅解。消息传出，西安各界人士便群起为赵舒翘请命,数万人在钟楼下游行示威,慈禧遂改"赐自死",让他得个全尸。赵舒翘时年 54 岁,体质强壮,加之内心总在想慈禧能有赦免的懿旨追来,因而服鸦片不死,又服毒药数种不死,折腾了几个时辰,最后是被捆在木板上以黄裱喷烧酒一层一层糊面憋死。赵舒翘一死,家府中的男人就鸟兽散了,仅存下一大群妇道人家靠往日积储度日,女人多阴气重,家境一败再败,屋舍典卖从一条街到半条街,由半条街到三处院落,直至解放后,赵家的正宗后人,也即我的那位熟人只能栖身于一间小屋了。据说赵舒翘临死前遗训子孙"再勿做官",此话准确与否,没有深究,但事实是赵家的后人皆以技艺生活,再无一人在仕途上。

就在赵舒翘被赐死的时期,却有另一个人被赐了"一品诰命夫人",这便是三原安抚堡的一个寡妇。寡妇是人物漂亮,处事果断,远近盛传她是金蛤蟆精变。夫家原是当地的首富,她初为人妻,男人就病死了,村人都只说她得改嫁,这户人家从此要败了,她偏就顶门立户,将一个大家治理得井井有条。难得一个妇道角色,几十年里鸡啼起身,描眉油头,打扮得容光焕发,然后提了曳地长裙,惦着三寸金莲,登坐于专门修筑于大院中的一个板楼上,监督百十号长工短工劳作。慈禧逃来西安,也正是所谓国难之时,这寡妇竟有主见,用马车拉了满满一车金银捐贡朝廷,感动得慈禧要认她做干女儿。

一是个朝里人,一个是民间事,在清朝末年,陕西人演出的悲喜剧绝对是陕西人的特色。在西安,甚或在关中的任何县任何村,随时是可以听到秦腔的,外地人初听秦腔,感觉是"死狼声吼叫",但那高亢激越的怒吼之中撕不断扯不尽的是幽怨沉缓的哭音慢板,就加冬日常见到的平原之上铅幕之下的粗桩和细枝组合的柿树一样,西风里,你感受到的是无尽的悲怆和凄凉。时间又过了几十年,又是一个政坛上的强人和民间的奇才登场,这就是杨虎城与牛兆濂。关于杨虎城的事迹,各类"西安事变"的文献书中已经说得太多,他原是渭北一带的刀客,为人

豪爽，处事勇敢，但绝不是个粗人。我读过一篇参与了"西安事变"的某人的回忆录，其中有两处描写印象深刻，一是说杨虎城识不了多少字，但记忆非凡，多少年前的某日某事某某参加皆清楚不误，演讲时，他可以拿讲稿，但在讲稿上折好多角，折什么样的角讲什么样的话，只有他明白，然后开讲就全然不用别人为他写的讲稿。二是说他和张学良合作，相互并不是没有存疑，张学良的出身，学养，势力自然是杨虎城不能比的，但杨虎城办事除了有豪侠之气外，因出身农家，自有农民的一点狡黠，两人决定了兵谏，他却担心张学良提前撇了他，时时注意着张的动静。一次张学良的一位重要部下在易俗社看戏，他当然有人也就在剧场，戏演到一半，那个部下匆匆离去，他手下的人遂也赶回将情况告诉他，他便估摸张学良要动手了，紧急召集军事会议，调动部队，即将出发前得到情报那个部下离开剧场是去干别的事了，方停止了行动，险些出了大的事故。我们现在能看到的张学良和杨虎城的照片，一个英武潇洒，一个雄浑沉健，杨虎城的相貌是典型的关中人形象，头大面宽，肉厚身沉，颇有几分秦始皇墓出土的兵马俑。现存留在西安城里张学良公馆和杨虎城公馆，便足以看出两人风格，一个西式建筑，一个是庭院式的传统结构。出身于草莽的武人在国家民族危难之际冒着身败名裂的危险兵谏，这是一种正义的力量，人格的力量，可歌可泣，但他又是传统的，农民式的，他的结局必然与张学良截然不同。我曾数次去拜谒过他的陵园，在肃穆的墓碑前，看终南山上云聚云散，听身后粗大的松树上松籽在无风里坠落，不禁仰天浩叹。

与杨虎城几乎同一时期的，在城区的蓝田县里却也出了个奇人牛兆濂。民间里提牛兆濂是没人知道的，说牛才子则妇孺皆知。西安方圆历来出奇人异事，近多年来曾不断地传出哪儿哪儿有了个神人，我是相信神抵是混迹于芸芸众生之中的，且是对一切神秘现象都敬畏的人，所以，但凡听说，就去拜见，倒是结识一帮高士。当我来到西安时，牛才子已经作古得很久了，但他的故事却常常在市民的茶摊上、麻将桌上谈说不已。一个细雨蒙蒙的中午,我在出租车里听司机给我谈天说地:"你知道终南山里隐居着三万个真人吗?"我不知道,过去有"终南捷径"之说,现在有这么多人隐居在那儿,何不显世呢?司机:"你瞧着吧,现在世上狼虫虎豹少了,狼虫虎豹都托变成人,这些高人就该显世在人类危难的时候了,就像牛才子当年那样!"于是,他开始讲牛才子,说河南军阀刘镇华 1926 年率军围困西安 8 个月,久攻不下,从城外向城里挖地道,城里人都知道地道要挖进来了,但谁也不知道地道口将在何处出现,每个街巷都埋了大瓮,灌满了水,派人日夜守在水瓮边听声看水面。牛才子就出来说话了,但他并没有说地道口从哪儿出来,他只建议城防当局把一个叫莲花池的地方扩大,让四周的水都引过去,成为一个湖。湖是形成了,水深齐腰,竟于某一日湖水突然下泄,原来是地道正出口在湖中,湖水就把地道全泡塌了。说牛才子在蓝田老家更是有许多神奇,以至大红的日头下,他出门带了伞,村人都立即要带伞的,偶有不效法的自然就遭了雨淋。说杨虎城有一段曾地位岌岌可危,请教于牛才子,牛才子正在马房门街的酒馆里喝酒,他长年穿一件长袍子,在酒馆里喝酒是立在那里买上一盅子仰头一口喝下,杨虎城的卫兵来请他,他不待卫兵说话,写了个字条让带给杨虎城:"重用名字里有山字的人。"云从龙,虎凭山,杨虎城果然起用了一个叫王一山的人,事业真的发达开来。

赵舒翘和杨虎城是西安近代史上两个无法避开的人物,而民间传颂最多的倒是那个安抚堡的寡妇和牛才子。赵舒翘和杨虎城属于正剧,正剧往往是悲剧,安抚堡寡妇和牛才子归于野史,野史里却充满了喜剧成分。我们尊重那些英雄豪杰。但英雄豪杰辈出的年代必定是老百姓生灵涂炭的岁月,世俗的生活更多的是波澜不起地流动着,以生活的自在规律流动着,这种流动沉闷而不感觉,你似乎进入了无敌之阵,可你很快却被俘虏了,只有那些喜剧性人物增加着生趣,使我们方一日一日活了下来,如晴飞里的萤虫自照,如水宿中的禽鸟相呼。

以西安市界，关中的西部称为西府，关中的东部称为东府，西府东府比较起来就有一种很有趣的现象。东府有一座华山，西府有一座太白山，华山是完整的一块巨石形成的，坚硬，挺拔，险峭，我认作是阳山，男人的山，它是纯粹的山，没有附加的东西如黄山上的迎客松呀，峨眉山上的能看佛光呀，泰山上可以祀天呀，上华山就是体现着真正上山的意义。太白山峰峦浑然，终年积雪，神秘莫测，我认作是阴山，女人的山。东府有秦始皇兵马俑博物馆，西府里有霍去病石雕博物馆，我对所有来西安旅游的外地朋友讲，你如果是政治家，请去参观秦兵马俑以张扬你的气势，你如果是艺术家，请去参观霍去病墓以寻找浑然整体的感觉。在绘画上，我们习惯于将西方的油画看作色的团块，将中国的水墨画看做线的勾勒，在关中平原上冬天里的柿树，那是巨大的粗糙的黑桩与细的枝丫组合的形象，听陕西古老的戏剧秦腔，净的撕声吼叫与旦的幽怨绵长，又是结合得那样的完美，你就明白这一方水土里养育的是一种什么样的人了。

如果说赵舒翘、杨虎城并没有在政治上、军事上完成他们大的气候，那么，从这个世纪之初，文学艺术领域上天才却一步步向我们走来，于右任，吴宓，王子云，赵望云，石鲁，柳青……足以使陕西人和西安这座城骄傲。我每每登临城头，望着那南北纵横井字形的大街小巷，不由自主地就想到了他们，风里点着一支烟，默默地想象这些人物当年走动于这座城市的身影，若是没有他们，这座城将又是何等的空旷啊！

于右任被尊为书圣，他给人的形象永远是美冉飘飘的仙者印象，但我见过他年轻时在西安的一张照片，硕大的脑袋，忠厚的面孔，穿一件臃肿不堪的黑粗布棉衣裤。大的天才是上苍派往人间的使者，它的所作所为，芸芸众生只能欣赏，不可模仿。现在海内外写于体的书法家甚多，但风骨接近者少之又少。我在江苏常熟翁同和故居里看翁氏的照片，惊奇他的相貌与于右任相似，翁氏的书法在当时也是名重天下，罢官归里,求字者仍接踵而来,翁坚不与书,有人就费尽心机,送贴到翁府请其赴什么宴,由于将帖传人,翁凭心胜,上次批一字可,这次批一字免,如此反反复复,数年里集单字成册作为家传之宝。于右任在西安的时候却是有求必应。相传曾有人不断向他索字,常坐在厅里喝茶等候,茶喝多了就跑到街道于背人处掏尿,于右任顺手写了"不可随处小便"。他拿回去,重新剪裁装裱,悬挂室中却成了"小处不可随便"。西安人热爱于右任,不仅爱他的字,更爱他一颗爱国的心,做圣贤而能庸行,是大人而常小心,他同当时陕西的军政要人张钫,数年间跑遍关中角角落落,搜寻魏晋和唐的石碑,常常为一块碑子倾囊出资,又百般好话,碑子收集后,两人商定,魏晋的归于,唐时的属张,结果于右任将所有的魏晋石碑安置于西安文庙,这就形成了至今闻名中外的碑林博物馆,而张钫的唐碑运回了他的河南老家,办起了"千唐志斋"。正应了大人物是上苍所派遣的话,前些年西安收藏界有两件奇石轰动一时,一件是一块白石上有极逼真的毛泽东头像,一件是产于于右任家乡三原县前径河的一块完整的黑石惟妙惟肖的是于右任,惹得满城的书法家跑去观看,看者就躬身作拜,状如见了真人。

从书法艺术上讲,汉时犹如人在剧场看戏,魏晋就是戏散后人走出剧场,唐则是人又回坐在了家里,而戏散人走出剧场那是各色人等,各具神态的,所以魏晋的书法最张扬,最有个性。于右任喜欢魏晋,他把陕西的魏晋碑子都收集了,到了我辈只能在民间收寻一些魏晋的拓片了。在我的书房里,挂满了魏晋的拓片,有一张上竟也盖有于右任的印章,这使我常面对了静默玄想,于右任是先知先觉,我是浑厚之气不知不觉上身的。

于右任之后,另一个对陕西古代艺术的保护和发展做出了重要贡献的人物当属王子云。王子云在民间知之者不多,但在美术界、考古界却被推崇为大师的,在三四十年代,他的足迹遍及陕西所有古墓、古寺、山窟和洞穴,考察、收集、整理古文化遗产。翻阅他的考察日记,便知

道在那么个战乱年代，他率领了一帮人在荒山之上，野庙之中，常常一天吃不到东西，喝不上水，与兵匪周旋，和豺狼搏斗。我见过他当年的一张照片，衣衫破烂，发如蓬草，正立于乱木搭成的架子上拓一块石碑。霍去病墓前的石雕可以说是他首先发现了其巨大的艺术价值，并能将这些圆雕拓片，这种技术至今已无人能及了。

石鲁和柳青可以说是旷世的天才，他们在40年代生活于西安又去延安再返回西安发展他们的艺术，他们最有个性，留在民间的佳话也最多，几乎在西安，任何人也不许说他们瞎话的，谁说就会有人急。在外地人的印象里，陕西人是土气的，包括文学艺术家，这两人形象也是如此，石鲁终年长发，衣着不整，柳青则是光头，穿老式对襟衣裤，但其实他们骨子里最洋，石鲁能歌善舞，精通西洋美术，又创作过电影剧本，柳青更是懂三四种外语，长年读英文报刊。他们的作品的长存于世，将会成为中华民族文化遗产的一部分不动资产，而他们在文化革命的浩劫中命运却极其悲惨，石鲁差点被判为死刑，最后精神错乱，柳青是在子女用自行车推着去医院看病了数年后，默默地死于肺气肿。

当我们崇拜苏东坡，而苏东坡却早早死在了宋朝。同样地，我出生太晚，虽然同住于一个城市，未能见到于右任、王子云、石鲁和柳青。美国的好莱坞大道上印有那些为电影事业作出贡献的艺术家的脚印手迹，但中国没有。有话说喜欢午餐的人是正常人，喜欢早餐呀喜欢晚餐的人是仙或鬼托生的，我属于清早懒以起床晚上却迟迟不睡的人，常在夜间里独自逛街，人流车队渐渐地稀少了，霓虹灯也暗淡下去，无风有雾的夜色里浮着平屋和楼房的正方形、三角形，谁家的窗口里飘出了秦腔曲牌，巷口的路灯杆下一堆人正下着象棋，街心的交通安全岛上孤零零蹲着一个老头明灭着嘴唇上的烟火，我就常常作想：人间的东西真是奇妙啊，我们在生活着，可这座城是哪一批人修筑的呢，穿的衣服，衣服上的扣子，做饭的锅，端着的碗，又是谁第一个发明的呢？我们活在前人的创造中而我们竟全然不知！人人都在说西安是一座文化积淀特别深厚的城市,但它又是如何一点一点积淀起来呢?文物是历史的框架,民俗是历史的灵魂,而那些民俗中穿插的人物应该称做是贤德吧?流水里有着风的形态,斯文里留下了贤德的踪迹,今日之夜,古往今来的大贤大德们的幽灵一定就在这座城市的空气里。

1998年冬季的一个夜晚,空气十分地清冷,我游逛到了碑林博物馆的附近,一家字画店还未关门,进去竟购买了一张康有为手迹"应无所住"的拓片。我喜欢康有为的书法,也知道这四个字的原石碑现在仍保留在兴善寺里,但回来对拓片还是看了许久,发着笑声,画下了一张画。我画的是一条鱼,鱼无鳞,遍布了青铜器上的那种纹饰,旁边题道:"鱼以人腹为坟墓,我的毁誉在民间。"我想到的全然是康有为了。

1923年康有为被陕西督军延请入陕,老夫子颇有风光,所到之处参观,讲学,吃宴,并要在众人的叫好声中留下墨宝,"应无所住"就是那次写就的。他乘兴而来,每到一处恭维的话听得耳朵也磨出茧了,总不免要谦虚一句"老而不死了,"没想到待他离开西安却是十分败兴,西安城里从此留下了一副对联:"国之将亡必有;老而不死是为",横额"寿而康"。事情是这样的,康有为去了一趟碑林附近的卧龙寺,卧龙寺的和尚见是康有为,便将珍藏于寺的举世珍籍《碛砂藏》拿与他看,康有为当然知道它的宝贵,借口拿回寓所翻阅,竟不再言送还而匆匆离陕。待他的车马已走,寺里和尚立即呈报督军府,众人一片哗然,以李仪祉为首的一批地方名流力主要讨回珍宝,但康有为是何等人物,又怎么当面剥他一张贼皮呢?和尚们就紧追不舍,一直到了潼关追上,拦道挡马,婉言说了康夫子学富五车,见识广博,别人都不识《碛砂藏》,只有您慧眼识得,遗憾的是此经书1532部,6362卷,你看到的是卧龙寺分藏的一部分,还有一部分藏于开元寺,若先生喜爱,不几日将全集装订一起了结先生送到府上过目。如此云云一番巧说,康有为哈哈大笑,交出了《碛砂藏》,还说了一句:"我明白孔子为什么西行不到秦了!"

康有为做了一回贼，可他是性情中人，并不羞耻而成全了一段饭后茶余的趣话。最令西安人60多年来义愤不已的是六骏马的失盗和破坏。唐太宗昭陵上的六块浮雕骏马，算得上是中国的艺术珍品，它为太宗生前出征战时所骑的战马，各有马名，即飒露紫、拳毛騧、特勒骠、白蹄乌、什伐赤、青骓。唐代的雕刻本来就是很写实很生动的，这六件浮雕的马，三跑三立，惟妙惟肖地表现了唐代西域名马的硕健形态，更透射出了唐崇尚雄浑重力量的时代风度。明清以后，陕西是再也没见过像样的马匹，关中平原上有的只是耕田驮货的驴和骡，驴骡那是马的附庸，所以陕西人看重这六骏马。但是1936年的一个风高月昏之夜，一个美国人勾结古董奸商盗运了飒露紫和拳毛騧，又将其余四马打碎而藏匿下来。西安人闻讯缉拿，终于缴获了被打碎的四马，如今碑林博物馆展出的四骏，就是将碎块重新磨制的。

从20世纪起，陕西的文物不断地被挖掘出土，每一次莫不轰动国内外，而以文物生出的故事更是灿烂又离奇。蓝田猿人头骨是因为当地人在一条沟里常挖一种石头研粉治疗外伤而引起了专家的注意，查明了那是远古兽骨化石进一步发掘所收获的。秦兵马俑坑是临潼农民打井机打出一堆陶片而发现的。法门寺地宫是寺塔倒塌后清理地基显露的。更有那些盗墓贼一个在墓坑下一个在墓坑上，待到文物吊上来，墓坑上的丢下绳索使墓坑下的人活活饿死的事。有盗窃了一颗秦兵马俑头而丢掉了自己的头的事，有偷藏了汉代稀罕陶器，一连三日夜晚做梦，梦见陶品里发出声音一让我回去，让我回去，以此吓得精神失常的事。我于西安已经生活了27年，长长短短在九处安家，几乎见到在什么地方搞建筑，但凡挖地基都有文物出现，而那些秦代的砖，汉朝的罐，瓦当，铜钱，陶俑，虽也是够等级的文物，可实在太多，国家并不严格管理，于是差不多的人家都有那么几件。80年代初，我借居于北郊农家，村里许多人家的厕所墙角总有一大堆打碎了的汉陶罐片，农民是用其揩屁股的，揩过了又丢在那里，经过雨淋干净了，如此再用。秦的汉的瓦当，老太太们则是要用来拓印锅盔馍上的花纹的。叭年代初，我在城南一所疗养院治病，疗养院外的草地上倒着一堆一堆破砖烂瓦，农民在怨恨着地里的破砖烂瓦太多影响着耕犁，原来这里曾是唐时的一座寺庙，因和尚诱奸民女，附近村民将和尚活埋地下，仅露出个光头，而用铁耙来耙，将寺称耙头寺，后又一把火毁了。我每日下午去那破砖片堆里挑拣，竟在病愈回家时带回来了十几块有花纹和文字的砖瓦。

西安多文物，也便有了众多的收藏家，其中的大家该算是阎甘园了。阎家到底收藏了多少古董，现已无法考证，因为文化革命中，红卫兵一架子车一架子车往外拉四旧，有的烧毁了，有的散失了，待国家反正拨乱的时候，返回的仅只有十分之一二。鲁迅先生当年来西安，就到过阎家，据说阎甘园把所有的藏品都拿出来让这位文豪看，竟摆得满院没了立脚的地方，等到我去阎家的时候，阎家已搬住在南院门保吉巷的一个小院子里，人事沧桑，小院的主人成了阎甘园的儿子，阎秉初，一个七八十岁的精瘦老人了。老人给我讲着遥远的家史，讲着收藏人的酸辣苦甜，讲着文物鉴定和收藏保管的知识，我听得入迷，盘脚坐在了椅上而鞋掉在地上组成了个"X"形竟长久不知，后来就注意到我坐的是明代的红木椅子，端的是清代的茶碗吃茶，桌旁的一只猫食盘样子特别，问：那是什么瓷的了？老人说了一句：乾隆年的耀州老瓷。那一个上午，阳光灿烂，几束光柱从金链锁梅的格窗里透射进来，有活的东西在那里飞动，我欣赏了从樟木箱里取出的石涛，朱耷，郑板桥和张大千，一件一件的神品使我眩晕恍惚，竟将手举起来哄赶齐白石画上落来的一个飞虫时才知道那原本是画面上绘就的蜜蜂，惹得众人哄笑。末了，老人说："你是懂字画的，又不做买卖，就以5000元半售半赠你那幅六尺整开的郑燮书法吧，你我住得不远，我实在想这作品了还能去你家看看嘛！"可我那时穷而啬，竟没有接受他的好意，半年后再去拜访他时，老人早于三月前作古，他的孙子不认得我，关门不开，院里的狗声巨如豹。

世上的事往往是有牙的时候没有锅盔大饼，等有了锅盔大饼了却又没了牙。待我对收藏有了兴趣，日子也不至于一分钱要掰开两半来使，但我却没能收藏到很好的东西，甚至有相当部分是假古董。有一次有人提供在东郊的一户人家后院的厕所墙是用修大寨田挖出的墓砖砌的，发现砖上有浮雕图案，连忙赶去，厕所墙却是新砖砌就，老太太说前日来了一个人，见过有这么好的人吗，拿新砖把那些旧砖换去了，又有一次我买了十多个汉陶俑，正欢天喜地往书架上放，来了能识货的朋友指出这是假的，我坚决否认，骂他生嫉妒之心。朋友说："我也曾买过几个，和你这一模一样，我老婆不小心撞坏了一个，发现里边有一枚人民币的。"我当场将一个敲开，果然里边有一枚贰分钱的镍币。从此我改变了收藏观，以为凡是经我看过的东西就算我已收藏了，我更多地去国家博物馆参观。陕西的历史博物馆是非常多的，我到周原博物馆去看青铜器，到咸阳博物馆去看秦砖秦陶，到碑林博物馆去看石雕碑刻，到西安历史博物馆去看汉俑和唐壁画，到西北大学博物馆去看瓦当，封泥，到陕师大博物馆去看古帖名画。做一个西安人真是幸福啊，每一件藏品都在展示着一段曾经辉煌的历史，都在叙说着一件惊天地泣神鬼的悲伦故事，周秦汉唐一路下来的时空隧道里，一切都变得湿漉漉的，伸手可以触摸的，你就会把放在挂于墙上的秦兵马俑照片认作你自己，该去吟唱李白的诗了："秦王骑虎游八极，举剑向天天自碧。"

我是得到过一张清末民初时期西安城区图的，那些小街巷道的名称与现在一模一样，再琢磨这些名称如尚德路，教场门，四府街，骡马市，端履门，大有巷，竹笆市，炭市街，后宰门，马场子，双仁府，北院门，含光路，朱雀路，马道巷，非常有都城性，又有北方风味，可以推断，这些名称起源于汉唐，最晚也该是明朝。西安是善于保守的城市，它把上古的言辞顽强地保留在自己的日常用语上，许多土话方言书写出来就是极雅的文言词，用土语方言吟咏唐诗汉赋，音韵合辙，节奏有致。它把古老的习俗一直流传下来，生了孩子要把鸡蛋煮熟染红分散给广亲众友,死了人各处报丧之后门前的墙上仍要贴上"恕报不周",仍然有人在剪窗花,有人在做面花,雨天穿了木泥展在青石小巷呱嗒呱嗒地走。它将一座城墙由汉修到唐,由唐修到明,由明修到今。80年代,城墙再次翻修,我从工地上搬了数块完整的旧砖,一块做了砚台,一块刻了浮雕,一块什么也不做,就欣赏它的浑厚朴拙,接着遂也萌生了为所有四合院门墩石的雕饰拓片和考察每一条小街巷名称的计划。但这计划因各种原因而取消了,其中一个直接的原因是我去一家豪宅做门墩拓片时被人家误以为是贼,受了侮辱,后来又患肝病住了一年医院。《废都》一书中基本上写到的都是西安真有其事的老街老巷,书出版后好事人多去那些街巷考证,甚至北京来了几个搞民俗摄影的人,去那些街巷拍摄了一通,可惜资料他们全拿走了,而紧接着西安进行了大规模的城区改造,大部分的老街老巷已荡然无存,留下来的只是它们的名字和遥远的与并不遥远的记忆。

我在西安居住最长的地方是南院门。南院门集中了最富有特色的小街小巷,那时节,路面坑坑洼洼不干,四合院的土坯墙上斑斑驳驳,墙头上有长着桔塔子草的,时常有猫卧在那里打盹,而墙之上是蜘蛛网般的陈旧电线,从这一棵树到那一棵树拉就的铁丝,晾挂了被辱、衣裳、裤衩,树是伤痕累累,拴系的铁丝已深深地陷在树皮之内。每一条街巷几乎都只有一个水龙头,街巷人家一早一晚用装着铁轮子的木板去拉桶接水,哐哐哐的噪音吵得人要神经错乱。最难为情的是道里往往也只有一个公用厕所,又都是污水肆流,进去要小心地踩垫着的砖块。早晨的厕所门口排起长队,全是掖怀提裤蓬头垢面的形象,经常是儿子给老子排队的,也有做娘的在蹲坑上要结束了,叫喊着站在外边的女儿快进来,惹动得一阵吵骂声。我居住在那里,许多人见面了,说:"你在南院门住呀,好地方,解放前最热闹啊!"我一直不明白,南院门怎么会成为昔日最繁华的商业区,但了解了一些老户,确实是如此,他们还能说得出一段拉洋片的唱词:南院门赛上海,商行林立一条街,三友公司

卖绸缎，美孚石油来垄断，金店银号老凤祥，穿鞋戴帽鸿安坊，享得利卖钟表，"世界"、"五洲"西药房……说这段唱词的老者们其中最大80余岁，他原是西门瓮城的拉水车夫，西安城区大部分地下水苦或咸，惟有西门瓮城之内四眼大井甘甜爽口，他向我提说了另外一件事。大约是1939年吧，他推着特制的水车，即正中一个大轮，两侧大架上放置水桶四个，水桶直径一尺，高二尺，上有小孔，用以落水倒水，又有小耳子两个，便于搬动，在瓮城装了水才唱唱嘀嘀要到南院门去卖，南院门却就戒严了，说是蒋介石在那里视察，他把水车存放在一家熟人门口，就跟着人群也往南院门看热闹，当然他是近不了蒋介石的身的，光是站在一家茶社门口的棋摊子前，后来当兵的赶棋摊子，他随着下棋人又到了茶社，下棋的照常在茶社下棋，他趴在二楼窗子上到底是见了一下蒋介石，并不断听到消息，说是胡宗南为了显示自己的政绩，弄虚作假，让店行的老板都亲临柜台迎宾服务，橱窗里又挂上一尺高的三尺长的蒋的肖像。蒋到了老凤祥，看一枚明代宫廷首饰"钗朵"，顺口问：西安黄金什么价？蒋介石身后的胡宗南忙暗中竖起右手食指和中指，随又弯成钩形，店老板便回答：二百九。其西安的黄金价已涨到每两四百元。从老凤祥出来，蒋介石这家进那家出，问了火柴又问盐，问了油又问布，油已涨成一元二三一斤，但仅被报成七角。

在南院门居住，生活是确实方便的，这里除了没有火葬场，别的设施应有尽有。所谓的南院，是光绪十四年陕西巡抚部院由鼓楼北移驻过来的称号，民国以后又都为陕西省议会、国民党省党部、西安行营占驻，一直为西安的政治中心。1926年南院西侧的箭道开辟了小百货市场，而粉巷、五味什字、马坊门、正学街、广济街、竹笆市，集中了全城所有的老字号。竹笆市早在明代就是竹器坊集中地，至今仍家家编卖竹床竹椅竹帘竹笼之类。涝巷是传统的书画装裱、纸扎。棚坊、剪刀五金等工艺作坊区，三家五家了，门面或摊点上出售传统的小吃如杏仁油茶、粉蒸肉、镜糕、枣沫湖、炒养粉。克利西服店是洋服专卖店，那个长脖子喉结硕大的师傅裁缝手艺属西北第一，给胡宗南做过服装，给从延安来的周恩来也做过服装。老樊家的腊汁肉，老韩家的挂粉汤圆，老何家的"春发生"葫芦头泡馍，王记粉汤羊血都在涝巷外的正街上，辣面店、香油坊卖的是最纯正的陕西线辣面和关中芝麻香油。马坊门的鸿安详是专卖名牌的鞋店，正学街家开笔店，校石版印刷，篆刻图章，制作徽章，广场的雨道里有西安最早的新式制革厂，有一摆儿卖香粉、雪花膏、生发油、花露水的"摩登商店"。有创建于清宣统元年的陕西图书馆，有商务印书馆、中华书局。世界、大东和北新书局分店，有慈禧来西安所接受的但未被返京时带走的贡品陈列所"亮宝楼"。南广济街有广育堂，制配的痧药和杏核眼药颇具声名，更有达仁堂、藻露堂中药店。藻露堂创立于明天启二年，该店名药"培坤丸"，调经和血补气安胎而声播海内外，日均销售额200银元。每年春节这里都办灯市，可谓是万头攒拥，水泄不通，浮于半空的巨大声浪立于钟楼也能听见。正月十五前后的三天晚上，灯谜大会自发形成，由南院门正街、广场一直延伸到马坊门，马坊门就有了一家叫"礼泉黄"的算封小屋，礼泉黄的谜面、谜底是不离经、史、诗文的，有着几根稀黄胡子的屋主在人们那里啧啧夸赞声里，肯定是坐在旁边的藤椅上，呼噜呼噜噜一锅接一锅地吸水烟。

南院门的衰落是民国17年以后的事，那时西安建市，市政府把满城区划为新市区，开辟东西南北四条新街，后又是陇海线通车到西安，新市区逐渐发展成新的商业区。解放后随着50年代中期私营工商业的公私合营和手工业的合作化，一些店铺、作坊合并，有些业主歇业、改行、迁走，南院门就再也不可能恢复往昔的热闹了。它和上海城隍庙苏州玄妙观的商业街有相似处，但上海城隍庙苏州玄妙观现在依然繁华而西安南院门衰败，这是因为它毕竟偏处西安城西南隅而不在旧城中心，再是商业往往依托旅游而发展，它并不是西安的游览热点。现在的南院门待巷名字还是老名字，面目已经全非，尽是崭新的高楼大厦了，当年

我居住时推着架子车咯咯噎噎去拉煤饼的那个煤炭店呢，一下雨水便积起半尺深，用木板堵住门槛，用塑料白布苫住墙头的那保吉巷呢，那长着一棵香椿树，王家老太太每到初春会给我送一把椿芽的四合院呢，每日清早推着三轮车尖锐叫喝"教场门的合合来喽"的麻脸女人呢，那个迟早坐着的眼睛只盯过往行人脚的钉鞋人身后的木电线杆呢，但是，过去的两种传统小吃的生意却做大起来，"春发生"葫芦头泡馍馆已盖起了数层大楼，樊家腊汁肉铺也扩大到豪华的两间大门面，满城的好食者搭了出租车要赶去门口排队。

朱以撒

晚唐遗梦

经典雅谈

如果说盛唐是一部雄壮而又情调统一的交响乐,那么到晚唐乐章就章法大乱了。这也危及了文人的情绪和笔调,金石朗健之音逐渐隐没,而萎靡浮华之声升浮并四处弥漫。尽管文学、书法、绘画都有一些可以称之为巨匠的人物,也在这种氛围的裹挟之下削弱着自己的笔力,变幻着笔下的色彩。这就不免有一种英雄穷途末路之叹。

很长一段时间里,我一直想对晚唐有一些了解,同时寻找一下晚唐艺术衰微的原因。可是不知怎么的,这种心绪总是被盛唐那种浩大的气象和斑斓的色彩所冲淡。在盛唐停留的时间长了,中晚唐就越见逊色,只剩一些苦涩的轶事让你咀嚼,当然,这些时期也有一些令人销魂的丰采,只是都掩埋在岁月的风尘里了。

一个偶然的机会,我读到一首晚唐诗,奇怪的是就这么一首诗,居

然启动了我对晚唐的兴致，这是很意外的事情，现在却如期而至了。这首诗是李忱和香严闲禅师在庐山观瀑的合作，李忱怎么会和禅师混在一起了呢？原来，唐武宗在位时，李忱一直处在压抑状态，这个时节的皇族子弟都在急乱生忧之中。李忱属于有异禀，自幼就形容呆滞言行木讷，文宗武宗皆轻侮他，除宫廷内曰其痴，宫廷外人也得知有皇家弟子如此不济者。他渐渐地不为人所注意，后来就遁迹为僧四处云游了。那暮色发烟、翠竹似墨的幽境，似乎全然洗去了他对宫廷的向往和依恋。他与禅师们打成一片，对于禅机的疏理和颖悟，似乎心理平衡得到了很良好的调节，成了一个超然中人、蜕变成运离人寰的一分子，向着忘却物我的方向伸延。

李忱的本性是在观瀑时罄露无遗的，这个偶然的契机，使李忱压抑在心里多年的愿望疯长，并随着瀑布的飞珠泄玉喷薄而出。禅师的头两句不妨说是一个导火索："千岩万壑不辞劳，远看方知出处高"，它带出了李忱深藏的隐秘："溪涧岂能留得住，终归大海作波涛"。这两句一出可谓石破天惊，把他几十年的痴，冲洗得无影无踪。李忱心之所系非一般之念想，而是弥天之大，我们所说的豪情壮志，大致就是如此。我尤其对后两句表现出敬畏，有好几次我在大学给学生上书法艺术课，课程结束时我就以此诗让学生用行草来创作，希望他们能写出气势来，同时也汲取这种气势变得更有朝气些。应该说李忱在《全唐诗》留下的六首诗，就这两句是巅峰，我们不难看出他心中正涌动着无比壮阔的波澜。

如果事情到此也就罢了，我们可以举出一百个理由来为李忱辩解，是命途多舛、生不逢时使他大志不得舒展，并为他惋惜不止。问题是这个故事延伸下去，结局就变得黯淡了。三五年后，李忱成了唐宣宗，他的梦想实现了。当我翻到这一页的时候，曾经顺理成章地猜度李忱必定革故鼎新大展雄风。一个久被抑制的雄才大略，一旦遇上品适的环境、气候，就会有如爆炸一般的威力。但事实并非如此，在位十二年，平静中孕育着大振荡的危机,在制定纲纪、用人处世,李忱正在步唐武宗覆辙而不自知,再也不像开国先辈那种富有生机了。服用长生药一直是他必不可少的嗜好,借助药力他或多或少会萌发一些对于大衰颓的愧疚,而当药力消失时,这些愧疚也如美丽的肥皂泡一般地破灭了。身在高位却没有什么能够抚慰他心中的空虚落寞,那时他才四十出头,却像是一个忧郁困顿毫无斗志的老人。这个人终于在长生药毒的发作中默默无闻地消失了。

李忱的结局是很让人怅叹的。在人生历程中,并不止于李忱一人,只不过他成了一朝之主,损失似乎就更大一些。理想对于每个人来说或多或少都会存在,一个理想实现了,又会追求另一个理想,理想的追求使人的思想锋芒逐渐向深刻挺进,也使人的行为切实地落入实处。有时候,甚至不着边际的空幻理想也能激起人的热情。李忱的后来不能说没有机遇和条件,但是他蹉跎了大好时光,待回头时,已发现自己的生命如同长河上的夕阳余晖,无论先前都有多么大的抱负,都难以从东边再度升起。晚唐的几个皇帝大抵如此,频繁上台下台,走马灯地转换色彩,从唐宣宗到唐哀帝,不知其间有多少瑰丽的梦幻、美好的理想,都如长安的春天一样悄悄地逝去了。

当然,在晚唐衰颓的局势中,要靠李忱之辈的支撑是不够实际的,这座将倾欲倾的大厦,就是有几个开国明君也难以回天。如果说盛唐是一部雄壮而又情调统一的交响乐,那么到晚唐乐章就章法大乱了。这也危及了文人的情绪和笔调,金石朗健之音逐渐隐没,而萎靡浮华之声升浮并四处弥漫。尽管文学、书法、绘画都有一些可以称之为巨匠的人物,也在这种氛围的裹挟之下削弱着自己的笔力,变幻着笔下的色彩。这就不免有一种英雄穷途末路之叹。其实在宋、元、明、清晚期也都有如此相似的表现与结果。任何事物虽然都免不了走向盛极而衰的过程,可从种种迹象来看,戕害自己的理想、生命的最大致命伤,正在于获得了可以实现的机遇后,人变得毫无责任感起来了,以至于和成功失之

交臂。

这样，我们欣赏品评历史人物，取其某一个片断，幸许是生动感人甚至很有感召力的，但是追寻全过程，却只能走向黯然失色。如果只是想把李忱作为窥视晚唐的瑰丽梦幻的一个窗口，不想深研的话，我想，请读到这首诗就止步吧！

高建群

成吉思汗的上帝之鞭（节选）

经典雅谈

这是一个历史的十字路口。

要么,中华古国像古印度、古埃及、古巴比伦那些另外的文明古国一样,搁浅、消失,最后成为历史的一部分。要么,它接受游牧文化的侵入,完成它的凤凰涅槃。

所幸的是它选择了后者。

历史的一个十字路口

南宋王朝这辆破车,早该散架了。仅仅凭一种历史的惯性,它才又跟跟跄跄地行驶了那么多年。它早该灭亡! 它不灭亡才是天理不容。历史留给我们的悬念仅仅是: 它会灭给谁! 或者用帝王家自己的话说: "这一颗好头颅,不知道要被谁割了去!"

它将亡给一个马上民族。

高大威猛的这个东方民族这时候已经被封建儒安文化禁锢得从巨人变成侏儒。女人被缠脚,这是有形的。男人则被禁锢了思想,这是无形的。程朱理学的先生们有一个叫岳麓的山的地方侃侃而谈, 坐而论道,

那是多么可笑啊！他们能不能让世界简单一点，让中国人简单一点。那时候的中国人已经被沉重的袭压得快走不动了，这些才子们还要给他们的背上再加了一点负荷。千疮百孔的宋王朝是谁也救不了的，无论是忠贞刚烈的杨家将，或是整日做着"收拾旧河山"之梦的岳飞，或是"把栏杆拍遍，把吴钩看了"的辛弃疾。那个时代中原大地上出现过多少优秀的人物啊，但是，谁也救不了谁，而就是他们自己来说，用一句话来总结他们的命运，则最合适，那就是"生在末世运偏消"。

这不是南宋一个王朝的悲剧，而是整个农耕文化的悲剧。

中华文明需要一股强健的、暴戾的力来充实它，来打击它，来变复杂为简单。他们因为近亲联姻而日渐孱弱的血液里需要增加外来成分，胡羯之血。

这力量来自于大漠深处，这血液来自于马上民族。

或者是契丹辽国，或者是来自白山黑水的金国，或者是起自大漠深处的元朝，他们都有取代南宋入主中原的理由和实力。而实际上，如果不是他们之间的战争，南宋早就被其中之一，早早地掠吞入腹了。

元大帝铁木真在与辽国的对局中，在与金国的对局中，每一座城池的争夺其战斗都残酷得令人咋舌。他们之间完全是强强对话。我曾经看过北方一些地方志，这些志书几乎都用"血流飘杵"这句老话来记载当年的残酷战争场面。它们每一个的军事实力都是偏安一隅的南宋王朝所无法比拟的。

成吉思汗是在打败了西夏，打败了辽国，打败了金国，铁骑横扫欧亚大平原以后，最后才吃掉南宋这口边的腐肉的。这就是在中国正史上，南宋这个偏安王朝，还能滑稽地苟延残喘那么些年的原因。

农耕文化和游牧文化，这哺育中华文明成长的两种文化，在那个年代完成了又一次交汇。

成吉思汗的铁矛像生殖器一样，深深地戳入中原腹地，让中华民族又一次再生。

这是一个历史的十字路口。

要么,中华古国像古印度、古埃及、古巴比伦那些另外的文明古国一样,搁浅、消失,最后成为历史的一部分。要么,它接受游牧文化的侵入,完成它的凤凰涅槃。

所幸的是它选择了后者。

草原献给这个世界的伟大儿子

"我们不知道的部落来了!没有人知道他们是什么人,他们是从哪里来的——只有上帝知道他们是什么人!"这是当成吉思汗的铁蹄抵达莫斯科城下的时候,一位俄国历史学家的惊呼。

相信在当时的世界上,许多国家的许多人都这样惊呼过。

当他们早上一觉醒来,睡眼惺忪,登上城堡,偶然一看时,顿时惊呆了。只见在城外,像聚集一团一团乌云似的,布满了蒙古大兵。马在嘶鸣,剑在骑手的手中忽忽生风,马蹄的蹄铁焦急地跺着土地,等待冲锋的信号。他们是谁?是天外来客,是火星人吗?

翻开大蒙古地图,我们看到,它那时大约占据了世界三分之二的开化区,除了西欧以外,除了一部分印度,一部分的非洲以外,除了尚待开发的美洲以外,蒙古人差不多用它的马蹄,把这个世界重新犁了一遍。

中原大地成为蒙古国的大汗领地。辽阔的西域成了蒙古国的察合台汗国。现在的庞大的俄罗斯那时成了蒙古国的金帐汗国。而两河文明的发源地波斯湾,那时是蒙古国的伊尔汗国。

世界在蒙古军队到来之前和到来之后,完全成了两个样了。正如汤因比所说,是成吉思汗把东西方世界联系在一起的,是成吉思汗把各文明板块联系在一起的,是成吉思汗把静止的割据的局面打破的。

以俄罗斯为例。

在成吉思汗到来之前,俄罗斯的原野上散布着许多小公国,他们一个城堡就是一个国家,一条流域就是一个民族。这时成吉思汗的铁骑来

了。他把它们统一在一个叫金帐汗的蒙古国里，而在金帐汗国慢慢地衰落之后，在莫斯科，从这个蒙古国里的废墟上，俄罗斯大公国诞生了。它成长为一个大国。

成吉思汗完全敢这样说：这个世界是可以以他来划分的，即他没有到来的阶段和到来之后的阶段。

当你在西域大地上行走的时候，你发觉，大地上的所有那些重要的地理名称，都是以蒙语来命名的。在那时候你能强烈地感觉到，成吉思汗的印迹是如此深入地楔入历史深入和大地深处。

阿尔泰山第一高叫奎屯山，这是成吉思汗为它命名的，意思是"多么寒冷的山冈"啊！东西走向的阿尔泰山，在这里，结成一个海拔四千三百七十四米高度的冰疙瘩，寒光闪闪地横亘在亚细亚地面，威严、圣洁、厚重。

这奎屯山在成吉思汗之前叫什么名字，我们不知道。我们只知道名字自他开始。而在奎屯山之后，由于它成为中国、前苏联、蒙古的三国交界处，因此在盛世才的年代，易名友谊峰。后来 20 世纪 60 年代伊塔事件后，中苏两国交友，周恩来一拍桌子说："有什么友谊可言？"于是友谊峰再次易名叫"三国交界处"。20 世纪末，它又恢复"友谊峰"这个称谓了。而在 2000 年版的中国最新地图上，它又恢复吉成思汗为它命名的"奎屯山"这个称谓了。为什么恢复？大家是不是觉得这个名字更威严大器一些！

奎屯山的西侧，是一个三十公里长的峡谷。这大峡谷自峰顶向西，连转六个弯子。奎屯山消融的雪水，在这六个弯子中，积水成湖，于是形成六个清澈幽蓝、寒气逼人的湖泊。这六个湖泊是连在一起的，像一串项链。

湖泊的名字叫哈纳斯湖。它的名字亦是成吉思汗给起的，意思是"美丽的湖泊"。

而阿尔泰山一句，也是蒙语，它的意思是盛产金子的山啊。

你如果不身临其境，你永远无法想象，这些高山、湖泊、草原、河流有多么高贵和美丽。高大挺拔的西伯利亚冷杉、西伯利亚云松、西伯利亚落叶松与山峰同高,它们在中亚的梦幻般的阳光下闪现着娇娆的身躯。湖边的草地上开满了野牡丹花,而在每一颗野牡丹的旁边,都伴生着冬虫夏草。图瓦族小姑娘背着背篓,穿着裙子,正在草原的深处采野草莓——野草莓密密麻麻地布满了草原,将大地染成朝霞的颜色。

哈纳斯曾是成吉思汗的军马场。

如今,他的那些养马人的后裔还在。他们是蒙古族中的图瓦人部落。

这里是成吉思汗率领蒙古大军,踏上征服世界的道路所开始的地方。成吉思汗率领他的庞大的帝国军队,在这里休整了三年,尔后兵分两路,一路穿越奎屯山冰大板,一路打通伊犁河谷,然后两支部队成钳形攻势,直扑欧亚大平原。

阿勒泰城的旁边,额尔齐斯河北岸,有个平顶的黄土山,叫平顶山。据说,成吉思汗就是站在这平顶山上,召开西征誓师大会的。

而在天山与阿拉套山的夹角,赛里木湖畔,有一块美丽的草原,叫博尔塔拉。

"博尔塔拉"的蒙语意思是"青色的草原"。据说,这里是蒙古族土尔扈特部落回归祖国以后落脚地方。当年西征的一支队伍,在东欧平原停驻了几百年以后,突然思念起了家乡。于是他们一路打仗,开阵了一条道路,又回到了故乡。清朝政府把他们安置在这一块青色的草原上。

2000 年秋天在新疆乌鲁木齐,我遇见了六个面容枯槁、衣着朴素的台湾人。递过名片,我知道了,他们是一个名"山河探险——寻找成吉思汗西征足迹考察团"的组织,其时正在用三年时间,准备将那一段历史徒步走遍。

他们告诉我说,先前他们已经在外蒙古境内走了半年,而这半年,是在中国境内走的。最近则是从哈纳斯湖方向回来。接着,他们的行程是从中哈边境吉木乃口岩出境,继续往前走。

他们中有蒙古族人，也有汉族人。

我问他们：那一段历史已经十分久远，你们能找回来多少呢？领队扬了扬手中的地图说，有这张地图，除此之外，还有比历史记载更准确的，那就是大地的记载，只要你寻记着那些有蒙语命名的地方走，就肯定错不了。

听完这话，我在一瞬间觉得成吉思汗这个历史人物真了不起，他是不朽的，那些地名像纪念碑一样，是他所以不朽的最可靠的保证。

这些台湾人后来果然用三年时间走完了全程。

我是从春节时得到的一张台湾寄来的贺卡后知道的。领队在贺卡上说，对我今年给予他们的支持表示谢意。我记不清同样是在旅途中的我，给过他们什么支持了，因此对这话有些不解。后来才想起，我给他们写了一幅字，叫"追寻着成吉思汗的马蹄印"，他们后来的路程，就是举着这幅字走过的。

谒成吉思汗陵

这个骑手那博大的灵魂，将会安歇在大地的那一处呢？

这地方应该是一块青色的草原。在草原上，有牛羊在安详地吃草，马群则长长地嘶鸣着，像风一样掠过，鲜花在每年春天，应时开放，日月星辰轮回地照耀着他。

仅有草原是不够的，还应当有一块与天空一样辽阔的大漠，横躺在他身边。黑戈壁、红戈壁、白戈壁相杂在大漠之间，高高低低的沙丘分列左右。

而仅有草原和大漠还是不够的，还应当有一座大青山，闪烁在视野可及的地方。

然后，这个疲惫的骑手，像回到家里一样，在那里安睡。

这是在没有见到成陵之前，我为这位叱咤风云的一代天之骄子所设想的安歇之处。想不到的是，我的设想竟和看到的完全吻合。

出明长城线上的塞上名城榆林,便进入鄂尔多斯高原和毛乌素沙漠里了。过窟野河边的神木县城,过红碱淖,但见铺天盖地黄沙扑面而来,眼底空旷、寂寥,高高的天空中,偶尔有雄鹰的影子一掠而过。当汽车在不经意攀上一个沙丘时,突然,在沙丘的怀抱中,有一块狭长形的平坦的草原,而草原的远外,有三顶白蘑菇般的蒙古式帐篷。

这三座穹庐式的建筑就是成吉思汗的敖包。

穹庐建在一座矮矮的山冈上。虽然山冈不高,但是由于四周都是一马平川,而这里是惟一的一个制高点,所以,穹庐倒也显得伟岸、肃穆、醒目,几十里外都能看见,而且要仰视才行。

这里是内蒙古自治区伊克昭盟伊金霍洛旗地面。伊金霍洛旗的蒙古人,自成陵修筑之后,就居住在这里,开始一代接一代地做守陵人。三个穹庐式建筑,迎门且居于正中位置的这座,是成成思汗陵寝搁放的地方,后面的两座,则是他的两位王妃的。正庭大殿里放着成吉思汗用过的马鞍、马鞭,蒙古军西征时驾驭的勒车等,墙壁上则挂满了画像。这些画像除大汗之外,还有他的那些封王封侯、南征北战的儿孙们,例如元成祖忽必烈,例如前面提到的金帐汗国的国王,伊尔汗国的国王,察合台国的国王等。他们都排列在大汗之侧,好像正在召开一个家庭会议似的。

成吉思汗和妻子的棺木,则在后殿的一个密室里停着。

酥油灯长明不熄,一种淡淡的焦糊味弥漫在空气中,从而给人一种宗教般的恍惚感觉。从大门到正殿,要走过一段长长的台阶,大约有二百米长吧!这二百米的距离足以让人收拢思绪,做好走进历史空间的思想准备。

在正殿的大门口,通常坐着一个有了一把年纪的看门人。他恭迎着每一个人。当他静静地一个人坐在那里的时刻,内心外表,都表现了一种宁静安详的状态。

正是这个看门人,给我讲述了一些关于成陵的故事。这些故事在此之前,我从来没有听说过,它们也许该是蒙古秘史的一部分。

大汗在攻打西夏王都兴庆府时中箭，一个月后箭伤不治，死于甘肃省清水县。攻城的元军在破了兴庆府，灭了西夏之后，他们下来做的一件事情，就是将大汗的遗体装在灵车上，翻过六盘山，穿过鄂尔多斯高原，运往故乡地——元旧都哈刺和林。

途中，在鄂尔多斯高原上，如今这建筑成陵的地方，远送灵车的队伍与一支不明身份的庞大队伍相遇。他们抑或是辽，抑或是金，抑或是吐蕃或回鹘，不得而知了。总之这支运送灵车的队伍面临危险。

这时候他们决定将装殓着大汗遗体的棺木，先埋在地下，战事结束后再来搬迁。

棺木埋好以后，他们的心放下来了。但是接着又出现了一个难题。四周空荡荡的，没有任何地形地貌作为标志，倘若以后寻找的时候，怎么才能找到呢？这时候他们想出来一个办法。

随队伍一起行进的，往往还有牛群。母牛的奶水是他们行军打仗的干粮，公牛是驮牛，士兵们用它来驮载帐篷辎重之类。于是士兵们从母牛群中，挑选了一只带着牛犊的母牛。把那牛犊从母牛的奶上摘下来，杀死再埋葬大汗的那块地面上，然后，士兵们投入了战斗。

第二年春天的时候，这块地面平息了。士兵们领着那头母牛，来到这一块草原上。

草原上这时候青草已经泛绿。士兵们放了缰绳，让母牛在这一处地面上寻找。

母牛在草原上转悠了很久，终于，停在一块绿草茂盛地方，四蹄跪倒，双目流泪，哞哞地叫起来。

士兵们剖开地面，看见了大汗的棺木，正安安静静地躺在那里。

蒙古人于是决定不再搬迁了，就在这一块地面上就地起陵，让这位骑手永远地躺在鄂尔多斯高原和黄河母亲的怀抱里。

这是看门人讲的第一个故事。

而第二个故事也是关于这棺木的。

抗日战争期间,中国政府担心成陵会落入侵华的日本军队之手,于是做出了一个大胆的决定,即把成吉思汗的陵寝,从成陵搬出,经榆林、延安,运往陕北高原南沿的黄帝陵藏匿。

这事后来经过周密的安排,被稳妥地实行了。

这样,成吉思汗的陵寝曾在黄帝陵下面的黄帝庙中藏匿了好多年,直到抗日战争胜利,陵寝才又经原路运往原处。

这事当时是最高国家机密之一,因此,世人不知。

第三个故事亦是关于这棺木的。

20世纪50年代初,乌兰夫曾经来拜谒成陵。那时,这位看门人还是一个年轻人。参观途中,乌兰夫说,他有一个请求,不知道说出来合不合适。看门人说,你有什么你就说吧!乌兰夫迟疑了片刻说,他想打开馆木看一看,不知道行不行。

看门人也迟疑了一下,最后说:"你当然可以看!因为你就是今天蒙古人的汗!"

这样,摒去左右,乌兰夫走进了停放棺木的那间密室。

这停放在成吉思汗陵密室里的棺木中,到底是装殓的大汗本人的遗骸呢,还是只是一个衣冠冢,或者是像民间传说中的那样放着成吉思汗的两个马镫。这一直是一个谜。

这情形,正如黄陵桥山那一抔黄土下,到底埋的是轩辕氏的真身呢,还仅是一个衣冠冢,或者如民间传说的那样,是一只靴子呢?(传说:轩辕黄帝乘龙飞天的时候,臣民们拽着他的一条腿不放。但是轩辕氏还是飞天走了,臣民们只拽来了一只靴子。当代有一位青年诗人说,自从黄帝丢失了一只靴子,从此历史就一瘸一瘸地前进!)这一直是一个谜。

"那么,乌兰夫在打开棺木以后,看到了什么呢?是真身吗?"我问。

看门人说,乌兰夫在走出密室之后,神色严肃。他也问了一句和我上面那同样的问话,但是,乌兰夫什么也没有说。而他,也就不敢再问了。

乌兰夫是这个世界上,惟一有理由打开和曾经打开过这棺木的人,

而如今，随着他的作古，这个秘密则还作为秘密继续存在着。

　　在依依不舍地告别成陵时，我从陵下的那个伊金霍洛旗的小商店里，买了一把蒙古式的弯月牛角刀和一根马鞭，作为纪念。那刀的刀鞘是用长长的弯弯月牛角做的，骑马时挂在腰间最合适。鞭子则是牛皮做的著名的成吉思汗"上帝之鞭"。售货员是一位面色黑红脸蛋俊俏的蒙族姑娘，名叫乌日娜（花儿），当我从她手中接过马刀和马鞭的时候，我突然感到，当年那些勇猛的蒙古骑士，大约就是在一个早晨，这样地接过女人们递给他的马刀和马鞭，从而踏上征服世界的征途的。

夏晓虹

说黄宗羲的"名士风流"

经典雅谈

如果说"名士风流"的全部语义来说，黄宗羲可说是集大成者。南朝名士缺少东汉名士的政治热情与风节，东汉名士也很少南朝名士的放浪形骸与玄思。黄宗羲以一身而兼之，谓之"名士"，自是当之无愧。不过，明亡前的热心政治与入清后的拒绝合作，仍是其名士生涯的主导面。因此，他为一位经历与之仿佛的同辈人所作"始为名士，继为遗民"（《寿徐掖青六十序》）的评语，用来概括其本人的一生，倒也十分恰当。

有一幅经过点改的对子"惟大英雄能好色，是真名士自风流"流传甚广。不过，若非大英雄，尽可不好色（通常英雄应该不好色，例如传说中的关羽）；即使假名士，亦必定风流。可见"风流"已成为"名士"的特定标志。而照贺昌群先生的考证，"名士"一词在中国古代实经历了内涵的演变：其原初意义应为知名之士，《礼记·月令》中所云"聘名士"者即是；汉末则大抵指反对宦官政治、以澄清天下为己任的士大夫；魏晋之际，那些借清淡与醉酒逃避现实、对政治感到绝望的不合作者，被冠以"名士"之称；最终，南朝时期，名士中的杰出之辈说妙语，美风度，精义理，其末流便只剩下放诞不羁、哗众取宠的本事，即王恭所总结的："名士不必须奇才；但使常得无事，痛饮酒，熟读《离骚》，便可称名士。"（《世说新语·任诞篇》）不幸的是，后世正是从这一意义上接受"名士"的概念。既然"名士"的身份有阶段性的变异，"风流"自然也与时推移，而是现语义差别，从品行卓异到不拘礼法降而至于性行为不检点。又不幸，后世也更多从末一意义上使用这一词语，仿佛"名士"总是与"艳遇"一类的风流事联系在一起。我本无意矫正千百年来形成的语言习惯，之所以辨析其间的异同，原是因为用"名士风流"的字眼来状写黄宗羲时，有加以区分的必要。

读《黄梨洲文集》时，会有一个发现，黄氏喜用八俊、八顾、八及、八厨的典故。这既用以自述生平，如《避地赋》中"遂猖骂为党人兮，祸复丛夫俊及"；又用以推许朋辈，《仇公路先生八十寿序》数及昔日交游之张溥、吴应箕、艾南英等人，"一时为天下所宗，几于三君、八俊"。而辞意所指，也不离复社中人，其所谓"复社之名，俨然如俊、及、顾、厨之在天下"（《钱孝直墓志铭》），已说得十分明白。查考八俊、八顾、八及、八厨（包括"三君"）之典，无一例外均出自（《后汉书·党锢传序》），其人都属汉末名士。复社之反对宦官魏忠贤余党，标榜气节，自视也被人视为东林党后进，正与以党锢被祸的汉末名士行事、志节相近。因此典故于复社之情事，不仅极为贴切，而且也见出黄宗羲年轻时的名士风流，实以汉末清流为榜样。

不过，若与同是清初大儒的顾炎武相比，黄宗羲的名士习气显然更重。顾氏于明亡后始终以救于下为己任，与东汉名士的澄清天下仍有相通处；而其避名就实，不好标榜，则又与之相异，故亦可谓"志士"或"烈士"。黄宗羲却是从始至终，名士心态不改。

68 岁时作的《黄复仲墓志》，便有充足的表现。文章起首即慨叹明亡后士大夫之忧心忡忡，语多卑俗，"名士之风流，王孙之故态，两者不可复见矣"。而所述黄子锡，恰是身兼二者的劫余人物。从黄宗羲的描述中,我们可以看到他对于"名士风流"的理解:"北海南馆,投壶卜夜,广求异伎,折节嘉宾;出有文学之游人有管弦之乐;绕床阿堵,口不言钱",为明末之黄子锡的写照;"入杼山种瓜,培壅如法,瓜味特美","即甚困乎,然焚香扫地,辨识金石书画,谈笑杂出,无一俗语,间画山水,清晖娱人","其硕宽堂,兵后瓦砾堆积,复仲遂因瓦砾位置小山,古木新篁,亏蔽老屋,正复不恶,盖复仲不以奔走衣食,失其风流故态",为入清后之黄子锡的意态。套用贺昌群的分法,其为人物最多可上溯到魏晋名士,尤近于南朝之上等名流。文中固然也述及黄子锡于明亡之际有举兵之议,隐居后"壮怀未能销落",本与东汉名士同怀,而黄宗羲对此未加渲染,显然并不以"名士风流"之固有情态视之。可以这样理解,若在明末一类衰也,激扬清议的政治热情原不可少,仅从黄宗羲对俊、及、顾、厨的偏爱,不难悟到。只是在黄氏眼中,此乃"风流"之变态,与本文在全面意义上的使用尚有些许出入。

虽然如此,黄宗羲之早得大名,毕竟是在晚明末也,这便注定了他与汉末名士心迹相接。当其出而应也,即是以东林被难大臣之后这一有强烈政治色彩的身份出现。崇祯皇帝昭雪冤案,众学子皆"讼冤阙下,叙其爵里年齿,为《同难录》,甲乙相传为兄弟,所以通知两父之志,不比同年生之萍梗相值也。"(《顾玉书墓志铭》)。同难兄弟的同病相怜、同仇敌忾,使他们成为晚明社会中很有号召力的一股政治力量。黄宗羲也因此知名于世,并成为主持科举的考官争欲罗致门下以资夸耀的对象(见《前乡进士泽望黄君圹志》)。尽管阴错阳差,黄氏终未入选,其名声却照样蒸蒸日上,腾于众口。

就中具名《留都防乱揭》,为其早年最风光之事。除《同难录》中的兄弟外,黄宗羲当时还多结了一批志趣相投的同志。形迹最密的沈寿民、陆符、万泰,都是一时名士。三人也一同列名于《留都防乱揭》,而尤以沈氏对揭贴出力最多。1638 年(崇祯十一年),因魏忠贤余党阮大铖避居南京,观望时势,拉拢复社名流,以图再起,复社领袖张溥也

有意加以利用，增强在朝中的势力，南京一班独持清议的青年学子于是发起驱阮，以伸张正气。先是沈寿民以诸生上疏弹劾宰相杨嗣昌，末尾并及阮大铖，由此而引发了留都防乱的公议。吴应箕对阮氏以逆党人物而公然摇过市早已十分愤慨，遂与顾果、陈贞慧商量，推沈氏之意，拟成《留都防乱揭》，大张阮大铖种种罪状，并痛言：

当事者视为死灰不燃，深虑者且谓伏鹰欲击，若不先行驱逐，早为扫除，恐种类日盛，计划渐成，其为国患必矣。

此揭草成，东林子弟顾果以顾宪成之孙，义不容辞，名列揭首；受魏党迫害致死的死难诸家怀有深仇大恨，推黄宗羲领衔，名居第二。"一时胜流咸列其姓名"，计有142人（一说为140人）。这确实是一次名士的大聚会。公揭一出，阮大铖气焰顿沮，"杜门咋舌欲死"（《陈定生先生墓志铭》），并因此埋下了南明弘光朝党争的伏线。

《留都防乱揭》不仅打击了阮大铖的复出活动，显示了清议的力量，而且提高了黄宗羲等具名者的声望。驱阮的政治意义如此鲜明，毋庸置疑；而这一行动中所蕴藏的名士风习，也不应漠视。黄氏的《陈定生先生墓志铭》，即记述了他们在反阮的同时，任情纵性的一面。揭文公布的次年，吴应箕与陈贞慧又在金陵发起组织了国门广业之社，参加者大致仍是揭中署名人。黄宗羲也在其内，并与陈贞慧、张自烈、梅朗中、沈士柱、冒襄以及不在揭中的侯方域等关系最密切，数人"无日不连与接席，酒酣耳热，多咀嚼大铖以为笑乐"。其"咀嚼大铖"的情状，在陈贞慧长子维崧的《奉贺冒巢民老伯暨伯母苏孺人五十双寿序》中有更详尽的描绘：陈贞慧、冒襄于崇祯十一、二年在金陵，广交宾客，尤喜与东林被难诸孤儿游，"游则必置酒召歌舞。金陵歌舞诸部甲天下，而怀宁（按：即阮大铖，其为安徽怀宁人）歌者为冠，所歌词皆出其主人。诸先生闻歌者名，漫召之。而怀宁者素为诸先生诟厉也，日夜欲自赎,深念固未有路耳,则亟命歌者来,而令其老奴率以来。是日演怀宁所撰《燕子笺》,而诸先生固醉,醉而且骂且称善。怀宁闻之殊恨"。这应是揭文发布以前事。阮大铖的《燕子笺》传奇作得确实不坏,所以这些精于赏鉴的顾曲行家听到好处,也会"称善";却是绝不因此而宽宥阮氏,于是仍少不了痛骂。本来驱阮作为一场政治斗争,布下堂堂之阵。树起正正之旗,将《留都防乱揭》公之大庭之众,造成一种不容抵御的社会舆论,便已完其使命;而黄宗羲等人犹以为未尽兴,又逞其嘲骂,便是青年名士的做派。老成持重的政治家自不会如此行事。虽然我们不会因此而原谅阮大铖日后外死周镳。欲将黄宗羲与顾果等人下狱的大肆报复,却还是可以理会其恼羞成怒并不全在防乱一揭。

黄宗羲的顾曲雅兴原不始于金陵,在此之前已甚浓。《郑玄子先生述》记其 1634 年到杭州,读书社的郑铉常来访,而"夕阳在山,余与崑铜(按:即沈士柱)尾舫观剧。君过余,不得,则听管弦所至,往往得得,相视莞尔"。而且据《感旧》读其五自注,"崑铜在西湖,每日与余观剧",兴致之高,直是无以复加。宴游除酒、乐之外,助兴还少不了善解人意的二八佳丽。何况秦淮名妓天下闻名,又何况与之连舆接席的诸人多有此嗜好,冒襄之于董小宛,侯方域之于李香君,已成流传不绝的风流韵事。黄宗羲的忆旧文章中虽避而不谈自己,并对侯方域"必以红裙"侑酒不以为然,吴应箕于宴饮中欲招顾媚,也被黄氏引烛烧去纸条(见《思旧录》中《张自烈》、《吴应箕》二则),然而晚年所作《怀金陵旧游寄八正谊》第四首:"秦淮河"一诗中,还是隐约透露出个中消息:

河房曾挂榻,不异蕊珠宫。

数里朱栏日,千家白奈风。

渡烦桃叶泪,舟赛角灯红。

昔日繁华事，依稀在梦中。

这时正好可以用上余怀的《板桥杂记》作注脚：

秦淮灯船之盛，天下所无。两岸河房，雕栏画槛，绮窗丝障，十里珠帘。主称既醉，客曰未晞，游枻往来，指目曰"某名姬在某河房"，以得魁首者为胜。薄暮须臾，灯船毕集，火龙蜿蜒，光耀天地，扬枹击鼓，蹋顿波心，自聚宝门水关，至通济门水关，喧阗达旦。桃叶渡口，争渡者喧声不绝。

则"河房挂榻"，应是指名妓礼待名士。难怪私淑黄氏的全祖望，对其学推崇备至，以为"有明三百年无此人"（《答诸生问南雷学术贴子》）而语及"明人放浪旧院，名士多陷没其间"又为"黄太冲亦不免焉"而惋惜（《记石斋先生批钱蛰庵诗》）。金陵冶游，或许还可以少年荒唐解之；而黄氏74岁高龄作诗尚不忘此情，75岁又有《童王两校书乞诗》三首与《送二校书还天台》二首，以"蓝桥再到望云英"（后诗其二）的诗语预订后约，便只能归之于根深蒂固的明代名士旧习了。

品题人物，作为裁量公卿以批评朝政的一种清议手段，历来是名士的特权，当年与黄宗羲交好的少年名流，个个有拯救天下之志，沈寿民、周镳、陈贞慧、吴应箕等皆研习"佐王之学"（见《征君沈耕岩先生墓志铭》、《陈定生先生墓志铭》），大有"如欲平治天下，当今之世，舍我其谁也"（《孟子·公孙丑下》）的气概。黄宗羲自然也不例外。观其明亡后著《明夷待访录》，以伊尹、吕尚的事业相期许，已可知其自视之高。名士的一种惯态是出言轻而视事易，黄宗羲的一班朋友也不负此习。陆符便"热心世患，视天下事以为数着可了"（《陆文虎先生墓志铭》）。而清议也被他们当作一步登天以施展王佑之才的通天梯。这番心事在黄宗羲的《寿徐掖青六十序》中有明白表达：

文化名家谈史录

名家雅谈

　　当坊社盛时，吾辈翘然各有功名之志。居常如含瓦石，品核公卿，裁量执政，不欲入庸人小儒之人度。直望天子赫然震动，向以此政从何处下手。

　　只是崇祯皇帝对这些雄心勃勃的青年士子并不感兴趣，对结社的形式更深为忌讳，故黄宗羲等人的欲为王者师，终究只成为一厢情愿的清梦。

　　借口评人物以干预朝政之计虽不行，仍可退而求其次，向地方官通报人才。黄宗羲名噪一时，自然少不了摆弄此事。实际他所从事的，也更多是名士间的排行。日后回忆说："是时一方名士皆有录，学使者至，以公书进之，大略准之为上下。"（《思旧录·刘应期》）"余累执笔，聚同社而议之曰："某郡某人，某县某人，某也第一，某也次之。多者十余人，少者四五人"。（《郑元澄墓志铭》）黄宗羲既为人所重，握有品鉴一方人物的大权，形势便与东汉名士李膺很有些相似。经李氏接待的士人，立时身价百倍，谓之"登龙门"。无独有偶，读书社社友郑铉、冯惊等人赴黄竹浦访黄宗羲，因村路泥滑，不能下脚，郑氏也笑言："黄竹浦因难于登龙门也。"（《郑玄子先生述》）虽是玩笑语，亦可见黄宗羲在人心目中的地位。于是，除朋友来往外，奔走其门前的也不乏希图青睐以得好处之人。吕留良记其时黄宗羲兄弟气势之盛，谓"一二新进名士欲游其门，不可得至，有被谩骂去者"（《友砚堂记》），当与此有关。不予接纳，固然显示了黄宗羲的不滥交，却也见出其名士领袖少所许可的心态。而谩骂以去，虽未必是黄宗羲所为（倒像其弟黄宗会的举动），便也活现出黄家兄弟共有的名士狂态。

　　此外，名士必不可少的品行还有独特己见，尽管其原非名士所专有。黄宗羲于明亡后，众口非难王阳明之学空疏亡国、援佛入儒之际，创作《明儒学案》，以王学为主，述其学派占全书多半篇幅，且"独于阳明先生不敢少有微词"（仇兆鳌《明儒学案序》），正见其举世非之而不疑的品格。黄氏晚年治学沈潜，其特立独行自是经过深思熟虑；而青年时代的标新立异、不同流俗，虽更多为意气之争，也未可与后期行止斩然判分。还在参与读书社时，好争辩即是社中风气：

> 月下泛小舟，偶竖一义，论一事，各持意见不相下。哄声沸水，荡舟沾服，则又哄然而笑。

争到激烈处，如沈士柱与刘同升论某人意见针锋相对，各不相让，竟至闹到"揎拳恶口"，黄宗羲劝解才算罢手（《郑玄子先生述》）。黄氏虽不至如沈士柱之挥拳相向，但前述月下争论也有他一份。《思旧录》为读书社旧友江浩撰写的一则云："余与之月夜泛舟，偶争一义，则呼声沸水，至于帖服。"喜与人不同，甚至故意颠倒时论，本是名士好奇的表现。不过，在黄宗羲当日，其不肯轻易附会，即便是好友亦不苟同的为人，仍有其可爱可敬处。

如果说"名士风流"的全部语义来说，黄宗羲可说是集大成者。南朝名士缺少东汉名士的政治热情与风节，东汉名士也很少南朝名士的放浪形骸与玄思。黄宗羲以一身而兼之，谓之"名士"，自是当之无愧。不过，明亡前的热心政治与入清后的拒绝合作，仍是其名士生涯的主导面。因此，他为一位经历与之仿佛的同辈人所作"始为名士，继为遗民"（《寿徐掖青六十序》）的评语，用来概括其本人的一生，倒也十分恰当。

筱　敏

群众汪洋

经典雅谈

群众,雅斯贝斯写道:"群众是无实存的生命,是无信仰的迷信。它可以踏平一切。它不愿意容忍独立与卓越,而是倾向于迫使人们成为像蚂蚁一样的自动机器。"

"法西斯"这个词,是我从幼年开始就时常听到的,它多半出现在面孔威严的报刊社论或层层下发的学习资料中,还有行列整饬的群众集会上或游行队伍里。没有人告诉我这个词的原初意思,更没有人培养我追问起源的习惯,我只是凭这个词的唇齿间的摩擦,感觉到齿冷,感觉到一种血腥气味。也正因为这种感觉的恐吓,我以为它是另一个世界的事,无论从空间到时间,都距离我们极其遥远。

直到几十年后,我才在个人的阅读中得知,法西斯(FASIO)一词,来源于拉丁文FASCIS,原指捆在一起的一束棍棒,中间插一柄斧头,是古罗马高官的权力标志,象征着万众团结一致,服从一个意志,一个权力。这样一个标志,似乎与我们理解中的公共秩序并不相左,甚

至符合我们早已习惯的某种社会理想。它最终会沦为杀人如麻的恶魔，几乎毁灭了世界，对此，仅仅用一个反逻辑的现代神话来解释，是很令人怀疑的。即便就说神话，那柄斧头固然是罪魁，然而那群棍棒呢？毕竟，仅凭一柄斧头，无论它如何锋利，还是不能把四散的棍棒们捆绑在一起的。

捆绑在一起，这究竟是斧头的理想，还是棍棒们的理想？清理这个问题，不需要怎样超凡的智慧，需要的只是诚实和勇气。我同意"什么样的群众就配有什么样的领袖"的说法，然而，问题的困难之处在于：群众——它作为一个群体出现的时候，是可以不负责任的，因为无论怎样的法庭对它都无从追究。即使它成千上万地聚集在一起，海潮一样地冲决过什么，吞没过什么，其威力真实得足以让你刻骨铭心。但时过境迁，潮水一夜之间退去，那个实体顷刻就不存在了，你无法寻找它，它似乎从来不曾存在过，面对空空如也的广场，你甚至怀疑自己刻骨铭心的记忆。

希特勒及其纳粹党，是在合法的选举中掌握政权的，这是一个基本的历史事实，尽管那些喜欢细节，喜欢情节曲折的历史学家可以举出许多偶然的因素，这个基本的事实仍是事实，议会民主制被埋葬，各个政党被消灭，通过法律规定："国家社会主义德国工人党是德国的惟一政党"（不要依据某种道德标准，给法律一词打上引号，法律就是法律，无论内容的善恶，其效力都是一样的），停止执行宪法中保障个人和公民的自由条款；解散工会；取缔罢工；建立恐怖的秘密警察和恐怖的集中营……既然这一切都没有遭到什么反抗，接下来还有什么不能做的呢？

群众，雅斯贝斯写道："群众是无实存的生命，是无信仰的迷信。它可以踏平一切。它不愿意容忍独立与卓越，而是倾向于迫使人们成为像蚂蚁一样的自动机器。"

雅斯贝斯，这位在纳粹的极权统治下侥幸活下来的哲人，对此命题的思考，绝不是在窗明几净的书斋中进行的，他的哲思必然地凝有个人的，乃至人类的血泪的成分。

历史中有一些场景，是很可以让人类难堪的，这绝不仅仅指奥斯威辛死亡灭绝营一类。它们很小，可能算不上一个"事件"，但与我们生存的性质是更贴近的。

时至今日，我们究竟应该怎样描述极权统治下的人民群众呢？

事实是，绝大多数德国人并不在乎他们的个人自由遭到剥夺，他们似乎并不感到专制制度残忍，相反，却怀着真正的热情支持这个政权。因为这个政权给予这个民族新的秩序，而秩序对于他们，从来是比自由和权利更重要的，歌德老头——这座德意志精神的山峰——不就曾说过吗？没有秩序比不公正更令他厌恶；还因为这个政权消除了失业，使经济出现了奇迹，被剥夺去工会权利的工人们捧着午餐饭盒，轻松愉快地取笑共和时期的辞藻，说：至少在希特勒的统治下，已不再有挨饿的自由。

为了德国重新强大起来，他们甘愿做出独裁者所要求他们的牺牲。个人的渺小，卑贱，无能为力，是一种与生俱来的恐惧。于是，人们渴望加入一个集团（尽管可能是一个碾碎个人的集团），加入一个事业（也许是一个非正义的事业），人们渴望依靠在一个庞然大物之上，这是漫长的奴役制度压铸出来的习性。而在庞然大物的面前，一个深怀感激的人，一个不能确定个人为何物的人，除了服从和牺牲，还能有别的选择吗？"先公后私"，就顺理成章地成了纳粹时期一个流行的口号，忠实、虔信、无条件服从和无条件牺牲，自然成了至高的道德标准。你甚至可以从那里感觉到时代的伟大与崇高。

于是有了那些激动人心的日子。火炬之夜，人们手持火炬像洪水一样席卷而来，从大街小巷，成千上万的人们，举旗列队，唱着，叫着，向高台上的大独裁者欢呼着，如醉如狂。夜复一夜的火炬游行，整个民族以为沿着这火光的洪流就能进入伊甸园了。经历过那个时代的德国作

家路德维希描述道："整个时代没有幻想了，现在至少出现了一长串旗帜在德国人头上飘扬，人们可以听到铿锵的命令声，嘹亮的喇叭声，一座由上千块石级和上百个头衔组成的伟大的仿古金字塔由纳粹建立起来了，人们从这座金字塔上带下来抽徽，新帽子，特别是一双马靴，虽然实际上已无马可言。"

纽伦堡的纳粹党大会盛况空前。巍峨庄严的主席台，顶部雕塑着巨大的德意志雄鹰；将夜空照射通明的探照灯光柱；广场，广场上站成方阵的数量达二十万之巨的人群。鼓声，口号声，军乐和瓦格纳的音乐，元首的振奋人心的演说，置身于如此壮观的场景，有谁不感到自己强大有力，不产生一种忘我的激情呢？仅凭个人自由个人自决的时候，我们何曾如此强大？何曾如此睥睨世界？难怪那位青年首领有那样挚诚的声音："这样一个时刻令我们深感骄傲和幸福。"于是，当元首讲演说："你们只是千百万人的代表。你们要自己教育自己，为的是学会服从。"海洋一般的群众就报之以振臂高呼："党就是希特勒，希特勒就是德国！"这就没有什么奇怪的了。群众的海洋是一个恐怖的磁场，一旦涌动起来，周遭的一切都无法辨别自己的方位，几乎逃不脱被吸附的命运。德国的艺术家把这史无前例的场面拍摄成大型新闻纪录片，不就引起了世界的轰动和赞叹么？这部名为"意志的胜利"的法西斯影片，一连获得数项大奖：纳粹国家奖（这是当然的，威尼斯电影节金奖，甚至还有巴黎电影节法国政府大奖！——文艺复兴的伟大传统在哪里？法国的自由精神在哪里？

现在，群众的海洋处在汹涌潮涨的时分，用"被迫"或"被蒙骗"这样的理由来解释这种疯狂的潮涨，是很有几分可笑的。路德维希愤而指出："这一次将没有一个德国人能说，他是被统治阶级胁迫的，因为今天几乎每个人都有朋友在党内。几乎整个国家都参与或拥护了这场浩劫。"

在一群个情振奋的时代，歌曲总是少不了的，歌曲能有效地使群众的情感获得统一。重温一下那时的歌曲我们会有什么样的感受呢?

> 我们是党徽的军队
>
> 高举红旗,
>
> 为了德国的工人
>
> 我们铺设通向自由的道路。
>
> 你在哪里,那里的人心跳得更有力。
>
> 你在哪里,那里的德国工人工作更顺手。
>
> 你在哪里,那里的德国儿童露出幸福笑容。
>
> 你是领袖! 你是救星! 你是希望!
>
> 你是信仰! 你是爱的化身!
>
> 我们全心全意献给你!
>
> 我们愿意每时每刻服务你!

于是,"希特勒万岁!"就不仅只在群众大会上高呼,它成了人们之间相互打招呼的形式,成了同僚之间通电话时的问候语。于是,《我的奋斗》就不仅仅只是党员必读,而是成了新的《圣经》,人人必备,成了亲朋戚友向每一对新郎新娘赠送的结婚礼物。于是,那些善良的儿子,那些和蔼的父亲,自觉自愿扛起枪开往别国的领土,自觉自愿充当灭绝营的刽子手,而幸没有道德上的顾忌。于是,那些天真烂漫的金发儿童嘟起小嘴,两手不停地上下舞动,冲着他们昔日的玩伴高喊:"滚蛋! 犹太猪!"……这种群众的意志,渗入一切的生活细节,奴役灵魂本身,从而成为多数人的专制和暴虐,将整个民族拖入罪恶的深渊。如果人们还记得,就在不久以前,在希特勒即将获得命运攸关的任命的前夜,还曾有十万工人拥进柏林市中心的公园举行示威,反对任命希特勒为总理,我们便会对"群众"这个实体感到惊愕。逃亡之中的茨威格

在他的最后一部著作中绝望地写道："我学过的历史和自己写过的历史太难了，我不会不知道大批群众总是突然倒向势力大的一边的。"这样恣肆汪洋不会留下任何一角生存空间给苟活者，不能把它关在窗外，而在你的小屋顶下过你超然物外的日子。你甚至不知道有没有岸，更不知道在哪里。无边无际的汪洋，它是地平线本身，是生存现实本身，逃亡者还能依凭什么呢？绝望的茨威格便在异国他乡，以符合一个自由人的尊严的方式，选择了死亡。

个人自由的信念和理想，只是人类历史很晚才出现的，它是以个人的行为能力，自己的能力，对个人命运和公共事务承担责任的能力为先决条件的。然而，奴役的制度却由来已久，服从听命，崇仰权威的性格也由来已久。尽管自由这个词通体都闪耀着星星的光芒，但责任一词的负荷必定沉重。畏惧责任，因之逃避自由，宁愿依附一个庞然大物，又乐于被看做是自由的，这样一种沿袭久远的心理惯性，构成了坚固的群众秩序，它的衍变，比起朝代的更替缓慢得多。有了如此稳固的秩序，极权统治就有了赖以立命的基石。

所谓集体的罪责，事实上是无从追究的。卑怯的从众和强横的凶恶都深知这一点。

在纽伦堡审判法庭上，面对足以装满六辆卡车的罪证文件，面对数不胜数的令人发指的暴行，那二十一名被告——仅仅是二十一名，其中包括德国空军元帅、统帅部参谋长、盖世太保头子、纳粹党元老、煽动反犹运动的主要理论家……就是这样一些被告，竟无一例外地申明自己无罪！他们互相推诿、责备，以服从命令的理由为自己开脱。无一例外地强调自己受蒙蔽或无力反抗！无一例外地申说自己不负有个人的罪责！

当我们看到我们早已习惯的群众迷信或说群众游戏规则被推演到如此地步，我们能不为自己置身其中的群体，能不为这个群体的生存方式哀泣吗？

朱　鸿

在马嵬透视玄宗贵妃之关系

经典雅谈

贵妃跟玄宗已经十六年了,那种以性爱为基础的关系,随着岁月的流逝,渐渐稀松。老迈的玄宗,欲望减少了,相应的,他对贵妃的需要减少了,而且在刚刚得到贵妃所体验的那种新鲜之感慢慢消退了。他已经没有能力追求使他陶醉的刺激。生命力的衰弱,缓解了他的焦虑感,他变得能够不靠贵妃而消除它。他一直让贵妃呆在他的身边,即是由于需要,更是由于习惯。这对贵妃是危险的,很时显,这个浑身起皱满脸刻纹的皇帝,终于有些厌弃她了。真正无可奈何的,应该是贵妃。作为一个女人,她与玄宗的关系,由被动到主动,又从主动到被动,确实是悲哀的,

杨玉环死于马嵬,是她难以预料的。此地在关中西部,山峦有痕,田野无边,稀落的村子在葱茏的谷物包围之中远远静默,惟千年发展起来的小镇有农民交易,阳光之下,身影晃动,秦腔熙攘。她怎么也难以预料是奉唐玄宗李隆基之命而自缢,那么美丽的三十八岁的身子,结果是以紫茵包裹,草草掩埋于黄土之下。

然而,她的死不但在当时引起人们的感叹,之后的朝朝代代,人们

对她及其玄宗与贵妃之关系，仍很感兴趣。鲁迅就曾经为此去过骊山，可惜长安灰暗的天空败坏了他的兴致，他看到了的长安与他想象的长安千差万别。在相当一个时期，贵妃之墓的封土，总是为年轻的姑娘所挖取，她们或从近处来，或从远处来，迷信这里的黄土浸渗了贵妃的颜色，可以滋润肤使之美丽。她们纷纷取携，几乎夷平了坟堆。由于禁而不止，只得将坟堆以青砖覆盖，可那砖缝之间，依然留下指头挖抠的痕迹。我迎着八月的热风，站在横过马嵬的道路旁边，望着打伞摇扇而参观贵妃之墓的男男女女，感到了杨玉环超越时代的魅力。

唐玄宗认识杨玉环，牵线的是宦官高力士，这个阉割了的男人，长期在朝廷侍奉唐玄宗。公元七百三十五年，唐玄宗之妃武惠去世，他久久郁闷。后宫三千，任其挑选，但没有令唐玄宗满意的。这个时候，高力士为他推荐了杨玉环。问题是，杨玉环是李瑁的妃子，他们一起生活了近乎六年，此时此刻，他们仍在一起。李瑁是唐玄宗的儿子，介绍儿子的妃子给父亲，这事情本身便是对骨肉之情的越轨，可高力士就这么做了。

他在唐玄宗身边已久，当然了解玄宗，没有把握他就不敢这么做。不过他应该明白，杨玉环作为李瑁的妃子对唐玄宗意味着什么。高力士是明白而为之，这其中是否隐藏着他阴暗的心理？宦官制度是中国封建社会的畸形产物，它潜在的危险是，这种人随着生理的摧残而心理变态，他们往往以破坏的目光打量并安排周围的秩序，不然，他们的心理就难以平衡。高力士经过长期物色和琢磨，恰恰将杨玉环给唐玄宗推荐了，这绝对不会出自一种简单考虑，他的思想一定是复杂。不过，他毕竟看得准确，不然，唐玄宗怎么就一下很迷恋了杨玉环，而且深深陷入她满是脂肪的怀抱日夜陶醉。

对唐玄宗的召唤，杨玉环一点都不敢违背。但她作为李瑁的妃子，丝毫不动感情地离开他，似乎是不可能的。然而事实是，杨玉环与唐玄宗很快就如胶似漆。他们相见的时间是公元七百四十年十月，这一年唐玄宗五十六岁,杨玉环二十二岁。唐玄宗对杨玉环显然满意,不仅如此,他对她已经神魂颠倒,到了入魔的程度。

唐玄宗在称帝初期,励精图治,有所作为,使唐朝的鼎盛得以延续,但后期却沉溺于色情之中。女人已经成了他重要的刺激,没有女人与他调笑和做爱,他便不能抖擞精神。懦弱的君主最终拜倒在女人的胯中,女人用肉体充塞了他们空虚的生活,没有女人,他们就没有着落。当然,君主有完全的条件得到女人,美丽的女人像河水一样源远流长。惟有伟大的君主才永远保持奋斗的姿态,遗憾唐玄宗不能排入其中。

那么多的女人。什么原因使杨玉环如此吸引唐玄宗呢,他居然从晚上到早晨一直呆在寝室而不去临朝处理政事呢?不仅是杨玉环年轻,不仅是杨玉环貌好,也不仅是她通音律而善歌舞,当然不是唐玄宗与杨玉环之间突然产生了霞光般的爱,爱只有在平等的地位才能产生,可唐玄宗与杨玉环并不平等。唐玄宗对女人能够任意选择,杨玉环对唐玄宗却只能完全服从,这决定了他们的关系不是一种爱的关系。

唐玄宗将子儿的妃子召为己有,总不是一件堂皇的事情,遮羞的办法是,让杨玉环去做道姑,这是高力士的主意。杨玉环便以信奉道教为名,离开李瑁,五年之后,她才被封为妃。当然,这五年之中,她是常常侍奉唐玄宗的,而且他对她的依赖越来越深。杨贵妃出生山西,但她祖籍四川,她明显具备着南方女人的特点。其父母死后,在杨玄璬家里度过童年。她以杨玄璬为生父,入册做李瑁的妃子,多年之后,却以杨玄璬为养父,入册做唐玄宗的贵妃,目的是要混淆视听;这仍是高力士的计谋,在这个老奸巨猾的宦官心中,有一颗要控制杨贵妃的种子,他以入木三分的目光,发现唐玄宗需要的就是杨贵妃这样的女人,于是他控制了这个女人,就能继续得宠唐玄宗,自己的地位就不可动摇。不然,朝廷的斗争是残酷的,如果自己不能主动创造平衡,并掌握这个平衡,别的人就会去做。到了那个时候,他高力士就没有猴耍了。

马嵬很是安静,夏季最后的阳光,灿烂地照耀辽阔的平原,此时此刻，到贵妃之墓参观的人，几乎都钻在树荫之中，这里是一处渐渐升高的台地，流通的风，运送着远方的清爽，庄稼的碧绿随之滚滚而来，广袤的田野，到处都是谷物。天空高远而明澈，秋的颜色从它深邃的中心发源，随之在整个宇宙扩散。这是关中最透明最潇洒的季节，但我思考着历史进程之中的最透明最潇洒的季节，但我思考着历史进程之中的一段艳情，却感到一层阴影，那是威严的朝廷的阴影，即使打开窗子，放这灿烂的阳光进去，那里的腐朽之气都难以驱散。我在贵妃之墓徘徊，为我突然看见了辉煌宫殿的丑恶而幸灾乐祸，我悄悄地笑了。

玄宗碰到了贵妃，是他的胜利。作为一个男人，其终生都有寻找这一个女人：在她的怀抱，消除自己的焦虑，这种焦虑是本能的，深刻的，惟有异性才能消除。对于玄宗，贵妃当然很美丽，但关键是贵妃光滑的凝脂，储藏着浓郁的风流，在贵妃那里，他品尝了男女之间最激动最痛快的乐趣，这种乐趣，凡属于人类的一员，谁都在追求。玄宗在贵妃怀抱感到满足，首先在于他获得了使他销魂的性爱，但不仅是这种可以享受的性爱，在贵妃的怀抱，他一定还感到了母爱般的护卫和女儿般的撒娇。男人是需要这些的，可它们难以集中在一个女人身上，像杨玉环这种聚性爱、母爱、女爱于一体，并同时给予唐玄宗的女人，是罕见的，偶然的，它绝非可以模仿和学习而成。年迈的唐玄，碰到了如此绝妙的杨玉环，从而获得了巨大的满足，他当然醉了。醉是一种愉快得脱离了肉体的境界，幸运的玄宗拥有了它。

不过，他的失败恰恰从这里开始。贵妃以她的温柔满足了玄宗的渴望，同时，玄宗对贵妃的温柔产生了依赖。玄宗在贵妃的怀抱醉了，这是玄宗的成功，然而，在他沉迷这种境界的时候，贵妃已经将含蜜的毒刺扎进了玄宗的身上，于是，那至高无上的皇帝，不能摆脱这个年轻女人的姿色，他丧失了摆脱的力量。如果从这个角度考察玄宗，他就变成了一个失败的男人。

杨玉环为唐玄宗所召，她当然是被动的，但她一旦到了唐玄宗的身边, 她就变得主动了。她必须抓住他, 拢住他, 否则, 她的命运将很是悲惨。想想, 倘若唐玄宗对杨玉环召而抛弃, 她的去处只能是冷宫。杨玉环的聪明在于, 她将种种利害吃透嚼烂了, 她决定用整个身心迎接唐玄宗。唐玄宗对女人的需要, 当然不为给他穿衣, 吃饭, 出谋定计, 他需要的主要是性爱的刺激和乐趣。他在位的后期, 常常感到精神的空虚, 他已经懒于朝政和国事, 惟有女人使他兴奋, 可这种兴奋往往很是短暂, 她们似乎都不能使唐玄宗如意。

杨玉环到了唐玄宗身边, 她的性爱是满盈的。在杨玉环的怀抱, 他获得了性爱的全面, 他不但消除了焦虑, 而且忘却了烦恼, 他感觉那地方非常好, 他不愿离开, 也不能离开。唐玄宗在杨玉环的怀抱, 确实到了乐不思蜀的程度。

贵妃肌肤细腻, 丰腴, 浑圆, 重要的是, 在她的肌肤之中, 蕴含着纵情和放荡的元素, 她似乎能散放一种芳香, 它弥漫了玄宗, 使他神魂颠倒, 贵妃在给予玄宗以超级性爱的同时, 又将玄宗当做父亲那样依恋, 还将玄宗当作儿子那样逗哄, 这全方位多角度的温柔之网, 牢牢笼罩了皇帝。她刚刚给予玄宗之际, 很可能是自发的, 随着玄宗的反应, 她就自觉给予, 以满足他的需要。对于贵妃, 自然有一个放松的熟练的过程。

不过, 贵妃所做的一切, 并不是出于她对玄宗的爱, 她完全是依靠本能和为了生存。当她已经知道玄宗难以离开自己的时候, 她甚至会戏弄这个皇帝, 这是别的人永远不敢的, 可她敢。不过, 这是她对玄宗欲擒故纵。贵妃曾经两次得罪玄宗, 致使玄宗遣其搬出皇宫, 然而, 承受不了离别的, 不是贵妃, 恰为玄宗。他心慌意乱, 迁怒他人, 不出几天, 他就给贵妃赐食, 送礼, 随之接她回来。

一个威震四海的皇帝, 就这样让女人的风流控制了, 他寻找这种风流, 获得了竟沉湎其中而不能自拔。要从女人温柔的怀抱挣脱而出是需要力量的, 这力量的源泉是意志和使命, 然而唐玄宗不能, 他缺乏力

量。于是，先是李林甫，后是杨国忠，这两个宰相掌握大权，怎样排斥异己，怎样嫉妒贤能，怎样专横跋扈，他都无心过问，他只知道在贵妃那里做爱。贵妃是管不了那么多的，她惟一的目的是要集皇帝之宠于一身。

范阳节度使安禄山。在边境屡建战功。他一脸憨态，满腔野心，大智若愚，受到唐玄宗的信任。这个昏庸的皇帝，竟以安禄山在他面前作怪而高兴。杨国忠与安禄山明争暗斗，杨国忠以防安禄山谋反为名，每每谗言唐玄宗，唐玄宗却半信半疑，对此，安禄山恨透了杨国忠。杨国忠为贵妃堂史，不仅如此，因杨玉环是贵妃，她的三个姐妹都封作夫人。安禄山清楚杨氏一族多么耀武扬威，奢侈豪华，清楚他们怎样不得人心，于是，他以讨伐杨国忠为借口起兵，接着反抗唐朝。叛军攻破潼关之后，长安危急，唐玄宗便准备避难四川。

唐玄守携带着杨贵妃，而且有杨国忠及皇子同行，数千禁军为其护卫。公元七百五十六年六月十四日，他们到了必经之地马嵬。这里是一个驿站，荒野四周神秘的呼吸，草木似兵，土丘如敌。忽然哗变开始了，禁军首领陈玄礼有意除掉杨国忠，士兵神会，便制造事端，以箭射之，并且刀砍他几段，接着杀了杨氏一族的其他人。不过，这并没有完结，真正的是，玄宗和贵妃的戏才刚刚开幕。

消灭了杨氏一族之后，禁军不发，却包围了唐玄宗住所。十分惊诧的唐玄宗，探问原因，并希望站在门禁军退却，平息这场风波。陈玄礼告诉皇帝，士兵盼他正法而舍弃贵妃，贵妃是灾祸的根本。此时此刻，老态龙钟的唐玄宗，站在门口，有些的发抖。

禁军之举，当然是为了朝廷，他们不满皇帝使杨氏一族那么猖獗，从而为安禄山作乱提供借口，所以皇帝安全的。如果玄宗执意要保留贵妃，陈玄礼很可能出于尊重皇帝服从其权，收回自己意见。唐玄宗毕竟是七十二岁的人了，不好逼他过分。即使陈玄礼不给情面，玄宗仍可以用变通的办法保护贵妃，以免其死。中国的朝廷，积累了众多的计谋，这种变通的办去可以顺手拈来,一条让贵妃逃生的办法,绝对是有的。然而,玄宗却同意赐死贵妃。玄宗此举,表面观之,他是无可奈何的,是为了自己的安泰从而朝廷安泰,但深刻的原因却不是。

贵妃跟玄宗已经十六年了,那种以性爱为基础的关系,随着岁月的流逝,渐渐稀松。老迈的玄宗,欲望减少了,相应的,他对贵妃的需要减少了,而且在刚刚得到贵妃所体验的那种新鲜之感慢慢消退了。他已经没有能力追求使他陶醉的刺激。生命力的衰弱,缓解了他的焦虑感,他变得能够不靠贵妃而消除它。他一直让贵妃呆在他的身边,即是由于需要,更是由于习惯。这对贵妃是危险的,很时显,这个浑身起皱满脸刻纹的皇帝,终于有些厌弃她了。真正无可奈何的,应该是贵妃。作为一个女人,她与玄宗的关系,由被动到主动,又从主动到被动,确实是悲哀的。

三十八岁的贵妃,在那个明媚的夏天丰韵恰好,但陈玄礼要唐玄宗为正法而赐死她。事情就这样做了。高力士找来一条帛带,让贵妃自缢,贵妃哭着攀向一棵梨树上吊而死。陈玄礼验尸之后,好像松了一口气,高力士也好像松了一口气。禁军解甲,向唐玄宗请罪,但唐玄宗却默默摇手,安慰了他们,于是哗变结束。死是一个过程,我想在陈玄礼和高力士验尸的时候,贵妃身上还有温热,如果这样,他们的手指一定感到了温热之中的芳香,可惜不久贵妃的肌肤就冰凉了。在马嵬,我没有看到唐代的梨树。那棵将一个美丽女人悬空的梨树,消失得无影无踪。

陈玄礼一定要唐玄宗赐死贵妃,我总觉得是有一些奥妙的。他要士兵除掉杨国忠,而且清洗了杨氏一族的其他人,这样做是很正义而凛然。他有理由认为,贵妃继续呆在玄宗身边很危险,贵妃会报复他。但他应该明白,他逼迫玄宗赐死贵妃,依然很危险,这种危险更大。他是禁军的首领,玄宗和贵妃寻欢作乐,他一向看得很清楚,那么白皙而多情的女人,年复一年日复一日地给一个老人施展风流,他会怎么思想?

谁能知道他窝了多少嫉妒之火？他难道没有产生拥有一次占有一次她的念头？然而，他是得不到那风流的，这太痛苦太难受了。他是在这个美丽的女人停止呼吸之后平静的。他安然地向唐玄宗请罪。不能得到自己渴望的女人，就贬损她，甚至毁灭她，以此排除别的男人得到她，这是一种平衡心理的方法，它来源于性爱的自私。

红墙围着灰色的贵妃之墓，高远的蓝天之下，这个精致的坟茔孤单而凄凉，即使辉煌的阳光都驱散不了它的哀伤情调。蝉在树上叫着，它们嘹亮的声音，越过仿佛燃烧般的红墙，飞向广阔的空间，生活很好，我想。

名家雅谈

文化名家

谈史录

ISBN 7-80724-150-0

9 787807 241508

ISBN 7-80724-150-0

定价：26.80元